穿越馨生愛上你

卷三

遇月老，小女寧為官

尤加利　著

千帆　繪

朱雀文化

目錄

【卷三】遇月老，小女寧為官

【第一百二十五回】

莫名來個林姊姊

慧馨心知自己說得有些重了，但她不得不防。前段時間她讓人把選秀的消息透露給大老爺，雖然不能確定大太太知不知道，但要向大太太徹底保密，慧馨沒法辦到，那些人畢竟是大房的，若大太太有心仔細問話，肯定能查到她院子這邊。再加上大太太原本就對二房有些眼熱，她明面上不能找慧馨和謝睿的麻煩，但她畢竟管著京城謝府，若要給她們穿小鞋是簡單得很。這些下人又是慣了眉高眼低的，慧馨不常在府裡，謝睿又要閉門讀書，下人們自然是看著大房主子的眼色辦事。

所以慧馨只能故意把事情往大裡說，讓下人們心裡多些想法，他們才不敢隨便動手。而且她包給管事的銀子是五兩，兩個小廝各三兩，這些錢夠頂他們兩個月的月錢了。慧馨這是告訴他們，就算二房的老爺太太不在京城，二房的少爺小姐也不缺錢。

臘月初七，謝老爺和謝太太趕在臘八的前一天到了京城。

謝老爺派許管家提前三天就趕到京城送消息打理事物，等他們到的時候，大太太已經把府裡都安排好了。

這次來京，二房只來了謝老爺和謝太太，江寧那邊留了大姨娘主持事物，如今慧嘉嫁入了漢王府，大姨娘在謝家的待遇也是水漲船高。三姨娘已經去了，二姨娘又是個不爭的，姨娘中就剩了大姨娘一枝獨秀。可惜她以後只怕再也見不到慧嘉了，慧嘉嫁入漢王府是按照嫡女的規矩辦的。

慧嬋留在江寧守孝，謝維和謝芳留在江寧讀書。倒是謝太太這邊，帶了一位她娘家的姪女一起來京。

這女孩姓林名端如，比慧馨大了三歲，是謝太太娘家隔房姊妹的女兒。聽說林端如的父親原是地方縣令，前年病逝了。謝太太的妹妹帶著女兒回了江寧，本想著娘家是江寧望族，對母女倆的庇佑比在父族更好，可惜她母親去年也病逝了。江寧那邊有傳言說林端如剋親，林端如在母族的日子越來越不好過。後來林端如聽說謝太太要進京，便來求謝太太帶她進京尋夫。林端如的父母曾為她訂下一門親事，夫家便是在京城。謝太太顧念當初跟林端如母親的交情，又可憐林端如的身世，便把她一同帶來了京城。

說起這位林端如給慧馨的第一印象，她只想起一句話：「天上掉下個林姊姊。」林端如還在孝期，穿著一身素潔白衣，更加襯得臉上「兩彎似蹙非蹙籠煙眉，一雙似喜非喜含情目。」

林端如似羞含怯地站著任眾人打量，大太太看得高興，拉著手問：「可曾讀過書？」

林端如道：「不曾讀，只跟著父親母親學過幾年，些許記得幾個字。」

大太太聽了，笑容更深了。謝家老爺少爺們全都好讀書，謝老爺還開著書院，可是謝家的女子們，除了慧嘉，其他人都不精通詩書，可見謝家對女孩子還是按「女子無才便是德」來要求的。

大太太聽謝太太講了林端如的身世，這才鬆開了她的手，慨嘆道：「可憐的孩子，真是命苦啊！」

可憐林端如淚光點點，嬌喘微微，邊聽謝太太說起她的母親，邊按眼角。一旁的慧妍看著林端如黯然神傷的樣子，也是連連短嘆長吁。

慧馨用力掐了手心一下，省得面上露出顏色被人察覺。慧馨瞧著林端如的做派，心下大呼：「這位林姊姊真真是位妙人。」

慧馨覺得兩位太太感嘆得差不多了，便上前勸道：「林姊姊如今到了咱們家，就是到了自個兒家了，又有咱們姊妹相伴，以後必會好起來的。」

慧妍也跟著說道：「林妹妹若有什麼需要，儘管同我說，我們姊妹有的，必少不了妳的。」林端如眼光一閃，慧馨也覺得慧妍這話說得不妥當，好像林端如是來謝家討東西的一般。好在慧馨心知慧妍只是心直口快，怕下人們克扣林端如的一應用品，只是林端如未必了解慧妍的性情，只怕會想歪了。

慧馨跟謝太太說道：「不知林姊姊帶了幾個人，若是人不夠用，從我院子裡撥幾個人吧。我那院子的人平時都閒著，也該讓她們動動了。」

謝太太聽了慧馨的話，欣慰地說道：「我正要跟妳說，端如只帶了一個丫頭過來，如今她就住在妳隔壁的院子，我想從妳的院子調幾個人去她那邊。」

慧馨忙表態道：「這事憑母親做主就是了，女兒本來就用不了這麼多人，而且女兒也很喜歡林姊姊。」

林端如自是對著謝家母女推辭了一番，可她自己也知道，只憑自己帶來的丫鬟根本沒法打理整個院子，只得硬著頭皮接下謝太太指定的人。

林端如臉頰緋紅地握著慧馨的手說道：「……委屈妹妹了，姊姊真是無地自容。」

慧馨忙安慰她：「姊姊說的哪裡話來，這是在自家裡，又是自家人，哪裡來的委屈，姊姊也真是的，再這麼客氣，妹妹我可是不依了。」

林端如聽了慧馨的話，感動得又是兩眼淚汪汪，忙用手帕按了按眼角。慧馨趁著林端如按眼角的工夫，按了按自己的腮幫子……她牙酸啊！

慧妍在一旁看著慧馨和林端如姊妹情深，她本想讓謝太太也在她院裡調幾個人，可是又覺得自己院裡的人少了哪個都不方便，便沒有開口，還有些慶幸謝太太沒有開口問她要人。

大太太看林端如跟慧馨一番客氣，又慨嘆道：「真是懂事的孩子啊！」

謝太太便趁機跟大太太提出，想讓大房幫著在京裡打聽下，林家姨夫給林端如訂下親事的那戶人家。大太太自是應下，謝太太便將那戶人家的一些情況跟大太太細細說來。

慧馨在一旁偷偷看一眼林端如，只見她更是臉如朝霞，眼似水。慧馨心下感嘆，她原本覺得欣茹三姊妹就算得上小美人了。如今見了林端如，才知道這才是真正的古代美女。欣茹姊妹有父母寵愛長大，骨子帶著傲氣和豪情。而林端如受的是最正統的古代望族教養，身上另有一番氣質。

【第一百二十六回】
林姊姊的哀與愁

謝太太從慧馨的院子裡調了兩個三等丫鬟，兩個粗使丫鬟和四個粗使婆子，到林端如的院子裡。謝太太看看慧馨空蕩蕩的院子，還有林端如院子裡忙碌穿梭的丫鬟婆子，決定還是要採買幾個丫鬟才行。

是夜，謝府為謝老爺和謝太太接風洗塵，男女分了兩桌。慧馨站在謝太太身後佈菜，慧妍站在大太太身後佈菜。慧馨擦擦額頭上的汗，佈菜這活是她跟林端如推了半天磨，才磨到手的，家裡來了個比她還會賣乖的，真是壓力大啊！

慧馨站在謝太太身側，時刻注意著她的眼色，只要謝太太眼睛看向哪道菜，馬上就夾一小筷放到謝太太的碟子裡。

大太太在跟謝太太聊明日臘八的事情，大太太說道：「以前在南邊都吃臘八飯，如今在京城了，入鄉隨俗，該喝臘八粥。弟妹不用擔心，東西我都準備好了，待會用過飯，我便去廚房盯著她們把東西該洗的洗，該泡的泡。明日丑時就得上鍋開煮，我問過幾家太太，跟她們學了幾手，正巧弟妹今日趕到，明日嘗嘗嫂子的手藝如何。」

在大趙女子來說，能被家族選中負責煮臘八粥，是件榮耀的事情。雖說謝府由大太太負責煮臘八粥無可非議，可是大太太這番話說得卻十分見外，頗有點以主待客的口氣。

謝太太文風不動，笑著跟大太太說道：「長嫂如母，此事有嫂嫂操勞，我代全家人跟嫂嫂道聲辛苦了。若是需要我幫忙，嫂嫂只管開口就是。」

大太太也不知打著什麼主意，聽了謝太太的話，笑容變得有些訕訕。

終於挨過了晚飯，慧馨回房洗漱一番上床，許久不做佈菜的活計，都有些不習慣了。

❖

林端如回到屋內，秉退了謝太太分給她的丫鬟，獨留了秋紋一人幫她整理貼身的物事。秋紋是從小跟著她的，母親去後，她身邊就只剩了秋紋一人，還有她的奶娘。可是奶娘年事已高，無法跟她到京城，她只得在江寧發還奶娘的身契，將她送回了老家。

林端如一改白日的嬌氣，坐在床沿上看著秋紋清點她們為數不多的財物。當初母親帶著她，還有父親留給娘倆的財物和嫁妝回到江寧族裡，為了讓族裡人接受她們母女，母親把她的嫁妝都退回了族裡，言明由族裡保管，等林端如出嫁的時候再拿出來。母女兩人這幾年都是靠父親留下的錢財度日，可憐她母親一去，族裡就傳出她剋親的流言，別說她的嫁妝拿不回來，族裡連她都容不下了。若不是在族裡實在過不下去了，林端如也不會求了謝太太帶她到京城。她如今至少還有兩年的孝要守，就算尋到了定親的那戶人家，她也不能立時出嫁，只能走一步看一步了。

秋紋點好東西，又將東西一一收好，這才捧了個匣子跟林端如說道：「小姐，咱們的東西一件不少，奴婢把太太留給小姐的首飾都收在這個匣子裡了。」

林端如接過秋紋手上的匣子，打開看了看，東西的確沒少，可也不多啊。如今她身邊值點錢的東西，也就這匣子首飾了，再加上她貼身帶著的兩千兩銀票，這些就是她的全部身家了。自從決定離開母族，她就再沒奢望過拿回母親的嫁妝了。

林端如又把匣子遞給了秋紋，「鎖好收起來吧。」

秋紋應了聲是，便把匣子鎖起放在櫃子裡，又把櫃子也鎖上了。

雖然已經到了京城，林端如的心神仍有些不定，只覺得前途還是渺茫，不知何去何從。

林端如一時也睡不著覺，便同秋紋說話：「秋紋，妳這些年跟著我，讓妳吃苦了。」

秋紋忙搖了頭，眼泛淚花地道：「……當年若不是太太從人牙子[1]手裡買下奴婢，奴婢如今只怕不知身在何處了，太太對奴婢的恩情，奴婢這一輩子也報不完。再說自從奴婢跟了小姐，哪裡有吃過苦，就算這些年太太跟小姐過得艱難，都不曾少了奴婢一口飯吃。」

林端如聽秋紋說得真切，又想起父親母親以前對她的疼愛，也是兩眼淚汪汪。

秋紋見林端如也掉了眼淚，便抹了淚勸解她道：「奴婢這輩子是賴定小姐了，小姐可不許不讓奴婢跟著。奴婢看謝太太是個心軟的人，既然帶了小姐到京裡，斷不會不管小姐的。」

林端如聽秋紋說起謝家，嘆了口氣說道：「我也知謝太太是個善人，當初娘還帶我拜訪過謝太太，否則我也不會有膽子去求謝太太帶我們來京。只是京城這邊，謝府裡除了謝太太她們一家，還有謝家大房的人。依我今日所見所聞，謝家大房只怕沒有謝太太一家好相處。而大房又佔個長字，若是有事，便是謝太太在大太太跟前也不好多說。如今咱們主僕寄居在京城謝府，務必要注意言行，切莫得罪了謝家大房。那位大房的四小姐不好相處，平日裡咱們避著她些。若有必要，少不得還要討好他們一下。」

秋紋聽了林端如的話，有些心疼自家小姐，自家小姐也是被老爺太太手捧著長大的，以前何曾受過委屈，如今卻要去討好別人。

秋紋說道：「奴婢聽說謝家的七小姐是在靜園讀書的，如今正在放長假。小姐不如跟七小姐多多親近，興許七小姐能幫小姐也說不定。」

林端如想起今日見到的那位七小姐，這位小姐看似好說話，其實心裡有主意得很，「她為人如何，還要再相處才能知曉。我所求不過一個安身立命之處，熬過這兩年罷了。但願謝家能容下咱們，助咱們熬過這段日子。」

【注釋】

①買賣人口的人口販子。

✿

次日，慧馨寅時就爬了起來，洗漱一番，塞了幾塊點心，便先去給謝老爺和謝太太請安，順便把她給他們做的鞋襪一併帶過去。鞋子是按著她以前保留下來的尺寸做的，想來謝老爺和謝太太的腳不會有什麼變化，襪子則是用毛線織的。

慧馨到時，謝老爺和謝太太剛洗漱完。慧馨從丫鬟手裡接過茶杯，遞給謝老爺，又遞一杯給謝太太。等二人嚥下茶，這才把東西遞了過去。

謝老爺點點頭表示對慧馨的讚賞，謝太太拿著鞋襪一陣欣慰。原本擔心這個女兒在靜園待了一年，會變得孤傲，不把自家人放在眼裡。沒想到慧馨還是這麼乖巧體貼，昨日在飯桌上，謝太太就發現大太太和慧妍變了很多，總讓她有一種高她一等的感覺。幸好慧馨沒有變成那樣，否則她肯定會後悔讓慧馨入靜園的。

謝太太滿懷欣慰地把慧馨送的東西收好，謝老爺則問起了慧馨她們南下賑災時的情況。

慧馨委婉地說道：「……算不得吃苦，大家都是這樣過來的，女兒雖無能，卻也不能落於人後。幸好女兒不辱使命，侯爺和郡王交代的事情，都能按時完成。不過女兒能入功名冊，終究還是侯爺看了西寧侯府的面子。女兒在靜園裡，也是多承西寧侯府的小姐們照顧了。」

謝太太在一旁聽著父女說話，聽到這裡忍不住插話道：「昨兒我聽魯媽媽說，西寧侯府送了府裡不少菜食，都是冬日裡的稀罕物。」

「西寧侯府在京郊有處溫泉莊子，小姐們帶我去那裡小住了幾日，東西都是那邊莊子暖房裡種的。」慧馨答道。

謝太太聽了若有所思，跟謝老爺說道：「老爺，您看咱們要不要給西寧侯府送些回禮？雖說侯府人家不把這些放在眼裡，可真論起來，這些東西哪裡是有錢就能買到的。咱們這次過來，從江寧帶了不少土產，要不讓睿兒帶著慧馨去西寧侯府一趟，雖然不能跟侯府的東西比，卻是咱們一番心意。」

慧馨心下大叫：「千萬別！」可面上卻忍了下去，只望著謝老爺，等他吩咐。

謝老爺看了慧馨一眼，見慧馨沒有插話，心下這才對慧馨放了心。自家女兒飛上了枝頭，若是不再聽家裡話了，那可就白費心思了。謝老爺沉吟了半晌，才開口說道：「此事不急，貿然到侯府送禮太過魯莽，外人知道了定不知會怎麼想。既然西寧侯府小姐們對慧馨青眼有加[2]，以後必然還會再邀請她，不如等到合適的時機，讓慧馨把東西帶給那邊。至於睿兒，過幾日我便帶著他去走訪

【注釋】

②眼睛平視，表示對人喜歡或尊敬。

老友，雖然多結交些關係有利他的仕途。但咱們謝家有自家的人脈和名聲，尤其在這個節骨眼上，不能教人說咱們謝家趨炎附勢。」

謝太太聽謝老爺這般說，只得把她的小心思擱下，轉頭差了紅芍去案頭取了東西過來。謝太太把匣子遞給慧馨，「妳入靜園一年便通過了升階考核，給咱們謝家掙了大面子。這匣子裡是當年太夫人賞給我的金鑲玉步搖，如今我賞給妳。」

慧馨一聽忙站起身推辭，這種太夫人賞給太太的東西，按禮是應傳給兒媳的。太太割愛給慧馨，可見是要拉攏她了。

【第一百二十七回】

你來我往

謝太太不允慧馨的推辭，說道：「雖然妳現在還年紀小，戴這些東西不合適，但將來總有用到的時候。」

慧馨聽大太太這話，忙做出一副嬌羞狀。謝太太言下之意就是，這東西可做慧馨將來的陪嫁。慧馨又謙虛推辭了一番，才將匣子遞給木槿收起來。

謝老爺又問起慧馨進宮的事情，慧馨一一答了。謝老爺慨嘆說道：「一入宮門深似海，見到貴人少說少做，處處留心總是好的。」

說著話，謝睿也來了，一家四口整裝一番，這便往前頭去了。臘八當日，謝家的老規矩，要先祭祖，之後才會開席。

祭拜過祖先，謝太太著人去請了林端如，眾人分食了臘八粥。

宴席過後，謝太太跟大太太坐著說話，慧馨和林端如在一旁作陪。慧妍先回了自己的院子，前幾日大太太在櫻彩樓給她訂了幾身冬裝，原本應是昨日就送過來的，可是過年前這段時間，櫻彩樓的活計多，今日才做好送來。

大太太說道：「……在京城待了一年，這才算見了點世面。這京城的風氣，真是一個月一個樣。雖說咱家只是小門小戶，可也不能不跟上，要不怎麼出去見人呢……」

謝太太聞話聽音，說道：「原來如此，難怪從我昨兒到了，到今日祭祖，四丫頭換了都有四身衣裳了。」

「京城人講究，每回見客，都不能穿重樣的衣裳。這天冷了還罷了，暑日裡頭，天又熱，一天得預備個三四身能換的。七月裡去陸大人家賞花，一場宴下來幾位陸家小姐每人都換了四身衣裳，各個都不重樣。這京城也是人傑地靈，各家的小姐都如此出色，咱們要是不把丫頭們紮裹[1]起來，都不好意思出門吶！」大太太說道。

謝太太挑挑眉，「雖說如此，這京裡的繡鋪也太拿大了，訂好的東西，為何推遲了送來？開繡樓的也要講究信譽啊，這要是在江寧，櫻彩樓這樣的只怕沒人會再去了。」

大太太聽了謝太太這話，忙擺了手說道：「弟妹有所不知，這櫻彩樓在京裡是數一數二的繡鋪，聽說跟宮裡的貴人還有些關係。櫻彩樓每天不知有多少單子要接，四丫頭的衣裳能在年前趕製出來，還是我託人遞了話。就算是尋常時候，要在櫻彩樓預定衣裳也得先排號。」

「……既是如此，那大嫂幫我把櫻彩樓來的師傅多留一會，我也藉著大嫂的面子，給七丫頭和林丫頭做幾身衣裳。」謝太太說道。

大太太愣了一下才反應過來，忙差了秋紅往慧妍的院子。

大太太又跟謝太太說起京城接人待物的規矩，慧馨感覺過了好一會，秋紅才折了回來。

秋紅稟道：「……奴婢到的時候，櫻彩樓的師傅已經出了四小姐的院子，奴婢又去了門上，門房的人說那師傅已然急匆匆離府了……」

大太太對秋紅的回話很滿意，面上卻遺憾地道：「哎呀，妳瞧這櫻彩樓師傅忙得……」

謝太太眼光一閃，似笑非笑地說道：「這櫻彩樓的師傅腿腳可真好，大嫂的丫頭都追不上。」

慧馨坐在一旁笑而不語，秋紅去了這麼久，只怕不是趕不上師傅，而是忙著送師傅走吧！櫻彩樓的名號慧馨也聽說過，好像老闆是宮裡尚衣局退下來的老人。

秋紅聽了謝太太的話，忙告了幾聲罪，這才站在大太太的身側。

謝太太雖心裡覺得大太太不厚道，可她也沒法，大太太畢竟是長嫂，謝太太說話行事總要讓她一步。謝太太心想，大太太不願幫二房，那她得派魯媽媽多往外跑幾趟，多打聽些京裡的消息。七丫頭和林丫頭的事倒還罷了，睿兒的婚事則要操辦起來了。她對京城不熟，做事總歸束手束腳。上回慧嘉的婚事辦得順利，那是漢王府和宗人府操持的，謝睿的婚事則全靠謝太太一個人操持了。

謝太太原本還想問問大太太京城買丫鬟的事，如今見了大太太的態度也懶得開口了，索性明日

【注釋】

①打扮、裝扮起來。

她要去漢王府探望慧嘉，不如跟慧嘉打聽打聽。昨兒謝老爺和謝太太一到京城，漢王府那邊就送了帖子過來。

謝太太跟大太太話不投機，勉強又閒聊了幾句，便帶著慧馨和林端如回了院子。

謝太太一進屋便問紅芍：「二老爺呢？」

「……二老爺跟二少爺在書房。」紅芍回道。

「那先罷了，妳跟魯媽媽去廚房，把明日去漢王府要帶的東西準備好，咱們明兒一早就動身。」謝太太吩咐道。

謝太太留了慧馨和林端如說話：「……等過幾天，咱們也做幾身新衣裳，再打幾件新首飾，妳們院子裡頭現在人少，過幾日，我也給妳們補上。」

不管謝太太是真的有心給她們添飭東西，還是故意跟大太太較勁，慧馨覺得這事都不該拒絕，她推辭了幾句便接受了。

林端如這邊卻是堅持不受，謝太太只好拍著她的手說：「好孩子，我知道妳是顧忌還在孝期，不過守孝也不妨事的，咱們挑著好料子，顏色素淨些就是。妳畢竟還是小姑娘，哪能出入都這般簡樸，外人還以為姨媽虧待了妳。」

慧馨見林端如神色複雜，怕她想得太多，便也跟著謝太太勸她道：「林姊姊，妳就接受母親的好意吧，林家姨娘在天有靈，肯定也希望姊姊能過得好些。」

林端如見謝太太和慧馨都堅持，也只得應下。她面上一片嬌羞地跟謝太太道謝，又跟慧馨道謝。心裡頭卻忍不住嘆氣，她不願接受二房過多的恩惠，也是擔心別人會以為她貪圖謝家的東西，更加不想摻和謝家大房和二房的矛盾。

「這幾日事忙，七丫頭幫我多照顧妳林姊姊。下午我還得去看妳二姊，妳們先各回院子吧！」謝太太這才遣了慧馨她們。

慧馨聽謝太太要去探望慧嘉，眼睛一亮，可又見謝太太一副略顯疲憊不想多說的樣子，慧馨直覺得謝太太不想帶她去看慧嘉，便把到嘴邊的話又嚥了下去。

【第一百二十八回】

喜訊

謝太太滿臉喜色地下了馬車，不顧周圍下人的詫異之色，便帶著魯媽媽急急地回了自己的院子。見謝老爺不在屋內，謝太太便吩咐紅芍：「去看看二老爺是不是在書房，若是在，便請二老爺馬上回來一趟。」

紅芍應了聲是便去了。

謝老爺正跟謝睿商量事情，見紅芍來找他，便隨口問道：「何事如此慌張？」

「奴婢不知，太太剛從漢王府回來……」紅芍今日被留在府裡守院子，謝太太去王府只帶了魯媽媽一人。雖然謝太太急著找謝老爺，不過看謝太太一臉喜氣，定然不是壞事。

謝老爺心知事情恐怕跟王府那邊有關，便囑咐謝睿自己看書，轉身就回了院子。謝老爺一進內室，發現只有謝太太一人在屋裡，而紅芍則自覺地守在了門外。

謝太太見謝老爺進了門，又往門口看了看，這才跟謝老爺說道：「老爺，大喜事啊，慧嘉有喜了！她進王府也快一年了，我一直擔心著，這下可總算放心了，真是阿彌陀佛，佛祖保佑啊！」

謝老爺聞言，也是心喜，雖說他還不打算現在就站在漢王這邊，可如今的形勢，慧嘉在王府的腳跟站得越穩於他們謝家越有利，於他也是利大於弊。

「幾個月了？」謝老爺問道。

「才一個月多點，王府那邊沒把消息往外傳，等三個月胎穩後，再正式送消息過來。」謝太太說道。

「既然如此，此事暫且保密，大房那邊先不要說。」謝老爺說道。

「老爺放心，妾身省得。過幾日得了空，妾身想去寺裡添些香火。」謝太太說道：「睿哥的婚事也要操辦起來了，今日慧嘉答應說，託王府的關係介紹些人給府裡，妾身做起事來才能得心應手。」

謝老爺沉下了臉看著謝太太，搞得謝太太一陣心虛，難道找慧嘉幫娘家這點小忙都不行？

謝老爺沉吟了半晌，這才說道：「這些事情妳做主便是，不過要拿捏好分寸，別讓外人說三道四了。」

謝太太見謝老爺並不反對這樣做，這才鬆了口氣說道：「妾身曉得了。」

謝太太從漢王府回來滿臉笑容地進了府，這個消息很快就傳到了慧馨的耳朵裡。自從謝老爺來信說要進京，慧馨就再沒去漢王府那邊。慧馨心知謝太太肯定要去探望慧嘉，而娘家人太過頻繁地看望側妃，於禮不合。既然謝太太是笑著回來的，慧嘉那邊肯定不會有壞事了。

過了幾日，慧嘉給謝太太找的幫手就來了。慧嘉是謝老爺一手調教長大，深知謝老爺為人，所以慧嘉派了王府常用的牙婆[1]帶著人直接找到謝太太。謝太太笑著收下了人，訂好了契約，給牙婆包了個大紅包。

謝太太當天就把慧馨和林端如院裡的人補齊了，又在謝睿書房那邊置了個小廚房。牙婆帶來的人有灶上的，這是謝太太預備給新宅子用的，暫時安排在二房這邊，省得往大廚房那邊安人還要驚動大太太。謝太太做這些，用的都是二房自己的錢，大太太就算知道了，也不能說什麼。

這些人裡有兩個是專做針線的，跟謝太太說道：「……太太何苦非要去那櫻彩樓，四喜舖那邊有上好的衣料，連最新流行的衣裳圖樣都有，太太一併買了來，咱們就可以把主子的衣裳做起來，保證手藝不比櫻彩樓的差。櫻彩樓也就是名氣大，要說手藝也就那樣，她們老闆是宮裡出來的，可不能件件衣裳都由老闆做吧，店裡的師傅也不過是外面招來的繡娘。她們師傅脾氣又大，做起衣裳來哪有府裡自己人做的貼心。」

謝太太深覺她們說得有理，又仔細問了京城的店舖，便帶上魯媽媽一起出去採購衣料了。

謝太太外出購物的時候，慧馨正在屋裡教木槿幾個丫鬟串珠花。木槿幾個自從見了慧馨帶回來的珠花手串之類的，就眼饞得不行。不過她們也知道分寸，明白這麼貴重的材料不是她們能用的。幾個女孩子便託人從外面買了幾盒普通的珠子，央著慧馨教她們串珠花。

慧馨反正無事，便跟木槿她們玩起了串珠。除了珠花手串耳環，慧馨還拿了木槿的一支鏤空木釵。通過鏤空的間隙，把珠子串起來固定在釵頭，繞來繞去，竟成了一支小型的蝶戀花。木槿幾個看得眼都直了，連木樨都瞪大了眼睛一眨不眨。

木槿看著慧馨手上拿的釵子，兩眼冒光，「……小姐……」

慧馨嫣然一笑，把釵遞給她，「賞妳了。」

木槿寶貝一樣地接過釵子，別的小丫鬟搶著要看。

慧馨說道：「把妳們的也拿來，我教妳們做。」

慧馨院子裡一陣陣笑聲，直到魯媽媽帶著針線上的人抱了一堆布料過來，她們才結束。

魯媽媽先把針線上的人介紹給慧馨：「……這兩位新來的是專管針線的。」

慧馨忙道：「兩位媽媽好，以後要多承二位照顧了。」

兩人忙給慧馨行禮：「小姐折煞奴婢了，這都是奴婢的本分。」

魯媽媽又拿出兩匹布料給慧馨看，「這兩匹料子，太太吩咐放在七小姐屋裡，方便小姐練針線用。」

慧馨滿口稱謝讓木樨收了料子，木槿這邊端了茶水點心過來。慧馨說道：「媽媽坐下歇會，跟著太太出去一天，累壞了吧？咱們有事慢慢說，不礙事。」

【注釋】

①舊時以介紹人口買賣為業的婦女。

魯媽媽心想，這七小姐果然會做人，被木槿按著喝了一杯茶，又站起來說道：「奴婢多謝小姐體恤，不過咱們這邊完了，還得去少爺和林小姐那邊，耽擱不得。」

慧馨說道：「真是辛苦媽媽們了，木槿，把這點心包起來，待會讓媽媽們帶走。」

魯媽媽又指著其他的布料說道：「七小姐看看，還有哪些喜歡的料子，太太說了，再給小姐做四身冬裝，以後這府裡有專做針線的，小姐少爺們做起衣裳就方便了，今兒來就讓她們給小姐量尺寸。」

【第一百二十九回】

又傳喜訊

慧馨藉著量尺寸的當口，問魯媽媽：「林姊姊那邊媽媽可曾去過？」

魯媽媽說道：「……林小姐還在孝期，太太專門挑了幾匹素雅的料子，等把七小姐和二少爺的尺寸量完，奴婢就去林小姐那邊。」

「還是母親想得周到。」慧馨說道。

解決了新衣問題，謝太太又想添置些首飾，慧馨和林端如兩個姑娘，雖然不需要太多首飾，但也總要添些新的、時興的。

慧馨對此無所謂，謝太太願意抬舉她，她自然得接著。林端如則有些誠惶誠恐，謝家幫她打聽消息，一直沒回音，謝太太又一個勁給她添置東西，總讓她有些心神不寧。

謝太太忙完這些雜事，派出去找房子的人也有了消息。二房準備買座新宅子給謝睿成親用，因著婚期在明年四月份，所以年前就要把宅子定下來，重新粉刷裝修需要時間，女方那邊還要量屋子尺寸打家具。

是夜，謝太太在屋裡跟謝老爺商量：「……有一個三進[1]的就跟這邊隔了兩條街，價格適中，御街那邊也有一個三進的，雖然有點貴有點遠，畢竟地段好……」

謝老爺看了謝太太一眼，問道：「妳只看了三進的？」

「就給睿兒結婚用，三進足夠了。」謝太太答道。

「婦人之見！」謝老爺突然沉了臉，「讓妳買新宅子，是給我們二房住的，不是給睿哥一個人的。」

「老爺的意思是咱們都得搬過去住？那這邊的宅子怎麼算？難不成就給大房了？」謝太太不可置信地說道。

「當年分家的時候，我們兄弟就說好了，京城的老宅子和莊子不分，歸在公中，既不是咱們二房的，也不是大房的。等睿哥娶了媳婦，七丫頭也搬到那邊去，有睿哥媳婦照顧她，老這麼靠大嫂照顧，咱們說不過去。大房那邊，等亮哥回來說了親，也要另找住的地方。以後這老宅子就是謝家聚會的地方，節慶也可以暫時住在這裡。」謝老爺說道。當年謝家老太爺去世，兄弟四人決定「分家不分心」，為了四兄弟有個團聚的地方，京城這塊的祖產就一直保留在了公中。

「老爺這話會不會太一廂情願了？雖然當初分家的時候有言在先，可現在大房在這裡都一年了，我看大嫂那樣子，根本是想把這宅子佔住。這次咱們到京，大嫂處處壓著咱們一頭，要不然，我也不會去讓慧嘉幫我找人了。」謝太太有些不情願地說道。

「這些都是我跟大哥商量過的。老三老四常年不在京裡，大房和二房不能都住在這裡。趁著這次睿哥結婚，咱們二房先搬出去。回頭亮哥也按這規矩辦，大嫂是長嫂，若她想一個人留在老宅子，那就讓她留下打理老宅子。大嫂就算想動老宅子的主意，大哥頭個就不會同意。妳別忘了，大哥這次能分到京畿的差事，靠得可是漢王那邊。」謝老爺說道。

謝太太聽謝老爺這般說，心知她說什麼都無用，只得應道：「既然老爺有了主意，那妾身就照辦，明兒就讓許管家再去找宅子。」

臘月十六，謝亮從南方趕了回來，回來的當日便讓人送了四筐七彩的毛線到慧馨的屋裡，而他本人也到了慧馨面前親自賠禮。

當初謝亮南下匆忙，沒跟慧馨打招呼，就從她院子裡帶走了所有的毛線團，雖說是慧馨用剩的，但謝亮沒經過慧馨同意就拿走了，總有些不告自取之嫌。

【注釋】

①中國傳統的四合院式建築。

慧馨從筐中拿起一團毛線，顏色鮮豔泛著光澤，用手輕揉一下，鬆軟有彈性，放在鼻端輕嗅，似乎隱隱散發著香氣。慧馨不敢相信這是原本的羊毛線，要知道羌斥原本的羊毛線，顏色單調厚重，線也比較粗實，織出來的東西總少了一種輕盈感。而謝亮帶回來的毛線品質比原來的毛線有了質一般的改進。

謝亮見慧馨臉上並無怒色，這才鬆了一口氣。七妹一直比較有主見，他帶走毛線後一直擔心慧馨會不會因而對他產生厭惡。

謝亮說道：「大哥上次沒經七妹同意，就擅自拿了七妹的東西，這四筐毛線是給七妹的賠禮，還望七妹原諒大哥不告而取之罪。」

慧馨笑著說道：「大哥言重了，那毛線放在小妹這裡，也是無用之物，大哥同小妹聯絡不方便，又是急用，先取了去用也是情有可原。如今大哥還了我這四筐，還是小妹賺大了。」

「七妹如此通情達理，真是令大哥汗顏。」謝亮有些羞慚地說道。

「大哥再這般客氣，可就是把小妹當外人了。」慧馨說道：「大哥這趟南行便是去弄這毛線了吧？大哥送來這毛線跟原來的品相相差甚遠，小妹甚是好奇啊！」

「這毛線是咱家跟蔣家合作，在南方尋了戶織染世家，把原來的毛線打散重新撚線上色，實驗了許多回才弄成的。」

「蔣家？可是三姊的夫家？」

「正是。」

慧馨眼光一閃，謝亮並未接著她的話頭繼續說下去，看來有些內容是需要保密的。這麼短的時間內就把羊毛線改良到如今的程度，肯定不是謝家和蔣家能做到的。蔣家的生意做得再好，也只限於筆墨，看來在謝家和蔣家背後還有更大的勢力支持。謝家既然摻和了這事，以後謝亮多半就要做這方面的生意了。

慧馨見謝亮並不打算詳談，便也不再追著問，笑著說道：「既然如此，以後小妹要用毛線，便找大哥要了……」

謝亮這次回來，不但帶回了更好的毛線，還帶回了一個好消息，四小姐慧妍的親事快要訂了，男方正是跟謝家合作的那戶織染世家。

原本大房還想等親事確定後再公佈，可惜四小姐慧妍在自己屋裡一通摔砸，又連著罰了幾個丫鬟，這消息就被全謝府知道了。

慧馨聽到這個消息的時候，是真心替慧妍高興。總算解決了四小姐的婚事，而且慧妍現在的脾氣，也確實不適合在京裡找人家了。

【第一百三十回】各有心思

謝家祖上是暴發戶，給兒孫留下了豐厚的財產和土地。光慧馨聽過的，謝老爺手裡就有十幾處莊子，謝家曾祖最有遠見的就是有了錢就買地。也正是因為大房有錢，大太太在京城裡買東西也沒個節制，把個慧妍寵得越來越驕橫，若不找戶有錢人做親家，只怕一般家族裡哪能容兒媳這個花錢如流水法。

慧馨指揮著木樨等丫鬟把一坨坨的毛線纏成團，木槿打了簾子進來回話：「……四小姐那邊有兩筐，林小姐的院裡沒有動靜……」

慧馨看了看筐裡的毛線，終是決定：「從咱們這兒挑些顏色素淡、不要那麼鮮豔的，勻兩筐出來給林小姐送過去，就說是大少爺帶回來給姊妹們玩的。」

木槿雖覺有些心疼，這些毛線肯定值不少錢，不過還是按照慧馨的囑咐，找了四個小丫鬟抬了兩筐送去了林端如的院子。

慧妍從大太太那裡聽說了她的親事，就跟大太太鬥上了氣。

慧妍瞪著眼睛跟大太太說道：「娘，為何女兒的夫家是經商的？咱們家是書香門第，女兒不要嫁入商戶。再說，那個什麼蘇家在川蜀，離京城這麼遠，女兒若是嫁過去，就再也見不到母親了，女兒不要離開母親。」說著，慧妍作勢趴在大太太的腿上，哭了起來。

大太太也不滿意這門親事，可是大老爺那邊已經做了決定，亮哥跟蘇家已經談妥，他前腳先回來，後腳提親的人就會來，估計也就這幾天的光景了，兩家人要在年前就把帖子換了。

大太太就算再心疼女兒，也沒能力反駁大老爺的決定，只得勸慧妍道：「乖女啊，那蘇家雖說是做生意的，可世代也有讀書人，跟一般的商戶不一樣。我聽妳大哥說，在川蜀蘇家說第二，沒人敢說第一的。蘇家老爺子跺跺腳，川蜀的官府也得讓路。」

大老爺今日正好休沐，剛從書房跟謝老爺談完事情，一撩簾子進屋，正看到慧妍抱著大太太的腿哭。

大老爺氣得一甩袖子，說道：「哭什麼哭，妳爹我還沒死呢！」

慧妍見是大老爺，轉身便拽著大老爺的袍袖哭道：「爹，我不要嫁到蘇家。」

大老爺聽了慧妍這話，氣得鬍子一抖一抖，一個大力就甩開了慧妍，指著大太太說道：「妳就是這麼教女兒的？這種話也說得出口！哪有未嫁的女兒談論自個的親事的，父母之命，媒妁之言，容不得她在這裡大呼小叫！」

大老爺轉頭又指著慧妍道：「妳看看妳，自從進了京城就知道整日塗脂抹粉，衣裳做了一套又一套，沒有一件是妳自己動手做的。妳說，妳有多久沒動過女紅針線了？光知道跟人攀比，我謝家不是這樣教女兒的！」

大老爺又轉過身對著大太太說道：「從今日開始，到婚事定下來，慧妍就待在自己的院子，哪裡也不許去，每日抄十遍《女誡》，少一個字也不行，妳親自去看著。」

大太太和慧妍上來就是一通訓，滿肚子的話也不敢說了。大太太跟慧妍使了個眼色，慧妍見大老爺真生了氣，也不敢多留，忙告了聲退了出去。

大太太見慧妍出去了，忙上前幫著大老爺洗漱更衣，又把蕙香遞過來的茶水端到大老爺跟前，見大老爺面色好了些，這才呼出口氣。

大老爺見大太太一副小小翼翼的樣子，嘆了口氣，老夫老妻了，要不是慧妍實在太出格，他也不會當著女兒的面訓斥妻子。

大老爺又呷了一口茶，這才跟大太太說起來：「……妳以為蘇家這門親事是咱們慧妍低嫁？我和亮哥為慧妍訂這門親，是為了兩家以後合作生意鋪路？其實並不全是這樣。上頭的意思現在已經很明確，跟羌斥修好已是必然，亮哥能趕上這個時候，在羌斥大趙通商初期搶佔一席之地，少不得蘇家的技術支援，這只是其一。其二……妳看看妍兒如今的脾氣，驕橫成什麼樣子了？這個鬧法，也不怕二弟一家笑話。蘇家有錢又不缺勢，妍兒嫁過去也不用擔心她會受苦。亮哥跟妍兒說的對象，正是負責跟亮哥合作的蘇家三少，三少已經跟亮哥承諾，等他們成親後，他們就搬到山西去，那邊離著西北近，近水樓台先得月，在那邊開辦毛織廠，到時候慧妍跟著他一起過去。到了山西，家裡頭就是妍兒直接當家，上沒有公婆立規矩，下沒有妯娌要應付，妍兒去了只有更享福的份。」

大太太聽大老爺說得在理，雖然心裡頭總有那麼點膈應[1]，轉念一想，蘇家這門親算是定下了，既然蘇家有錢，那女兒的嫁妝也不能少了。想到這裡，大太太就盤算起了慧妍的嫁妝來。

林端如看著面前兩筐毛線，有些游移不定，正在想心事的時候，旁邊有個聲音響起：「七小姐真是有情有義，有好東西都不忘姊妹。奴婢聽說這毛線正是京裡流行的稀罕物，以前雖沒見過，不過看這色澤，肯定名貴得很。」

林端如抬頭一看，正瞧見許媽媽趴在筐子邊，兩眼放光地看著裡面的毛線。這許媽媽正是去年謝家來京城時謝太太指給慧馨的，負責在船上照料慧馨的飲食起居，可是到了京城後，先是小姐們重新請了教習嬤嬤，後又是慧馨入靜園，這許媽媽自從到京城後就被閒置了起來，謝太太她們回京城也把她給忘了，結果她就被留在了京城謝府裡成了閒人。前幾天謝太太給林端如添了院裡人，又怕丫鬟們不盡心，便把許媽媽也指給了林端如，幫著林端如管理院裡的人事。

林端如看著許媽媽發起了呆，直到許媽媽又出了屋才醒過來，她終是下了決定叫秋紋過來吩咐道：「這毛線怎麼個用法，咱們也不懂怎麼用，妳有空就拿幾個，到七小姐院裡討教下，我估計這東西，只有七小姐身邊的丫鬟才懂得，妳有空就多跑幾趟，跟她們親近親近，順便打聽一下七小姐

【注釋】

①討厭、噁心的意思。

是個怎樣的人。」

秋紋點頭應是：「……小姐，我看七小姐送這東西過來，分明是給小姐長臉的，謝大少爺送東西咱們院裡是沒有的，奴婢聽說這是七小姐把她那份勻了一半送過來的。奴婢雖然不知道這東西怎麼用，可也知道是好東西，咱們收起來留著給您做嫁妝吧！」

林端如嘆了口氣道：「我也希望她是個好的，只是知人知面不知心，咱們在江寧那邊吃了多少虧，我是沒法再輕易相信別人了，咱們也沒本錢再讓人騙一回了。」

秋紋拿了一坨毛線往慧馨的院子裡找到了金桂，金桂是跟著慧馨從江寧到京城的三等丫鬟。秋紋自然是想找木槿木樨，可惜她們兩個一直在慧馨的屋裡不得閒，秋紋正巧看到門口的金桂，金桂看起來又一副好說話的樣子。

金桂邊教秋紋纏線團邊說道：「……我就會纏個線團了，我們院裡就只有小姐、木槿姊姊和木樨姊姊會織這東西，小姐原本畫了圖片教我們，可惜我太笨，怎麼都學不會，若是林家小姐要織這個，可以直接去問我們小姐啊，我們小姐很好說話的。」

秋紋見金桂一臉單純，應該不會有心計故意騙她，便問道：「金桂妹妹原來是哪裡人啊？」

「我是江寧人，跟著小姐從江寧到京城的。」金桂答道：「我們院裡，就只有木槿姊姊、木樨姊姊、喬桂還有我是從江寧就跟著小姐的。」

秋紋又跟金桂玩了一會才回了院子，後來幾天又隔三岔五地就去趟慧馨的院子跟人聊天。沒多久，木槿就把這事告訴了慧馨。

慧馨笑著吩咐木槿說：「去把前幾天畫的圖片找出來，就是我教妳們編織用的。」

這天下午，林端如就帶著秋紋到了慧馨的院子，來找慧馨請教毛線怎麼用。慧馨笑著迎接了林端如，兩人坐在榻上談論毛線，林端如問什麼她就答什麼，也不藏私。

這幾日，慧馨早把林端如的身世打聽清楚了，在她看來此林姊姊與彼林妹妹實在不同。那個林妹妹清高孤傲，這個林姊姊卻願意屈尊降貴。

林姊姊與林妹妹一樣都是孤女，依附在母族討生活，結果林妹妹鬱鬱終了，林姊姊卻求了謝太太帶她來了京城。雖然慧馨不知道她後面打算如何，但她放棄了母族，以後的日子總還有希望來著。與林妹妹相比，慧馨更欣賞林姊姊，至少她在逆境中沒有放棄。雖然林姊姊在大太太和謝太太跟前曲意奉承，可是慧馨自己還不是也得想著法地在謝太太面前討好賣乖。這就是大宅門的生存之道啊！

林端如後來又來找了慧馨幾次，兩人就漸漸熟了起來。慧馨忙著織手套，林端如有時候也拿了針線到慧馨這邊來做。

【第一百三十一回】

算計嫁妝

慧馨幾日跟林端如相處下來，總覺得兩人間隔了層東西，始終無法像跟欣茹那般，人跟人終究是不同的，許多東西是強求不來的。對慧馨來說，跟林端如相處總好過應付慧妍。如今謝府裡住著兩位太太三位小姐，都有抬頭不見低頭見[1]的時候。

京城的天氣也越來越冷，屋裡的火盆都燒上了，京城冬天本就比江寧乾燥，謝太太這些日子忙著操辦謝睿的婚事，還要出府看房子，幾天都不得閒，進進出出，一時沒注意就病倒了。

這天下午，慧馨熬了湯水孝敬謝太太，其實謝太太的病主因就是上火，空氣本來就乾燥，屋裡火盆燒得太旺，又不能及時補充水分，再加上心裡頭有事，這就上了火了。

慧馨一進屋，就看到林端如在給謝太太捏頭，旁邊還坐著大太太。林端如在這裡不奇怪，自從謝太太病倒，林端如就在謝太太身邊侍疾，慧馨不好同她爭搶，這才另闢蹊徑[2]給謝太太熬湯。大太太也在就奇怪了，她應該忙著準備慧妍的婚事才對啊！

魯媽媽接過木槿手裡的湯罐放到桌上，慧馨過去先盛了兩碗，逐一端給了謝太太和大太太，又回頭盛了一碗遞給林端如，「林姊姊先歇歇，嘗嘗妹妹熬的這花生豬蹄湯。京城乾燥，咱們從南方來，多有不適，冬日裡要多喝湯水。這花生豬蹄湯能養氣血，強健腰腿，補血潤燥。」

謝太太也笑著說：「林丫頭先別給我捏了，一起來嘗嘗妳七妹妹熬的湯，七丫頭這手藝，我嘗著是越來越好了。」說完，謝太太還看了旁邊的大太太一眼。

慧馨笑著說：「我也是頭次熬湯，從靜園學了這些，一直還沒試過呢。」

林端如接過慧馨手裡的湯碗，嫣然一笑說道：「謝謝七妹妹，我這可是沾了兩位太太的光，七妹妹從靜園學來的手藝，肯定比咱們都強。」

慧馨忙謙虛地說道：「不過是些上不得廳堂的技藝，我也算是現學現賣了，哪能真跟別人比呢！倒是林姊姊這些日子幫著我照顧母親，忙前忙後的，慧馨在這裡要謝過姊姊。」說著，慧馨對著林端如盈盈一拜。

林端如忙避開不受，目光盈盈地說道：「妹妹說的是哪裡話，七妹妹的母親，也是我的姨母，姨母生病，我們小輩在一旁照顧，是應當應分的，妹妹這一謝可要折煞我了。」

謝太太這幾日身受慧馨和林端如服侍，雖然還病著，心情卻是很好，尤其跟旁邊的大太太一比，直覺地林端如和慧馨都比慧妍更懂事，便說道：「妳們姊妹也別謝來謝去了，要我說，妳們兩個都好，孝順體貼，這幾日有妳們倆在身邊，我省了不少心啊！」

【注釋】

①總要碰面、遲早要面對的。

②另外找新的方法解決問題。

大太太在旁邊聽得耳朵酸，慧馨和林端如表現越好，反襯得慧妍越差。慧妍這些日子都被拘在院子裡抄女誡，大太太是既心疼又無奈。

大太太見謝太太又看了她一眼，只得口不對心地說道：「還是弟妹會調教人，自家女兒教得好，連娘家女兒也這般出色，不知道將來誰家有福氣娶了她們。」

慧馨羞得拿帕子捂了臉低下頭，林端如卻是臉色先紅了又白。謝太太覺得大太太當著女孩家的面說這些不好，便說道：「……大嫂這段時日忙裡忙外地，還抽空來看我，我這也沒什麼，就是前幾日太忙累了身子，養幾日就好了。大嫂也得注意著，別像我一樣倒下了。」

大太太嘆了口氣說：「我這幾日忙著給慧妍置辦嫁妝，正有些事情想跟弟妹請教……」大太太說著看了慧馨和林端如一眼，又說道：「慧妍這幾日心情有些不好，妳們姊妹有空也過去看看她，妳們是同輩的姊妹，也好幫我開解開解她。」

林端如聽了有些猶豫，慧馨卻明白這是大太太在支開她們倆，大概大太太要跟謝太太說的話，不適合她們姊妹聽了。

慧馨站起身說道：「既然大伯母有事同母親談，慧馨正好趁這會，跟林姊姊過去看看四姊。」

林端如見慧馨已經這樣說了，便笑著挽了慧馨的手臂，一同出去了。

大太太見慧馨兩人出了屋，這才跟謝太太說道：「……慧嘉當年出嫁的時候，我記得陪嫁裡有兩個京城的莊子，聽說那兩個莊子都是千畝良田，還是咱家曾祖的時候就置下的。哎呀，我這幾天算計著給慧妍的嫁妝，這京城周圍都看遍了，就沒找著一塊兒像樣的地皮。京城裡頭達官顯貴多，周邊好點的地方都被他們佔了，更別說連成片的千畝良田了，就連五百畝的，我都沒找著。我想著川蜀蘇家也是百年家族了，慧妍的嫁妝怎麼也得風光些，不是我這個做娘的偏心她，這也是咱們謝家的面子不是？」

大太太這話一說，謝太太哪能不明白她打什麼主意。當初慧嘉出嫁，因著時間倉促，謝老爺四兄弟一番商量，從謝家公中拿了兩個莊子出來，這兩個莊子是連成片的千畝良田，在京城是很拿得出手的。為了以示公允，二房這邊拿了三萬兩銀子給了公中。當時二房不是貪圖公中的莊子，三萬兩銀子拿出去買地，也能買好幾個京郊的莊子了。只是謝家大老爺、三老爺和四老爺一是想跟二房示好，二呢也是這兩個莊子拿出來覺得好看。慧嘉的婚事是上面賜婚，漢王府的身價又擺在那裡，謝家不願外人說他們高攀，自然在慧嘉的嫁妝上精挑細選。如今，大太太提起這事，肯定是打起了公中幾個莊子的主意了。

大太太見謝太太沒有接話，便接著說道：「……我記得慧嘉嫁妝裡的那兩個莊子原是公中的，哎，我們大房這邊族裡的公帳都是老爺管的，我也不知道公中還有沒有這樣的莊子了，若是有，我也想給慧妍添兩個。」

謝太太眼光一閃，大太太果然打的這個主意，謝老爺四兄弟對京城公中的帳目，一向都是捏在自己手裡的，當初準備慧嘉嫁妝的時候，謝太太根本不曾打過公中莊子的主意，還是謝老爺有天突然說起，大房三房四房要拿公中的莊子給慧嘉添妝，二房這邊怕被人說佔便宜，這才又添了三萬兩銀子到公中。

謝太太見大太太盯著她看，便開口說道：「這京城的公帳，我們這邊也是老爺親自打理的，我也不知具體情況。若是大嫂有了主意，不妨直接問問大伯。」

慧馨和林端如這邊往慧妍的院子行去，估計她們倆都不太喜歡慧妍，便也不急，邊慢走邊說話。慧馨說道：「小妹見林姊姊捏頭的手法很特別，聽母親說很是管用，林姊姊若不嫌棄小妹愚笨，改日也讓小妹跟妳學幾手？」

林端如聽了慧馨這話，目光盈盈好似有兩行淚就要流下來了，她放開了慧馨的手臂，拿帕子按了按眼角，說道：「家母一直有頭風的老毛病，家人說是當年生我時落下的病，故而我才專門請教了名醫，學了這一手按壓的手法。可惜家母她……」

慧馨見林端如這副樣子，忙勸解她，早知道會引起她傷心事，就不提這事了，「姊姊可別傷心了，仔細傷了眼睛，林姨母在天有靈，也定不想姊姊總這般傷心的。」

林端如擦了擦眼睛，「好妹妹……我觀妹妹也是孝順的人，等妹妹有空了，姊姊就把這套手法教給妳，妳還可以在謝姨母跟前盡孝……而我就算想在母親跟前盡孝也是不能了……」說著，林端如竟又掉起淚來。

慧馨見此，實在是後悔提起這個話題，只能趕快轉移話題道：「姊姊快別哭了，要不妹妹可是要恨自己跟姊姊說這事了，以後肯定也不敢跟姊姊提這個了。咱們還要去四姊那邊的，教四姊瞧見了，還以為我這做妹妹的欺負了姊姊呢！」

林端如又哽咽了一聲，這才收住了眼淚，說道：「……真是讓妹妹見笑了，咱們快往四姊姊那邊去吧！」

慧馨哪裡還敢再說話，趕忙拉著林端如往慧妍院子行去。

慧妍剛在屋裡抄完今日的十遍女誡，正坐在桌邊想心事，見慧馨和林端如來看她，忙叫人請了她們進來。

慧馨一進屋，就被慧妍拉住了袖子。

慧妍有些嗔怪地說道：「妳們怎麼才來看我，我都要在屋裡悶死了。」

慧馨忙說道：「哪裡是我們不想來看妳，實在是母親那邊病了，我和林姊姊都離不開，這不一有空就過來了。」

慧妍往桌邊一坐，又說道：「妳們還來看我作啥，我都這樣了，妳們只管看笑話吧……挑來挑去，還是給我挑了個跟大姊一樣的人家。」

慧妍說的大姊，應該就是長房庶出的大小姐慧婷了。慧馨沒見過她，只聽說也是嫁給了有錢人家。

慧馨不好議論長姊的是非，便打趣慧妍說道：「四姊，妳看妳說的，一會嫌我們不來看妳，一會又嫌我們來看妳，妳這到底是想讓我們來不來看妳啊？大伯母還說要我們開解妳，妳到底有什麼煩惱，說給妹妹聽聽啊？」

【第一百三十二回】
挑撥

慧妍聽了慧馨這話，頹喪地坐到了桌邊，「妳們都知道了，何必再來問我，爹和大哥要把我遠嫁到川蜀去了。」

林端如聽到慧妍說起嫁人的話題，便用手帕捂了臉，臉紅地低下了頭。

慧馨拍拍胸口呼出一口氣，好似鬆了口氣般打趣慧妍道：「小妹還以為是什麼事呢！原來四姊是在愁嫁了。」

慧馨見慧妍斜睨了她一眼，也不以為意，繼續說道：「四姊何必為這種事犯愁呢？大伯和大哥相中的人家，肯定是好的，不會虧待了四姊的。」

慧妍聽了卻是不屑地說道：「妳懂什麼呀，那川蜀蘇家不過是商戶罷了。」

「川蜀蘇家？可是大哥這次合作的那個織染世家？」慧馨問道。

「就是他們家，大哥這分明是要把我賣給蘇家。」慧妍有些忿忿地說。

慧馨搖搖頭說道：「四姊這話就不對了，小妹聽說那織染世家已傳家百年，族中出仕的人也不少，早已不算商戶，更不是一般官宦人家能比。再說既然大哥跟蘇家有合作，那家人更加不會虧待四姊，否則根本瞞不過大哥，大哥也不會饒了他們的。」

林端如坐在一旁聽著慧馨姊妹說話，也不插話只一個勁地用帕子按額角。

慧妍嘆了口氣說道：「這些道理我哪能沒想到，只是有些心有不甘。罷了罷了，好歹我嫁過去也是正房太太，比那嫁入豪門只能做小妾，每日要看正妻臉色的強多了。」

慧馨眉峰一挑，這個慧妍真是太不講究情面了，慧馨勸導她，她倒要拿慧嘉來做反比，慧嘉可是二房的二小姐，慧馨就在當場，旁邊還有個林端如這個外人在。慧妍這話雖沒明說，在場的誰聽不明白？真真是說話不經腦子。

慧馨見林端如正用眼角看她，只得面上忍了，心裡卻不願再理這個慧妍。

慧妍也不知是真的想通了，還是故意的，突然起身拍了拍林端如的肩膀說道：「……再說，跟妳一比，我真該燒香拜佛了，好歹蘇家還有錢，我嫁過去不用受苦，妳就可憐了，還不知道那家人會怎樣呢……」

林端如聽慧妍說起她，莫非是趙家有了消息，忙兩眼淚汪汪地望著慧妍，「四姊姊可是聽說了什麼？有趙伯伯他們一家的消息了嗎？」

慧妍聽林端如這般問，卻露出了一副驚訝的樣子，「哎呀，原來妳還不知道？都是我多嘴了，不該在二嬸娘之前跟妳說的。」

林端如見慧妍這樣子，哪還不明白肯定是趙家出了事，看這樣子多半還不是好事，急急地拉著慧妍的手懇求道：「好姊姊，妳告訴妹妹，可是趙伯伯他們出了什麼事？」

慧妍忙擺了手說道：「沒有沒有，我什麼都不知道，妳別問我，我還受著罰呢！可不能亂說話。」

慧馨在一旁冷眼看著慧妍，她分明就是故意的，故意把話說個頭，卻不告訴林端如實情。慧馨不願再待在慧妍這裡了，便起身說道：「既然四姊還忙著，妹妹就不打擾姊姊了，四姊多保重，我和林姊姊先回母親那邊了。」

林端如原還想再問問慧妍，可是慧馨說了告辭的話，她又不想一個人留下，便只得按按眼角跟著慧馨身後出了屋。

慧馨看看心神不寧的林端如說道：「……林姊姊若有想知道的事，還是直接去問母親的好，四姊姊她一個姑娘家，懂不得事理，多半是道聽塗說了些什麼，就當了真。母親是姊姊的姨母，是真正照顧姊姊的人，肯定是事情還沒搞清楚，怕姊姊胡思亂想，這才沒有說的。姊姊若是真放心不下，不妨直接問母親試試，好過聽信別人的胡言亂語。」

林端如卻說道：「姑娘家的，哪能去跟長輩問這些……」

慧馨嘴角一抽，心下道：「得了，妳愛問不問，我是不再多管閒事了。」

慧馨兩人先到謝太太的院子一問，門口的丫鬟說大太太還在，看來她們還沒說完話，慧馨兩人便沒進屋，轉身回了自個的院子。

慧馨一進屋，便吩咐木槿道：「……最近多注意著林小姐的院子，有什麼風吹草動都來跟我說，再往太太和大太太的院子裡打聽下消息，尤其是關於林小姐的。」

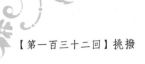

大太太白日在謝太太這裡碰了壁，晚上琢磨著等大老爺放年假了，再跟大老爺提提莊子的事。謝太太這邊雖然病倒了，可是謝睿的婚事仍然有條不紊地操辦著。她人一能起身了，就拿著許管家寫的條子，逐個去看宅子。

期間，西寧侯府又送過一次帖子來，是小姐們邀請慧馨一起去看馬球賽。大趙每年年末的馬球賽也是一場盛事，不只達官貴族的子弟們會參加，連平民百姓也會組隊參與。慧馨考慮到謝府的頂頭主子們都忙著，尤其是謝太太這邊，便只得先推辭了邀請。倒是謝太太打包了不少江寧的土產，讓送回信的人一併送去了西寧侯府。

謝太太和謝老爺幾乎把京城看了個遍，才在東城買下了一座宅子。聽去過那邊的魯媽媽說，那宅子靠近外城，雖然偏僻了些，可是宅子大，道路也寬敞，將來若是謝睿能進翰林院，可以直接騎馬走外環路，比在城裡頭路與路之間轉悠[1]方便多了。

【注釋】

①漫步、閒逛的意思。

那宅子的原主人，是個翰林，年紀大了要告老還鄉，兒女也沒人在京城，這才決定把宅子賣掉。那宅子佔地大，卻修得雅緻不奢華，正適合謝家的身分。

慧馨聽說後很高興，二房買大宅子的意思不言而喻，他們多半會都搬過去的。對慧馨而言，將來跟哥哥嫂子住一起，好過跟大房的人住一起。

臘月二十，西寧侯府又送了帖子過來。慧馨打開一看，這次的帖子請的不只慧馨一個人，而是連同慧妍和林端如一起請了，看來欣茹她們肯定是打聽過謝家的情況了。

帖子還是請慧馨她們去看馬球賽，不過時間卻是臘月二十三的。原來臘月二十三是小年，又是祭灶節，大趙女子不祭灶，所以白日裡只有男子祭灶女子迴避，晚上才一家人團聚。而京城又與別處不同，臘月二十三白日有專場的女子馬球賽，是京城女子不可錯過的事情。

慧馨拿了帖子去跟謝太太商量，謝太太看看帖子有些羨慕地說道：「……沒想到京城還有這等盛事，去年忙著妳二姊的婚事，這些都沒注意到，既然西寧侯府又送了帖子來，妳便去見見世面也好。至於四丫頭那邊，她現在還被妳大伯禁足，出不得院子，妳就直接幫她回了吧！」

謝太太此話甚合慧馨的心意，慧馨如今也是能避著慧妍就避著，省得讓她生出什麼事端來，更別提帶她出府了，慧馨可是千萬個不願意。

「那林姊姊這邊……？」慧馨問道。

「林丫頭那邊，妳去問問她吧，問她要不要去，讓她自己拿主意。」謝太太說道。

慧馨出了謝太太的屋子，便往林端如的院子去。想到林端如，慧馨忍不住嘆口氣。

上次慧妍提到的，其實是大老爺在同僚那裡打聽到了一點消息。林端如定親的那家人姓趙，他們家老爺原也是在京畿任職的，去年得了風寒，沒趕上重新派差事。那家趙老爺風寒時間拖得久了，吃了不少藥花了不少錢，可惜還是在今年初去了。那家的少爺原是今年要第二次參加秋闈的，這下要守孝也就耽擱了下來。如今趙家少爺帶著母親正居住在京城，只是兩人都不事生產，家裡景況日益捉襟見肘了。因還未打聽到趙家人具體的住址，謝太太就沒把這事告訴林端如。可惜這消息卻從大房漏了出來，謝府有點心思的人都知道了。

慧馨一進林端如的院子，便見到有幾個小丫鬟倚在牆角說悄悄話。

木槿皺皺眉，咳了一聲，小丫鬟忙過來給慧馨請安。

屋門口的許媽媽見是慧馨來了，忙過來行禮，「七小姐來了，表小姐正在屋裡頭呢，屋外頭冷，您快請進屋。」

慧馨卻在院子裡站住，四下裡看了一圈，才跟許媽媽道：「許媽媽，您是咱們府裡頭的老人了，又是從江寧跟著太太到京城的，太太把表小姐交託給妳照顧，您得盡心才是。這表小姐院裡的丫鬟不懂事，該管的，您就得管起來。妳看這白日裡，院子裡的落葉滿地都是，丫鬟們也不知道打掃。知道的人說咱們謝府馭下寬和，不知道的人還不得說咱們府裡的丫鬟奴大欺主，連表小姐都敢敷衍。」

許媽媽聽了慧馨這話，忙看了看院子裡，果然見地上落葉一層，一副多日不曾打掃的樣子，忙拿袖子擦了擦額頭，「七小姐教訓得是，都是這幫丫鬟偷懶，老奴回頭就好好教訓她們。」

慧馨嗯了一聲說道：「太太是信得過媽媽，才把媽媽調到表小姐的院子裡，妳原本也算是我院裡的人了，可不能讓太太和我失望。教訓丫鬟還在其次，關鍵是要照顧好表小姐。」

【第一百三十三回】意不在球賽

慧馨還沒進屋，林端如就從屋裡迎了出來，大概是在屋裡聽到了她的說話聲。

慧馨直接跟林端如說了來意，問她是否去看馬球賽，林端如果然推辭了。慧馨並不意外，林端如的性格有些謹小慎微，賽場那種氣氛確實跟她有些格格不入。

慧馨說道：「……既然姊姊另有要事，小妹便不勉強，下午就把回信給西寧侯府送過去，回頭小妹會把看到的盛況跟姊姊說的。」

慧馨說完便離開了，她還是不習慣跟林端如過多相處。雖然她剛才提點了許媽媽幾句，一半的原因是她同情林端如，另一半則是做給謝太太看。

當初在江寧，姊妹們一堆，她為了更好地過日子，選擇了做一個低調忠厚賢德的女兒。而如今二房的女兒只剩了她和慧嬋，慧嬋將來還不知會如何，可她必須得做個有情有義乖巧聽話的好女兒。只有這樣謝家才能對她放心，就算不能支持她，也不會故意扯她後腿。

不管怎麼說，林端如都是謝太太族妹的親女，又是謝太太帶到京裡來的。謝家就算只為了自家的名聲，也不能虧待了林端如。故而慧馨既然看到了林端如院裡的情況，就不能不聞不問。況且今時不同往日，她可以在謝老爺和謝太太面前依舊乖巧，但她畢竟在靜園已經待了一年，在對外的為人處事上，若是仍然沒有長進，那老爺太太那邊只怕要覺得她要麼無能，要麼太假了。

所以慧馨得把握好分寸，不能說得太過，也不能什麼都不說。她可以提點許媽媽好好照顧林端如，可是要說罰林端如院裡的下人，那是謝太太的事情。林端如在謝府享有什麼待遇，不是慧馨說了算，而是取決於林端如和謝太太的態度。

慧馨把回帖寫好，放在案頭，準備晚飯後再派人去送回信。帖子上說當日京城女子大多會騎馬上街，這分明是欣茹讓她騎含霜出去。慧馨心下歡喜，在府裡頭她也沒機會練練騎術，正好趁這機會去過過癮。

慧馨剛起身要去謝太太那邊，木槿打了簾子進來道：「……小姐，林小姐來了。」

慧馨疑惑了下便說道：「快請進來。」

林端如進屋跟慧馨寒暄了幾句，便停了不說話。

見林端如一副欲語還休的樣子看著她，慧馨只得先問道：「姊姊此來所為何事？跟自家妹妹，直說無妨。」

林端如有些不好意思地開口道：「不知西寧侯府的請帖，妹妹可曾回覆了？」

慧馨一愣，很快反應過來說道：「還不曾，妹妹準備下午再派人送過去，省得碰上小姐們午休，話也不好帶。」

「剛才妹妹從姊姊那裡離開後，姊姊思前想後，此事乃侯府的一片好意，姊姊來了京城後，從未出過門，京城裡的世面也沒見過，這話說出來真是讓妹妹笑話了……」林端如話越說聲音越小。

慧馨心下詫異，莫非林端如改主意又想去了？

秋紋見自家小姐看了她一眼，便上前一步說道：「七小姐，請允許奴婢插句嘴。」

慧馨看了林端如一眼，又看了秋紋一眼，這是小姐說不出的話奴婢服起勞了？慧馨笑著說道：「妳是林姊姊的貼身丫鬟，妳家小姐有什麼事，妳自該上心的。」

「……我們小姐從為老爺守孝開始，就沒再赴過別家小姐的邀請，到如今都上了年分了，尤其這段日子，小姐意志消沉，奴婢覺得心疼，才斗膽勸小姐跟七小姐一起去看馬球賽，就算湊不上熱鬧，去散散心也好。這話奴婢說了，實在是越矩……」秋紋說道。

林端如忙跟慧馨說道：「秋紋這丫頭只是擔心我，七妹別跟她一般見識，我還守著孝，實在不該出去……」

「小姐，您只是出去散散心，老爺太太在天有靈知道了，也不會責怪小姐的。」秋紋急著跟林端如說道。

慧馨抹抹額頭的汗，這主僕倆一番做派，哪裡是不想出去，分明就是想出去了。只是林端如為何會突然改了主意又想出去呢？

慧馨壓下心底的疑惑，面上笑著說道：「……妹妹也覺得秋紋這丫鬟說得在理，姊姊也當出去走動走動，咱們一起去看馬球賽吧，宋家的小姐們都是好相處的，姊姊也不必擔心，就當是陪妹妹出去一趟了。」

慧馨好一番相勸，才讓林端如點頭同意過兩日同她一起出府。慧馨送走林端如主僕後，一陣無語……分明是她們想去，倒叫她來勸她們。慧馨面對林端如突然有一種人外有人，山外有山的感覺。

慧馨忙又改了回帖，拿著帖子便去找了謝太太。還是早點把回帖送過去吧，免得待會慧妍那也聽到風聲，多了個林端如她還能應付，再多個慧妍她可就頭大了。

臘月二十三當日，慧馨和林端如乘了馬車出府，為了照顧林端如，慧馨的騎馬願望落空了。

慧馨坐在馬車裡，透過車窗的簾子一角，往外面的街上看，果然見到不少女子騎著馬行在街上，帷帽也不帶，三三兩兩地湊成堆笑談。今日京城的男子似乎都會盡量迴避，街上一個男子的影子也沒瞧見，今日果然是京城女子的好日子。

慧馨她們坐馬車，沒有別人騎馬快，等她們到達球場的時候，球場裡已經是熙來攘往。

紅翠正在球場門口等著慧馨一行，見謝家的馬車終於到了，忙迎了上去。紅翠領著慧馨和林端如去了欣茹她們的包廂，宋家三姊妹已經在裡面等著了。

欣語見慧馨帶了人來，迎上來說道：「妳可是姍姍來遲了，要我們怎麼罰妳？哎呀，這位漂亮姊姊是誰？妳從哪認識的？還不快介紹給我們。」

慧馨笑著說道：「這是我姨母家的姊姊，姓林名端如，從江寧來的，今日出來散散心，妳們可要好好招待我姊姊。」

欣語笑看著林端如說道：「我看著這位姊姊面善，原來是妳自家的姊妹，那咱們都是好姊妹了，別站著了，快點坐下，一會球賽就要開始了。」

慧馨見欣茹一個勁地朝她招手，便過去坐在她身邊。林端如羞紅著臉跟欣語三人見了禮，便坐到了慧馨的側後位置，離宋家三姊妹都有些距離。

欣茹衝著慧馨一陣擠眉弄眼，顯然是在問林端如是何許人，慧馨衝她挑挑眉頭，示意她現在不宜談論這個。

有丫鬟拿冊子遞給慧馨和林端如，慧馨翻開看了看，上面寫著今日的賽程和參賽隊伍的基本介紹。雖然慧馨不懂馬球，但她也知道打馬球是個危險性比較高的技術運動。欣茹眉飛色舞地跟慧馨介紹冊子上的幾支隊伍，還說要打賭看哪支能贏。

慧馨也不時跟林端如說幾句話，但林端如只笑著應付卻不肯多說。慧馨心下更奇怪了，她原本以為林端如突然改主意要來看球賽，是想跟侯府小姐結交，不過看如今她這態度，又實在不像了。

欣茹吵著要去壓賭，慧馨便隨手選了一個隊伍壓了，賭檔是賽場開的，欣語派人去壓了賭。林端如並未參與，只是端莊地坐在一旁看著球場裡。

球賽終於開始，今日參賽的有八支隊伍，上午四場預賽，下午是半決賽和決賽。

慧馨盯著場上飛奔交錯的馬匹，為馬上的人捏了一把汗，太危險了，若是從馬上摔下來，可真不是鬧著玩的，不知道她們身上綁的護具能起多少作用。

慧馨正聚精會神地看著賽場上的風雲變幻，木槿卻從她身後喚了她一聲。慧馨回頭見木槿白著臉色站在她身後，一副欲言又止的樣子，顯然是有話要單獨跟她說。

慧馨跟欣茹打了個招呼，又見林端如一臉嚴肅地望著她，她只得跟林端如說了聲「無事」，才跟著木槿出了包廂。

這個時辰大家都在看球賽，走廊裡一個人也無。木槿這才跟慧馨說道：「小姐，剛才金桂跟奴婢回報，秋紋拿了些林小姐的首飾給金桂，求金桂去當舖幫她把東西當了……」

慧馨皺皺眉頭問道：「有沒有問秋紋她哪裡來的首飾？」

「金桂問了，秋紋說是林小姐賞給她的，秋紋在京城有個親戚，她便想把首飾換成銀子給那個親戚。」木槿回道。

慧馨皺著眉頭沉思，以秋紋的膽子，那些首飾肯定不是從林端如那偷來的，否則她就不會敢找金桂幫她換銀子。林端如平時也不像有錢的樣子，就算跟秋紋情分再好，也不可能有多餘的錢給秋紋的親戚。這對主僕肯定有什麼事情瞞著她，莫非林端如突然改主意也跟這事有關？

慧馨沉吟了半响說道：「讓金桂找個藉口，再跟秋紋套套話，不過不要嚇到她，最好能問到她那個親戚是做什麼的，再讓金桂去找家當舖，把首飾估個價，看那些首飾究竟值多少再說。」

木槿應聲去了，慧馨回到包廂裡，見林端如正看著她，便笑著說：「幾個丫鬟調皮，想去樓下看比賽，我允了她們輪流去。」

【第一百三十四回】
貼錢

第二場球賽，是兩支貴女隊，兩支隊伍都是由大家閨秀組成的，其中一隊的隊長竟是袁橙衣。

欣茹輕呼了一聲，說道：「袁姊姊還是上場了，前幾日聽說她身子不好，侯府裡都不許她報名，誰知她竟然還是上場了。」

欣語笑著說道：「袁姊姊是手上有真功夫的，每年就今天有機會痛快玩一天，她哪能錯過。」

慧馨說道：「還是袁姊姊厲害，文武雙全啊！」

欣茹在一旁聽得直點頭，廣平侯府的家風與西寧侯府不同，同樣是公主的女兒，西寧侯府對欣茹和欣雅就是嬌養，廣平侯府對袁橙衣則嚴格不少，今年靜園乙院升甲院的人只有袁橙衣一人。

馬上的袁橙衣跟平時完全不同，少了溫文爾雅，多了意氣風發。球場上的袁橙衣指揮著隊友，英姿颯爽地與隊友配合傳球。這場比賽，袁橙衣這隊贏了。

兩場比賽結束，中間有半個時辰的休息時間。木槿又過來找慧馨，慧馨便起身去走廊，欣茹也跟著起了身，到走廊透透氣，在包廂裡坐了半個上午了。

木槿見欣茹站在慧馨的身後，看了慧馨一眼沒有開口。慧馨心知她顧慮，便說道：「三小姐不是外人，有話妳直說便是。」

「回小姐，秋紋說，她那個親戚原是她家遠房的一個嬸娘，前些日子捎了信來說生病了，秋紋這才想送些銀兩接濟她家一下。金桂去附近的幾家當舖問過了，那些東西最高開價五十五兩……」木槿說道。

五十五兩？這可不是個小數目，夠一般百姓幾年的嚼用[1]了。慧馨皺皺眉，這些錢只怕是林端如要秋紋來換的，只是不知林端如要這些錢來做什麼？興許是為了打賞院裡的人吧！難怪林端如會跟她一起出來，平時在府裡她肯定是不敢拿東西去讓人換錢的，這事若是被謝太太或者大太太知道了，她在府裡的處境就會很尷尬。

看林端如雖沒有跟她明說，但在包廂裡卻不避諱與她相視的樣子，估計早就編好了說辭等著她了，只要慧馨去問，林端如主僕肯定有一套套的理由可說。

慧馨嘆了口氣，轉身問欣茹道：「妳這趟出來可曾帶了銀兩，借我六十兩，回頭還妳。」

欣茹也沒多問，吩咐紅翠拿了個荷包出來，裡面裝了六十兩銀子遞給慧馨。

慧馨把銀子交給木槿，說道：「讓金桂拿這些銀子給秋紋，就說是當東西的錢，至於東西妳先收起來放好，後面的事等我們回府後，仔細想想再決定。」

木槿接了銀子應聲去了，慧馨轉身對著欣茹嘆了口氣。

欣茹問道：「是妳那位林姊姊的事情？」

「我也是憐她一個孤女，只能依附著姨母生活，聽說她母親的嫁妝都被母族的人吞了，她手頭有些緊也是情有可原。我既然知道了這事，總不能眼睜睜看著她拿東西去當舖。」慧馨說道。

「那妳是準備先貼錢給她了？回頭要不要告訴妳家太太？這事教妳家太太知道了，只怕心裡不會好受了。」欣茹說道。

「這個以後再說吧，先讓人看看她拿了錢準備做什麼，若是無事，我也不願去太太跟前說閒話，六十兩銀子我現在還貼得出來。」慧馨有些無奈地說道。

慧馨和欣茹回了包廂，包廂裡欣語她們正在吃點心，見慧馨兩人回來了，便招呼她們。

「這球場的人倒是精明，準備的東西夠多，茶水點心樣樣不缺。聽說午飯也在球場這用？」慧馨問道。

「你可別小看這馬球場的師傅，今日球場這邊可是請了不少京裡的大廚來助陣。聽說最早球場這邊不供飯，到了中午街上的酒樓擠得連個站腳的地方都沒有，每年今日來看球賽的夫人太太們可不少，因著用飯不便提了幾回意見，這才改由球場提供飯菜了。從那後，每年今日的球場午宴，也成了京城大廚比拚的場合。中午有兩個時辰的用餐時間，妳們兩個有足夠時間多嘗幾道菜。」欣語

【注釋】

①吃用、生活開支。

說道。

待比賽再度開始，木槿又進來給慧馨回了一次話，慧馨只是點點頭沒有再出包廂。林端如見慧馨並沒有格外注意她，好似鬆了一口氣般。慧馨心下嘆口氣，這古代人也夠累的，一點小事情也搞得這麼麻煩，不就是缺錢用了嘛！

午宴果然豐盛，菜品的樣品都擺在一樓的大廳裡，選中了什麼菜便到球場小二那裡記單，飯菜做好後會送到包廂裡。沒有包廂的人，則在大廳裡側專門闢出來的地方用餐。

欣語欣雅各點了兩道菜，欣茹相中了烤全羊又有些不好意思開口。

慧馨先問林端如想吃什麼，林端如搖搖頭說：「我初來京城，這些個菜看得稀裡糊塗，還是幾位妹妹點吧。」

慧馨便笑著說道：「那就來隻烤全羊吧，我也不再點了，一隻羊四個菜足夠咱們吃了。」

烤全羊做起來比較費時辰，慧馨四人吃光了四道菜，又添了些點心，小二才抬著烤全羊進了包廂。旁邊跟著大廚，刷刷幾下把羊肉片了下來。

慧馨以前沒吃過烤全羊，見欣茹拿了麵餅、裹了羊肉、捲了菜葉就吃了起來，感覺跟吃烤鴨的手法差不多。

林端如似乎是嫌羊味腥羶，只夾了一片羊肉嘗了嘗就不再吃了。

慧馨倒覺得這羊烤得恰到好處，不膩不羶，混著各種調料，顯得肉嫩味濃。冬天嘛，正該吃羊肉的。

下午的決賽，是在袁橙衣那隊貴女隊，跟一隊平民隊之間進行的。老百姓的女孩子顯然比大家閨秀還要放得開，打風更大膽，雖然她們的馬匹和裝備沒得比，但是在一番苦戰後，仍是平民隊贏得了比賽。

袁橙衣的隊伍雖然輸了，但她看起來並不沮喪，還親手把獎金發給了冠軍隊伍。聽說前五名都是有獎金的，這也是為什麼平民隊會這麼拚命的原因之一，據說第一名的獎金，分到每個人手裡可以供一家子幾年嚼用了。

【第一百三十五回】

問話

看完比賽臨分手，欣茹問慧馨過幾日要不要去小燕山玩，慧馨嘆口氣說道：「年前是肯定不行了，我家才買了宅子，據說要年前粉刷完，我估計過幾日太太會帶著我們去看屋子。家裡頭長輩們都忙著，我也不好老往外面跑。所以年前這幾日不方便出府了，等過了年興許會閒下來。」

慧馨回了院子，便叫了木槿過來吩咐：「這段日子注意著林小姐那邊的動靜，尤其是秋紋，看看她是不是真會捎東西出去。」

木槿應了聲是。

慧馨又說道：「有件事我想不通，這林小姐和秋紋按說是第一次到京城，又沒出過門，怎麼跟她那個親戚聯繫上的？」

「小姐有所不知，咱們府裡內院有個直通外面的後門，以前府裡沒有主子常住，內院的下人都是從那裡直接出入。後門的巷子裡經常有貨郎來往，府裡的丫鬟們常託守後門的婆子幫她們從貨郎那裡買些東西。一直沒出過什麼事，大太太也沒發過話，只是後來那婆子膽子大了起來，如今不只幫丫鬟們買東西，還幫著丫鬟們往外捎東西。奴婢聽說那婆子是大太太房裡蕙香姊姊的親戚，她們家還在府外買了宅子，不當值的時候那婆子都回自家住，算是能在府裡自由出入了。起初咱們院裡也有丫鬟跟著人去買東西，奴婢這才知道後門的事。只是小姐那時候不在家，奴婢又不好直接去找大太太，只得約束咱們院裡的人，不准她們再到後門去。後來奴婢就把這事給忘了，今日還是金桂問起秋紋，秋紋跟金桂提起了後門。」

「竟敢私開後門捎東西？這婆子也太大膽了。」慧馨說道。

「秋紋便是託那婆子在外頭打聽的消息，原本也想託她幫著換銀子，只是擔心那婆子會私自昧下錢，才決定找金桂幫忙。」

慧馨皺眉，越想這婆子的事情感覺越不對，「這婆子還能在京裡打聽消息？這可不是小事，別她在外面用的也是咱們謝府的名頭，連秋紋都知道她這麼有本事，可見那婆子平時行事有多囂張。這事妳還得去打聽打聽，弄清楚那婆子的為人，若是個不檢點的，府裡頭斷不能留下她。」

謝府裡原是准許下人往外帶自己的東西的，只是要在二門檢查一遭，免得夾帶了府裡的東西。前些日子木槿她們買串珠花的珠子，就是託出門辦事的婆子，從二門那裡過了眼才帶進來的。如今那婆子在後門大開方便之門，這府裡頭進進出出的東西就說不清了。尤其是府裡還住著少爺小姐，若是哪個丫鬟夾帶了小姐的東西出去，搞些什麼栽贓的事情出來可就麻煩了。這古代人一個物件說不清，可是能逼死人的。

這婆子的事情連秋紋都知道了，可見大太太院裡不可能沒人知道，多半是看了蕙香的情面沒人給大太太說。大太太用人也太糊塗了，守門的婆子怎麼能用非家生的，這要教外人知道了這婆子的行徑，謝家這內外院的門守了跟沒守有什麼區別！

在任何人家裡，守門這個差事都是要緊差事，尤其是內院，這可關係到內院女主子的名聲。謝府如今住著三位小姐，慧妍的婚事已經定了，蘇家又在外地，若是謝家內院落下守門不嚴的流言出來，首當其衝受害的就是她謝慧馨了。

沒一會，木槿便帶了個小丫鬟進來，那小丫鬟戰戰兢兢地跟慧馨行了禮。

這小丫鬟是慧馨院裡的，是最早去後門買過東西的幾個丫鬟之一。

「……馮媽媽那裡交兩文錢可以幫著從貨郎那買東西，五文錢可以自己出門挑，若是有東西往府外帶，錢要看物件算，奴婢以前只出門挑過貨郎的東西，沒讓馮媽媽捎東西出去過，奴婢不知要多少錢。」小丫鬟說道。

「那妳出門挑東西，是不是馮媽媽放你們出府去的？每次出去妳能在府外待多久啊？」慧馨語氣輕柔地問道，她還不想嚇到這小丫鬟。

「每次都是貨郎到了後門那，馮媽媽才給我們開門，我們只能在府門口那挑，挑完就得回府，馮媽媽一直在門口那看著的。」小丫鬟說道。

「妳既然沒往外捎過東西，怎麼會知道馮媽媽還幫著帶東西出去呢？」

「……是……是奴婢同屋的綴兒說的，她家就在京裡，她娘跟馮媽媽認識，馮媽媽幫她捎月銀和衣物回家，每次收她十文錢，綴兒經常抱怨馮媽媽錢收得太多。」

木槿聽了小丫鬟這話，臉色大變，她們院裡有人往外私帶東西，可就是她平日疏於管理了。

慧馨看了木槿一眼，並未責怪她，只是接著詢問小丫鬟：「府裡頭本來就允許大家帶自己的東西出去，為何綴兒還要找馮媽媽捎東西？」

「從二門那捎東西出去，每個月都有定數，還得跟管事媽媽們提前申請，二門那裡還要察看，大家都覺得不方便。而且馮媽媽那裡不僅可以捎出，還可以幫著帶東西進來。那次綴兒傷了風，還是她娘託馮媽媽捎了藥進府，熬了吃了才好的。」

……這個馮媽媽竟然還敢往府裡捎藥材？這要是丫鬟吃出了好歹，府裡頭可是說不清的。看來這婆子留不得，幸好到現在還沒出事，得想個法子把她弄走。還有那個蕙香，竟然放任自己的親戚做這些事，可見也是個不知道輕重的，要是一直待在大太太身邊，還不知道會興起多大風浪來。

慧馨皺眉沉思半晌，她得想個法子不動聲色地除了這兩個人，「……那個到後門來的貨郎一般都是幾天來一次？」

小丫鬟眼神閃爍了一下，低了頭有些惴惴地答道：「……奴婢也不知，奴婢就去過一次，還是綴兒拉著奴婢去的。」

慧馨將這小丫鬟上下打量了一番，直看得小丫鬟有些手足無措這才作罷。慧馨心下嘆息，看來她往日不住在府裡，她院子的丫鬟心也向外了。慧馨雖然是她們的正主子，可她們平日的吃穿用度都是大太太管著，怪不得她們的心不在慧馨這裡。

【第一百三十六回】

提醒

待送了小丫鬟出去並囑咐一番之後，木槿又回了慧馨的屋裡。木槿行到慧馨身前，噗通一聲就跪在了地上，「小姐，奴婢辜負了您的託付，院裡有人私通府外，還夾帶了東西進出，奴婢竟然沒有發現……」

慧馨嘆了口氣，手托木槿起身，「這也怪不得妳，她們有心瞞著妳和木樨，妳們自然難以知曉。我往日不在府裡，妳們行事要看大房那邊的臉色，有些事情不便管也管不了。此事尚不宜宣揚，咱們得私下裡解決。」

「那咱們院裡那幾個丫鬟呢？跟府外私相授受財物，她們這麼大膽，根本就沒把小姐放在眼裡。」

「那幾個丫鬟暫且不管，只盯得緊一些，別再讓她們帶了東西出去。新宅子快弄好，過了年咱們多半就會搬過去，除了妳們四個從江寧一路跟著我的，及太太新添的幾個，其他的人都會留在這邊。等我們搬到新地方，這些丫鬟也就不關咱們的事了。只是那個馮媽媽留不得，妳去打聽打聽有誰跟她走得近些？都幫哪些人帶東西？打聽消息需要的錢，只管從咱們屋裡的零用錢裡支。可以找金桂喬桂幫妳，妳們四個從江寧就跟著我，最是信得過。只是這事要儘快辦，這馮媽媽一日在府上，一日不能安心。」

夜裡上燈後，慧馨在屋裡聽木槿木樨跟她回報打聽到的消息。

「……前幾日四小姐屋裡的紅粉找馮媽媽捎了脂瓊閣的水粉。」

「脂瓊閣的水粉？一盒要幾兩銀子了，紅粉一個丫鬟哪用得起？想是給四小姐捎的了。」慧妍還在禁足中，大老爺原就嫌棄大太太平日裡太慣著慧妍，這次禁足把慧妍屋裡的用度削了不少，慧妍想要外面的東西找人偷著捎也是情有可原。

慧馨垂頭思索了一會，跟木樨說道：「把府裡給咱們院裡配的胭脂水粉，拿來我瞧瞧。」

木樨開櫃子拿了個匣子出來，捧到慧馨面前，「府裡給小姐配的水粉，都是郁芳閣的，這原是咱們太太訂下的，說郁芳閣的東西淡雅適合小姐的年紀，脂瓊閣的東西雖貴，但色厚味重，不適合未出閣的小姐。」

慧馨把盒子裡的胭脂用指甲挑出來聞了聞，又在指尖揉開看了看色澤，「……我夏日裡吩咐妳們晒的乾花還有嗎？」

「有的，奴婢們那時候採了不少花，都晒乾後存在布袋裡了，有幾大包呢，奴婢們都沒動過。」

慧馨打開存放乾花的袋子，花朵保存得都很完整，拿來用沒有問題。慧馨笑著跟木槿說：「明兒小姐教妳們做脂膏吧，就用這些乾花。」

次日一早，慧馨帶了木槿去跟謝太太請安，服侍謝太太用了早餐後，陪著謝太太說起了話。

「昨兒叫木槿她們整理東西，翻出來幾包乾花，還是今年夏日裡晒的。女兒就想不如拿來做幾盒膏脂，方子還是在靜園學的，那時候課程緊，也沒空多做些，這段時間正好女兒在家也無事，就想倒騰一下。」慧馨笑著跟謝太太說。

「在靜園學的方子？該是宮裡用的方子了，那可是好東西，妳需要什麼東西做材料，儘管說，我讓她們去給妳弄來。」謝太太很感興趣地說道。

「女兒就是想跟母親討東西的，這膏脂做起來需要的配料不少，既然母親允了，那女兒就腆著臉跟母親開口要東西了。」說著，慧馨遞了個單子給謝太太，「這上面是缺的配料，女兒那邊乾花有幾大包，便想趁這次多做些出來，以後拿著送姊妹也使得，母親回江寧的時候也帶些回去，舅舅家的姊妹們也好用的。」

謝太太聽了慧馨這話笑道：「瞧這丫頭，真是長進了，有好東西都記著姊妹們。既然這樣，妳便多多做些，讓我帶回江寧，也給我長長面子。」

魯媽媽在旁邊也應和道：「我們七小姐有情義又孝順，都是太太從小教得好。」

慧馨忙羞紅了臉倚在謝太太身邊，「母親再誇女兒，女兒可要無地自容了，慧馨做這些本就是應當應分的。再說，靜園裡的師傅說了，這市面上賣脂膏的商家，總會在脂膏裡添些華而不實的東西，無害的東西倒還罷了，就怕有些東西加了一時面上好看，可時間長了卻會損傷身體，所以宮裡頭的娘娘們用的都是自己調配的。師傅教的方子都是宮裡常用的，想來最是安全。女兒記得師傅還專門提了京裡的幾個鋪子，像郁芳閣的東西還可以，添加物不多，可是脂瓊閣就不好了，雖然顏色鮮豔，添的東西用久了是會傷皮膚的。前幾日，女兒在四姊屋裡看到她新買的脂瓊閣的胭脂，還勸她來著。」

謝太太笑著拍拍慧馨的手背，「那妳快去多多做些來，我們就等著用妳的了。」

待慧馨出了屋，謝太太臉色一正跟魯媽媽說道：「……去打聽下，四丫頭的胭脂是誰給捎進來的。她被禁足在屋裡，大房那邊嚴令她要收斂性子，這些東西肯定是下頭人私下捎進來。四丫頭那邊提親的人眼看就要到了，別讓下頭人慫恿著她惹出什麼事來，都在一個府裡住著，那邊出事，少不得影響到咱們這邊。大嫂這一年也不知在京裡怎麼管的家，把下人的膽子都養肥了……」

慧馨回了屋，木槿跟她說道：「……小姐一走，太太就吩咐魯媽媽去查四小姐那邊的事去了……」

慧馨點點頭，她做到這一步就夠了，謝太太比大太太精明得多，肯定會把馮婆子查出來的。慧馨在謝太太那裡拐著彎說話，就是要引起謝太太注意慧妍的院子，繼而再查到內院進出物件的事情上。太太們管家，出了馮婆子這麼大的紕漏，慧馨不好直接去謝太太面前告狀，只能變著法地提醒，不然太太們的面子往哪裡放。這做人子女的，尤其是庶女和主母相處，說話做事得講究技巧啊！

【第一百三十七回】

清理

夜裡，謝老爺帶了謝睿去了京郊訪友，要在那邊住一夜。謝太太的屋裡，魯媽媽正站在謝太太身邊回話。

謝太太聽了魯媽媽的話，心下大吃一驚，眉頭皺得死緊，「……竟有這等事，這事有多長時間了？」

「奴婢聽說都有好幾個月了，內院裡好多丫鬟都知道這事。」魯媽媽回道。

「這麼長時間了，七丫頭那邊不知道嗎？」謝太太有些不愉快地說。

「七小姐往日裡又不在府裡頭住，每次休假也不過只有一兩日的時間，再說府裡頭的丫鬟婆子都是大太太管著，奴婢看七小姐恐怕是不知道這事的。」魯媽媽說道。

「大嫂這家管得也太不成樣子了，內院放著這種人，帶壞了丫鬟不說，連小姐的閨譽也要受影響。這婆子留不得的，就算是大嫂安排的人我也得除了她。」

「太太說得是，大太太小門戶出身，哪有太太看得這麼明白，更不如太太會理家了。」魯媽媽忙說道。

「這話可別說，她總歸是長嫂，讓別人聽了還以為咱們瞧不起人。」謝太太嘴上雖這樣說，臉上卻是一副不以為然的表情。謝太太出身江寧望族，從小就看多了大宅院的是是非非，馭宅之道比小家出身的大太太懂得更透徹。

「……只是這馮婆子跟大太太跟前的蕙香有點關係，太太要除了她，大太太那邊怕是……」魯媽媽提醒謝太太道。

謝太太沉吟了一下，說道：「雖然蕙香是大嫂跟前的人，可也不能就為這個放過她，不知輕重的丫鬟不適合在主子身邊待著。藉這個機會連蕙香一起弄出去吧，這也算我幫大嫂清理門戶了。只是怎麼做法，還要仔細合計一下，不能壞了二房和大房的關係，老爺最忌諱隔房挑撥是非了。況且這事攸關府裡的聲譽，事情鬧大了，謝家的面子也不好看。」

魯媽媽忙應道：「還是太太想得周到，府裡的大局要緊。」

❁

馮婆子這幾日正高興，前幾天幫四小姐捎了東西，四小姐賞了她足有一兩銀子，下次出府回家又可以打二兩小酒喝喝了。

一個小丫頭提了隻燒雞往後門這邊走來，一掀簾子進了院門旁的小配房，見馮婆子正閉著眼袖著手坐在椅子上打盹，便把手裡的燒雞往馮婆子鼻頭前一繞。

那馮婆子聞著香味，迷迷瞪瞪睜開了眼，見眼前站著個人影手裡似乎提著東西，香味正是那人手裡的東西散發出來的。

馮婆子揉揉眼睛，才看清面前站著一個不認識的小丫鬟，小丫鬟手裡正提著一隻似乎還在冒熱氣的燒雞。馮婆子不認得這小丫鬟，只看她這身上穿的衣飾，是府裡三等丫鬟的服飾，三等丫鬟是在主子院裡服侍的。

這小丫鬟見馮婆子這幅樣子，噗哧一聲先笑了，「馮媽媽莫見怪，我是大太太院裡的紅翠，今兒廚房中午上了兩隻燒雞，太太嫌膩，賞了我們下面的人。蕙香姊姊想著馮媽媽就愛這口，專門給媽媽留了一整隻呢！蕙香姊姊要伺候太太不得空，又怕雞放涼了敗了口味，就吩咐我先給媽媽送過來了。」

說著，這小丫鬟把手裡的燒雞在馮媽媽面前搖了搖，「這不，我就趕緊給您拿過來了，瞧，這還冒熱氣呢，媽媽快點吃了吧！」

馮婆子齜著牙接過小丫鬟手裡的燒雞，「真是辛苦紅翠姊姊了，老奴以前沒見過您，所以沒認出來。」

小丫鬟擺擺手不在意地說道：「我是才調到大太太院裡的，要不是過年人手緊，我也沒這福氣，以後還要各位媽媽多多照顧了。媽媽您慢慢吃吧，院裡頭事多，我得趕緊回去了。」

「噯，紅翠姊姊慢走，勞煩姊姊替老奴謝謝蕙香姑娘了。」馮婆子擺著手送走了小丫鬟，回屋就撕了條雞腿往嘴裡塞。

馮婆子美滋滋地幹掉了整隻燒雞，到了晚上躺在炕上就感覺這肚子不對勁了。接連跑了幾趟茅廁，馮婆子腿腳都站不穩了。

第二天清早，倒馬桶的婆子們來到後門，見馮婆子不在，便去敲旁邊配房的門。久敲無人應，婆子們怕耽誤事，便找了內院的管事媽媽過來。等管事媽媽拿了鑰匙開了配房的門，眾人一開門就聞到撲鼻的臭味，再一瞧屋裡頭，馮婆子躺在地上已經不省人事了。

待大夫來看過後，說馮婆子恐怕是得了瘟症。這下大太太可有些慌神，好在這馮婆子在府外還有家，趕緊叫人把馮婆子送回了她自個家。大太太留了銀兩給馮家，又把馮婆子的身契還了她，這人從此後就跟謝府再無關係。

雖說往日馮婆子都是一個人住在後門的配房，可是平日跟她來往的人也不少。謝太太提醒大太太，得把這些人也找出來，最好儘快送出府去，若是有人再在府裡發了瘟症，就麻煩了。

大太太又忙把平日跟馮婆子走得近的人都找了出來，派人送去了京郊的慈安堂。慈安堂是收容京城附近孤寡病人的庵堂，謝家捐了香火錢，又把這些人的身契當著庵堂主持的面燒掉了。此舉是庵堂的規矩，意在鼓勵這些得了瘟症的人，若是能挺過去，就是自由身了。大太太自是不在意這些人，只要她們以後跟謝家無關就好。

這些跟馮婆子往來多的人，自然包括了大太太跟前的丫鬟蕙香。蕙香本要跟大太太求情，可惜大太太自從知道蕙香可能也得了瘟症，就堅決不讓她近身。蕙香只得跟著眾人一起，被送去了慈安堂。

出了這麼個事，謝府年前的日子過得更忙碌，全府大掃除，角角落落都要清掃乾淨。大太太還弄了一批藥材回來熏屋子，連著熏了好幾日，屋裡的床褥家具都帶上了藥味。

聽到馮婆子出事的消息，慧馨就知道是謝太太出手了。慧馨心下感嘆，薑果然還是老的辣，謝太太這一手做得漂亮，不僅把馮婆子弄出了府，還把一干不安分的丫鬟婆子都清理了出去。

【第一百三十八回】

試探

慧馨在桌上鋪了紙，準備練字。她以前每回有心事就用畫畫來排遣，如今不能隨便畫畫便改了練字。這幾日的事情，慧馨有些地方想不通。從林端如藉球賽找慧馨的丫鬟換銀子，再到清理馮婆子，慧馨總覺得有種違和感。寫了半天字，慧馨還是想不通，索性擱了筆，不寫了。

木槿見慧馨停了筆，拿了個匣子過來，放在慧馨面前，「……小姐，這是上次馬球賽上秋紋拿出來的首飾，妳看怎麼辦？要不要報給太太知曉？」

慧馨看看匣子，她正是為這個事情煩惱，林端如骨子裡明明是個精明人，卻用了她的人去換銀子，這麼容易被發現的事，林端如為何要這麼做呢？

慧馨把匣子打開，看了看裡面的幾樣首飾，樣式有些舊了成色卻足，顯是有些年頭的好物件。

慧馨沉吟了一會，把匣子合上了，吩咐木槿道：「把東西先收起來吧，以後再說。」既然已經支了銀子給林端如，那這首飾暫時就不能給她，給她她也不會收的。

對著窗子發了一會呆，慧馨忽然一拍桌子，既然她想不通，何苦非要自己在這想，不如去會會當事人，興許就有答案了。

慧馨喚了木樨：「……把上次從侯府莊子帶回來的白茶取些出來，我去瞧瞧林小姐。」

木樨開櫃子取了茶葉包好，交給木槿，慧馨帶著木槿去了林端如的院子。

許媽媽正在院裡給丫鬟們訓話，一見慧馨進了院門，便迎了過去。

慧馨笑著說：「媽媽妳忙，林姊姊在不在屋裡？這幾日去太太那邊請安都沒遇到她，我過來看看她，順便拿點外頭的茶葉給她嘗嘗。」

林端如照舊一聽到慧馨的聲音，就從屋裡迎到了屋外，攜了慧馨的手一同回了屋。

慧馨讓木槿把茶葉交給秋紋，笑著說道：「這是以前別人送的白茶，也不知道合不合姊姊的口味？姑且嘗嘗看吧！」

「白茶可是好東西，妹妹倒是捨得，那姊姊少不得先嘗嘗了。」林端如笑著回道，轉身便吩咐秋紋煮茶。

屋裡頭炭盆上正燒著水，秋紋便就著這水烹起茶來。秋紋動作熟練地翻飛著手臂，顯然是專門練過烹茶的，林端如小時候必是過著好日子。

慧馨端起茶杯啜了一口，又把茶杯緩緩地放回桌上，這才抬頭看著林端如一笑，開口說道：「小妹這次來找姊姊，其實是專程來致謝的。」

林端如聽了慧馨的話，猛一抬頭，有些疑惑地看著慧馨。木槿和秋紋則察覺氣氛不對，忙退身出了屋門。慧馨臉上笑容不變，又重複了一遍剛才的話：「小妹是來謝謝姊姊的提點之恩的。」

林端如眼瞼一收，有些不明所以地問道：「七妹妹此話何意？姊姊哪有做什麼？」

慧馨臉上笑容未變，接著說道：「姊姊聽說府裡有人得了瘟症之事了吧？若不是姊姊讓秋紋提醒妹妹，這人只怕一時還發現不了，若是府裡耽誤了時間，不能及時處理掉此人，只怕會遺禍整個府裡頭。所以妹妹一定要鄭重地跟姊姊道謝，謝謝姊姊的提點之恩。」

林端如眼睛一眨，並未接慧馨的話。慧馨見林端如沒有否認，便覺心中猜中了八九分。

「我觀姊姊也是通透之人，假惺惺的話就不必說了，今日除了感謝姊姊，小妹尚有一事不明，想求姊姊為我解惑。秋紋所換銀兩，姊姊有何急用？姊姊若是缺錢用，盡可跟母親開口，謝家豈會短缺了姊姊的用度。姊姊卻仍是讓秋紋私下去換錢，莫非姊姊可是有難言之隱？」慧馨說道。

林端如凝視著慧馨：「既然妹妹問起了，姊姊這裡也有一問，可否妹妹先為姊姊解了惑？」

「姊姊但說無妨。」慧馨說道。

「既然妹妹知道姊姊讓秋紋私下換銀兩，為何沒有把此事告知姨母呢？」林端如問道。

「母親要操勞二哥的婚事，慧馨即使不能為其分憂，也當盡量不再增添麻煩。姊姊是母親娘家的表姊，又不是外人，有事急從權之時，姊妹們本應互相幫助，哪能遇事就去找母親。再說姊姊本是穩重之人，出此下策，定是事出有因。」慧馨說道，其實她沒有把這事告訴謝太太的主要原因，還是考慮到林端如是謝太太的娘家人，慧馨若是貿然去告狀，若無事就成了她挑撥是非，若有事謝太太面上肯定也不好看。所以在弄清楚林端如目的究竟何在之前，慧馨不能讓別人知道林端如的事情。況且慧馨總覺得林端如這事似乎是故意做給她看的。

「妹妹如此深明大義，我真是慚愧。我便同妹妹說說心裡話吧，讓秋紋去換銀兩，實在是無奈之舉。我孤身一人在這京城，心裡始終不安。我在府裡的一應吃穿用度都是姨母照顧，還派了這一院子的丫鬟婆子，我雖身無長物，但做主子的總要有些銀兩傍身，雖說打賞不了幾個銀錢，但也是主僕間的情分。這些錢我哪能再問姨母要呢？還怕姨母知道了操心，這才讓秋紋拿了東西私下去換些銀子。」林端如說道。

慧馨面上微笑，心下卻仍有疑惑，只為打賞身邊的人，沒必要換六十兩這麼多，林端如肯定還有事藏著。林端如忽又垂首猶豫了一會，才又接著說道：「其實姊姊還有一樁心事，想求妹妹幫忙，卻是始終開不了口。」

慧馨了然一笑，林端如兜兜轉轉一大圈，下面只怕才是她真正想說的。而林端如先是讓秋紋找慧馨的人幫著換銀子，又把馮婆子的事捅給慧馨知道，只怕也只是為了能在慧馨面前開這個口。慧馨雖還不知林端如有何事要求她幫忙，但也明白她其實已經被林端如算計了一回。林端如先是用換銀子的事情試探她，看她會不會去謝太太面前告狀。又把馮婆子的事情點給她，可說是對慧馨和謝家又施了一恩。

慧馨心下一嘆，她果然修行得不夠，乖乖地送上門來讓人算計了。林端如所求之事，只怕不是容易辦得。

【第一百三十九回】

懇求

林端如見慧馨不說話，臉色一瞬蒼白，卻仍是說道：「未出閣的姑娘家原是不該說這話的，可是我如今已是孤女，自己若是不上心，只怕就不會有人管我了。妹妹也該知道我這次跟著姨母來京，本就是為了原先定的親事而來。這門親事原是父母在世時為我定下，趙家伯父跟我父親是同窗好友，又曾在同一地方上放官，雖然後來不在同一處了，可父母之間往來書信從未斷過。只是自從父親生病，兩家聯繫才少了。我小時候也是見過趙家伯父伯母的，他們都是很可親的人。前些日子，聽說大老爺那邊打聽到了趙家的情況，可是姨母卻一直沒有同我說，我心裡擔心，卻又不敢去問姨母，便找了後門的馮婆子打聽，她跟大太太屋裡的蕙香走得近，知道的多些……」

慧馨嘆了口氣，安慰林端如道：「姊姊不必著急，母親不提，定是消息還沒打聽真切，何苦找那些丫鬟婆子，她們也只能是道聽塗說，哪能就信了。」

「所謂關心則亂，便是姊姊這般了吧。馮婆子送來的消息卻是令人更加擔心，趙家伯父竟也仙去，趙家伯母和顯文哥已是度日艱難，端如心裡更難放下。便又託馮婆子打聽了趙家現居之處，捎了消息給趙家伯母。這次換來的銀子，姊姊也是想接濟一下趙伯母他們，只是苦於沒有門路，姨母那邊端如是斷不敢去提這種要求的，想來想去便只有妹妹是可託付之人。妹妹是通情達理之人，姊姊這番憂慮還請妹妹多多體諒。」

慧馨一時沉默，林端如這是想讓她幫著給趙家送錢？這事也不容易辦，先不說什麼私相授受的問題，慧馨自己都沒法往外送東西，就算託丫鬟婆子之類的，也容易被謝太太發覺了。她又不掌家，下面人哪會這麼聽她的話，林端如實在是太高估她了。

「姊姊所思之事，小妹倒是可以理解，只是這往外面送東西的事，小妹也沒法做到啊！要不姊姊問問母親，興許……」慧馨說到這裡也說不下去了，林端如哪能跟謝太太開這個口，哪有未出閣的姑娘讓姨母給未來夫家送銀錢的。

林端如聽了慧馨的話，卻是開始垂淚。慧馨嘴角一抽，只得說道：「依我看，那馮婆子說的話也未必是真的，就是個奸猾之人，說不定正是看姊姊日夜擔心這才見財起意，想騙姊姊的錢呢！姊姊與其在這想著往外送錢，不如先跟母親問清楚，趙家如今究竟是個什麼情況。趙家原也是官家，家中總有些積蓄，就算伯父仙去，多半也不會就中落了的。姊姊還是先把事情弄清楚，只憑家裡下人幾句捕風捉影的話就貿然行事，實在不妥。」

「妹妹有所不知，那馮婆子說得有鼻子有眼，連趙家宅子的地址都打聽到了。」林端如擦了擦眼淚說道。

「興許那地址也是她胡編的呢，她欺姊姊對京城不熟，便隨口編個地方，姊姊哪能分辨真假呢？就說妹妹在京城已住了一年了，可京裡的條條道道還是搞不清楚。」慧馨說道。

林端如若有所思地低下了頭，慧馨再接再厲勸她：「小妹覺得，姊姊首要做的是先搞清楚事情的虛實，母親既是姊姊的姨母，姊姊就該多依靠些母親，就算以前不親近，以後總要習慣，姊姊還有兩年孝期要守，日子還長著，像如今這般說風就是雨的，可不是長遠之計。」

林端如見慧馨一直不鬆口，只是勸解她，心知這事多半不成了，可她轉念一想，慧馨說得也不是沒有道理，到目前為止她知道的消息都是從馮婆子那裡聽來的，馮婆子為人本就不可信，她的確該先把事情的虛實打聽清楚再做打算。

林端如不想因這事跟慧馨生分了，以後說不定還會有其他事要找慧馨幫忙，便握了慧馨的手真切地說道：「聽妹妹一席話，姊姊真如醍醐灌頂，姊姊真是被那馮婆子迷了心竅，妹妹全當姊姊今日只是胡言亂語了，不要放在心上。」

「姊姊能想開就好，總歸不要操之過急，從長計議才是。」慧馨說道。

慧馨換了話題又跟林端如聊了一會，這才告辭離開，林端如笑著將慧馨送出了院門。

慧馨回到自己屋裡才長嘆了一聲，她硬著頭皮沒答應林端如的懇求，一是她要做的事實在不容易辦到，林端如讓慧馨幫她往外送銀兩，若是被謝太太發現了，慧馨也脫不了干係，而且從此後，她只怕就被林端如綁在她的船上了。再者慧馨不願幫她，也是因為此事乃是林端如先算計她，若是慧馨就這麼幫她，以後林端如就會覺得慧馨好拿捏。林端如若是以後遇事就利用慧馨，這可不是什麼好事。

大家同在一個宅子裡生活，能幫的便幫，老是算計人就煩心了。林端如的做法，慧馨雖然理解，卻不能就這樣接受。所以這一次，慧馨選擇不幫她。

再說馮婆子的事只怕還有貓膩，林端如轉而打慧馨的主意，極有可能是在馮婆子那邊走不通了，以馮婆子的為人，敢私下幫林端如打聽消息，就敢反咬林端如一口，拿這些來威脅林端如。林端如把馮婆子捅出來，雖說有提點之恩，但也不能否定她藉謝家之手除了一個威脅。

慧馨心下深刻反省，這古代的宅鬥高手層出不窮啊，別人的招數沒有最妙只有更妙，不動聲色攪動全域，才是最明智的。慧馨深覺自己需要繼續修煉！

臘月二十八，二房的新宅子修飾一新，謝太太和大太太帶著眾人前去參觀，順道分院子。謝睿的院子還沒弄好，新房安排在裡面，得等盧家送家具過來。

慧馨的院子在後花園旁，跟林端如還是隔壁。屋子比謝府那邊更寬敞，房間也多，看來慧馨要在這裡住到出閣了。

【第一百四十回】事不遂心

大年三十，大老爺開始放年假了，跟謝老爺中午就喝起了小酒。這兩兄弟也不知邊喝邊嘀咕什麼，太太少爺們通通都退下了。

大老爺喝完了酒回屋就睡下了，大太太這幾日心裡頭憋著事，就等大老爺回來說了。大太太看看旁邊床上睡得香的大老爺，撥撥炭盆裡的木炭，大老爺明顯心情不錯，今天又是三十，跟大老爺提那事多半能成。

大老爺睡足了時辰，今年他政績不錯，臨回家前受了上峰[1]的誇獎，他要趁著在京畿的三年裡做點成績出來，等他過了五品的門檻，才能歇口氣。

大太太一看到大老爺那邊有動靜，忙起身過去，拿了棉衣給大老爺披上。謝家人普遍怕冷，老早就一層毛衣一層棉衣一層皮襖地往身上套了。

秋紅把絞好的面巾遞給大太太，大太太服侍大老爺擦了臉，又捧了杯熱茶給大老爺。

大太太見大老爺面上帶笑，心知大老爺正是心情好的時候，便給秋紅使了個眼色。待得屋裡的

【注釋】

①舊時稱上級長官。

丫鬟都退了下去，大太太開口跟大老爺說起了慧妍的嫁妝：「……老爺，四丫頭的嫁妝妾身已經開始準備了，這蘇家提親的人到底什麼時候來？」

「那邊已經給亮哥送了信了，提親的人初六就過來，嫁妝妳準備著就是。」大老爺說道。

「……這蘇家是大戶人家，妾身想慧妍的嫁妝也不能輕了，省得蘇家看輕了咱們謝家。這古董字畫之類的，可以用錢買，京城博古齋就有不少珍品，布匹首飾也好解決，京城鋪子多得是，只要有錢總能買到。就是田莊這塊，妾身有些頭疼。這京城附近但凡好點的莊子都是有了主的，更別提連成片的良田了，給慧妍陪嫁的莊子到現在也沒找到合適的……」大太太偷空瞅了大老爺一眼，見他並無不豫之色，便接著道：「……京裡公中這塊不是還有好幾個莊子嗎？既然自家有，咱就不到外面託人買了，就在公中挑兩個莊子給慧妍做陪嫁吧！當初慧嘉陪嫁的莊子，不是就從公中拿了兩個千畝良田的好莊子？」

大太太說完抬頭看了老大爺一眼，只這一眼就把大太太嚇得心驚肉跳。

老大爺看大太太的眼神已帶了戾氣，「說了半天，妳又是打京裡公中這塊財產的主意，當初我們兄弟分家產的時候就言明了，京城這邊的祖產除非我們四兄弟都同意，否則誰也不能動。慧嘉陪嫁的莊子，是經了我們四兄弟同意的，慧妍怎麼能跟慧嘉比？蘇家能跟漢王府比嗎？妳也別一副受委屈的樣子給我看，妳也不想想，我如何能得了這京畿州牧的位子，要不是慧嘉嫁到了漢王府，能輪得到我嗎？」

大太太被大老爺斥了一頓，神情有些委頓，不過心裡卻還是有些不服氣，忍不住撇了撇嘴角。

大老爺見大太太這副樣子，顯然還是沒想通，便又說道：「我正要趁著這三年好時機，做點政績出來，衝過五品的關口，漢王府那邊的關係少不得。多少人這一輩子都跨不過六品到五品這個門檻，如今我有這機會了，不能由著妳為點兒女私情給我破壞了。當年分家產，我們四兄弟為何要把京中這塊保留著不分，為的就是將來有兄弟能出人頭地，謝家能躋身京城。再者保留京裡公中這塊，謝家的人心就散不了，當初分家是考量各家散落在各地，不分家做起事來不方便。妳別以為分了家就是自個過自個兒了，我們謝家兄弟互相扶持，這點永遠不變。這是謝家祖訓，兄弟鬩牆這種事咱們謝家人不幹！要不然我們謝家也不會從流民發展到如今的書香門第。」

大太太見大老爺又講這些大道理，連祖訓都抬出來，自然不敢反駁，可心裡的不甘卻也沒少。

大老爺見大太太還不說話，顯見是心裡還有不滿。大老爺心下嘆了口氣，他跟大太太定親早，當年謝家老太爺見大太太的父親是進士出身，雖沒有為官，家境卻頗殷實，在鄉下也算是有名的士紳，在鄉下人眼裡這就是書香門第了。老太爺為大老爺能娶到大太太費了不少錢財，當時謝家也算是高攀了。只是如今看來，大太太還是見識淺啊！

大老爺也很無奈，可是又不能放縱大太太，只得狠心說道：「……去年族裡說要修祖墳，工程已經開始了，我們這邊雖出了錢，但一直沒人回老家去看看，只讓表叔一家人在那裡照應著，我也不放心。若是妳在京城待得不順心，等四丫頭婚事操辦完，妳回族裡看看祖墳修得如何了，幫咱們家在祖宗面前盡點孝心吧！」

大太太一聽這話嚇了一跳，大老爺這是要趕她走啊！她要是真回鄉下去，什麼時候再回來也就沒數了。大太太忙苦了臉，「老爺，妾身怎能留您一個人在京呢，表叔一家向來可靠又能幹，鄉下那邊不會有事的，若是有事他們肯定會報上來的……妾身還是不用去了。」

「咱們家是長房，理應為族裡多盡份心。表叔的年紀大了，他們家一直負責在鄉下照顧族裡事物，我們許多年不回去也說不過去，總該回去瞧瞧。不過究竟什麼時候回去、誰回去，這可以以後再決定。如今慧妍的婚事擺在眼前，妳好好操辦，等慧妍出了嫁，咱們再說。」大老爺也沒把話說死，大太太要不要離京，就看她這段時間的表現了。

大老爺說完該說的，便不再理會大太太，去外院找謝亮去了。

今天是大年三十，慧馨一大早就爬起來，跟著謝太太拜菩薩、敬神，又看著謝太太指揮下人在廳堂裡掛上謝家祖宗的畫像。各院門上的春聯是早就貼好的，今早上丫鬟們又把家具床鋪貼了紅紙條。這是「封歲」，又叫「上紅」。

午後，慧馨又去淨身更衣，換上一套新裝，下午廳堂裡設了供桌香案，供品上了桌。一切就緒，就等晚上吃團圓飯了。

【第一百四十一回】

巧遇（一）

正月初六，馬到成功，蘇家請來提親的人坐著馬車到了謝府門口。門頭上的人往裡一遞帖子，嚇了大太太一跳，來人是吏部右侍郎狄家的夫人。吏部右侍郎，那是正三品大員了，蘇家好大的面子啊！大太太轉頭看看大老爺，大老爺氣定神閒地站起身，囑咐大太太好生招待客人，便避了出去。大太太一晃腦袋，這大老爺顯然早知道這事了，竟一直沒給她提個醒。

大太太恭敬地招待了狄夫人，你來我往地聊了近一個時辰。待送走了狄夫人，大太太臉上笑容再也憋不住了，帶著人就往慧妍的院子去了。

慧馨聽了這個消息，心下感嘆，蘇家真是給足了謝家面子，慧妍這門親事選得好。

正月初七，人壽年豐，慧馨一早來給謝太太請安，才到門口就被紅蕊攔了下來。紅蕊指指屋裡，

「……林小姐還在屋裡，七小姐稍後再進去吧……」

屋裡頭大概是聽到了外面的動靜，沒一會，就聽屋裡的魯媽媽喊道：「可是七小姐來了？太太請七小姐進屋。」

紅蕊忙上前打了簾子，慧馨一進屋，就看到林端如剛從謝太太膝前起身，林端如眼角紅腫，顯

是剛哭過，謝太太也拿著帕子按了按眼角。

慧馨眼光一閃，看來林端如終於跟謝太太開口了，只不知結果如何。慧馨上前問候了謝太太幾句，便低眉斂目地側立在一旁，只等謝太太端茶便可退下。

謝太太見慧馨沒有對她和林端如側目，心下稍慰，開口說道：「……妳林姊姊是個孝順的孩子，過年這幾日在自己屋裡擺了香案，供著父母。只是這麼憋在府裡對身子也不好，我正勸她明日跟我們一起去放生呢！」

林端如有些羞澀地說道：「姨母心疼姪女，可是姪女還在孝期，出門多有不便……」

慧馨心下嘆息，還是這麼彆扭啊，又不是沒出過門。慧馨上前勸說道：「……明日是正月初八，正是放生祈福的日子，姊姊正該跟我們一起出去……」

一番勸說之下，林端如終是點頭同意明日跟眾人一同出門。夜裡，木槿跟慧馨回報打聽到的消息：「……今日正是初七，講究人壽年豐，林小姐跟太太說起這個話題，就想起了仙去的林老爺林太太，太太跟著林小姐哭了一場。後來林小姐就問起了趙家人的事，太太原還想瞞著，林小姐便提起了府裡的流言，消息畢竟是大房那邊打聽來的，大太太院裡管得又不嚴，有風聲漏出來也不奇怪，太太這才跟林小姐說了實話。趙家那邊確實已經捉襟見肘了，聽太太的意思似乎對趙家頗有觀望的心思，這才一直壓著事情沒有告訴林小姐。」

慧馨無語，這林端如真夠倒楣的，說親的那戶人家竟真的敗落了。林端如雖是孤女，可她現在畢竟跟著謝太太，謝太太多半是看不上趙家了，莫非還想要林端如另聘不成？不過這也不是沒可能，林端如這邊有兩年孝期，男方那邊也要守孝，兩年的時間可不短，足夠謝太太推掉一個趙家。再說林端如臉長得漂亮，又會擺姿態，另聘好人家也不是不可能。而且趙家的親事是林老爺原先定的，若是謝家能給林端如換門更好的親事，林端如以後便只能依靠謝家，還要更感激謝家。只是林端如的態度呢？

「林小姐有說什麼嗎？」慧馨問道。

「林小姐當時沒說什麼，就是哭得傷心，魯媽媽說，林小姐實在是命苦……」木槿回道。

慧馨也很無奈，不過這份心卻輪不到她來操了，這是謝太太跟林端如之間的事。

❖

正月初八，放生祈福，放生橋上人山人海。大太太和謝太太帶著三位小姐往橋邊挪，一群僕婦護在週邊。節日就是好，沒那麼多規矩可講，不過慧馨三位小姐還是帶了帷帽。

把提前準備好的魚兒放入湖中，這還是以前慧馨讓杜三娘送過來的魚，下邊人一直養著，就留著過年時用了。又有僕婦提了鳥籠過來，大太太和謝太太打開籠子，把鳥兒放走了。這鳥兒是管家在市場買的，因著初八有放生活動，京裡頭便有人專門捕鳥來賣。

慧馨似乎感覺旁邊有人朝這邊喊了一聲，回頭看去，果然見旁邊有位被攙扶著的老婦人，和謝太太身邊的魯媽媽打招呼。

沒一會，那老婦人便同謝太太搭上了話，周圍聲音太嘈雜，慧馨沒法聽到她們在說什麼，不過看謝太太的神情似乎有些吃驚。大太太在謝太太耳邊嘀咕了幾句，兩位太太便帶著慧馨她們離了放生橋，那位老婦人也跟著她們一起過來了。

謝太太一邊著人去茶樓尋座，一邊同那位老婦人說話，慧馨只聽到謝太太稱那人為「趙太太」。慧馨扭頭看看一旁的林端如，果然見林端如一臉羞澀地低著頭，眼睛裡也閃著光芒。

這位老婦人正是跟林端如定親那家的趙太太，前段日子馮婆子找到趙家幫林端如傳了口信，雖語焉不詳，但趙家知曉了林家小姐如今跟著姨母正居住在京城裡。趙太太也惦記著自家兒子的親事，趙家已大不如前，若是能保住林端如這門親事，對趙家總歸是好的。而且趙太太原就喜歡林端如，自然不願放棄這門親事。趙太太想拜訪謝家，可又覺得直接上門太過唐突，打聽到謝家今日也會來放生橋，便選了今日兩家「巧遇」。

謝太太派去找座位的人回來說茶樓都滿了，這一堆女眷都站在街上也不是個事兒。慧馨便想起上次中秋去過的茶樓，便同那人說了地方，讓她再去找。那人沒一會就回來報說，那邊茶樓人不多，給太太小姐們訂下了包廂。慧馨抬頭看看這無名茶樓，明明身在鬧市，怎麼就能做得這麼不起眼呢？有多少人從此茶樓下過，卻不知此處有茶樓呢？

【第一百四十二回】

巧遇（二）

三位太太坐在那裡說話，慧馨三人陪在一旁。其實主要是趙太太在敘述趙家跟林家的情義，從當年林老爺跟趙老爺同窗講起，又講到兩家老爺當年在同一地方做官，趙太太跟林太太的交往。提到林太太，謝太太臉上的尷尬之色才少了些，不再只聽趙太太一個人回憶，不時也插幾句話。

大太太在一旁冷眼旁觀，眼角上下打量趙太太。趙太太今日只是普通婦人打扮，衣料有些粗糙，又因守孝，顏色選得素淡越發顯得舊了。

慧妍站在大太太身側，一會打量下趙太太，一會打量下林端如，嘴角不時撇一撇。自從蘇家來提親後，慧妍的禁足就結束了。因著蘇家給足了謝家面子，請了吏部右侍郎的夫人來提親，大房面上有光，慧妍大概是真明白了蘇家不是一般的商戶，已經不再排斥這樁婚姻。而且慧妍適應得很快，既然蘇家有錢又有勢，她便覺得自己身價也是水漲船高。過年這幾日姊妹見面，在慧馨和林端如面前，很有高人一等的氣勢。慧馨有時候會覺得，其實慧妍這樣也不錯，起碼不會輕易被人欺負了。

林端如和慧馨站在謝太太身側，慧馨看不到林端如的臉，可眼角餘光卻能發現林端如的手在微微顫抖。

前段時間大太太對慧妍的婚事不滿意，見了謝太太總覺得矮了一等，如今這謝太太娘家姪女的親事更差，親家都快養不活自個兒了，大太太心底早樂開了花。這會正好遇到了趙家人，哪能不藉機奚落幾句。大太太在一旁聽著趙太太和謝太太磨嘰[1]，說來說去說不到重點，便開口直接問起了趙家如今的情況。

謝太太見大太太問起這個，面色有些尷尬，正想換個話題，趙太太那邊卻開了口。

趙太太並不避諱地說道：「……如今家裡只有我和顯哥，下人都遣散了，只留了我當年的一家陪房。顯哥兩年後要重新參加科舉，我們娘倆有京城的宅子住著，等過些日子準備到外面買幾畝薄地，再賃出去讓佃戶種，雖說收入不多，但填飽肚子總該夠了。」

趙太太這番話說得不藏不縮，不亢不卑，口氣不像是家道中落之人般沮喪，反倒有種豪情在裡面。慧馨忍不住側目打量趙太太，趙太太嘴角含笑，臉上表情也沒有失落。

大太太心裡卻是不屑，這些事情都是說起來容易做起來難，考科舉不是考考就能中的，多少人考了一輩子也中不了。去外面買地，這京城周圍的地便宜不了，看趙太太的樣子，趙家能買得起幾畝。種地也不是好種的，京裡花銷大，物價貴，幾畝地的收租夠不夠吃飯還真是個問題。

謝太太的臉色已從尷尬變為了蒼白，顯然對趙家如今的處境非常不滿意。不過林端如望著趙太太的眼神卻是發亮，臉上並無嫌棄之色。

趙太太見謝家兩位太太都不說話，也不覺尷尬，反對林端如招招手，把她叫到了近前：「端如已經這麼大了，我們家老爺臨終還惦記著，囑咐我除了照顧好顯哥，還要照顧好端如。可惜我一直脫不出身來，不然早就去江寧看看妳了。這次幸好親家姨母把如丫頭帶到了京城，看著她無事，我也放心了。」

趙太太這話說得讓人覺得趙家比謝家對林端如還要親近，其實說起來也確實如此，慧馨以前就沒聽說過林家的這位表姊，也正因此慧馨才更對林端如另眼相看。

謝太太這邊還未開口，大太太那邊卻把話接了下去：「瞧親家太太說的，我弟妹是林丫頭的姨母，照顧她是應該，雖然在她受委屈的時候做不了什麼，可也不能眼睜睜看著林丫頭日子都過不下去了還不管吧！」

大太太這話說得就不厚道了，好像在責備謝太太，沒在林端如受委屈的時候幫她主持公道。謝家人都知道，林端如之所以離開江寧，就是在母族過不下去了，林端如的母族便是謝太太的娘家。謝太太是嫁出去的女兒，管不了娘家族裡的事，這也怪不了謝太太。而林端如求到謝太太面前，謝太太沒有顧忌娘家，還把林端如帶到京城，其實已經是仁至義盡了。只是在這種場合攤開來說，謝太太面子上總有些掛不住。

林端如微皺了眉頭，看了謝太太一眼，又轉頭看趙太太。趙太太還拉著林端如的手，聽了大太

【注釋】

①說話拖泥帶水，不乾脆。

太的話，忙說道：「……大太太這話說得不對，終究還是二太太心善，林ㄚ頭這麼多姨母，只有二太太是真疼她。仙去的林太太也曾跟我說過，林太太這麼多姊妹中，就數二太太最和善可親，對姊妹們都好。」看來趙太太對林端如在江寧的遭遇已有所知曉。

謝太太聽了這話，臉色略微好了些，「端如這孩子好，誰見了能不心疼呢？可惜就是命苦，也是我妹子福薄。不過以後端如跟著姨母，姨母再不會讓妳受委屈了。」

趙太太目光微閃了下，笑著又看了看林端如，「……也是端如這孩子跟我們家有緣分，要不然今天怎麼就這麼巧遇著謝家太太。既然今天遇上了，我正好有些事情想跟謝太太商量一下……」說著，趙太太停下來看了慧馨三個女孩一眼。

謝太太轉頭吩咐慧馨幾個道：「……今日是放生節，妳們三個不用老跟著我們，讓茶樓再給妳們開個包間，妳們自個兒玩去吧！」

慧馨頭個起身行禮出去了，林端如跟在慧馨身後，臨出門還跟趙太太告了別，慧妍最後一個出來，看她神色頗有些想聽八卦的意思。

魯媽媽留下服侍太太們，紅蕊帶著慧馨三人在隔壁又開了一個包廂。慧馨走到窗前，這間屋子正好是轉角的房間，從窗戶探頭出去，隱約能看到前頭的放生橋，那邊依舊人山人海。

慧馨在包廂四下打量了一番，這屋子設計得非常巧妙，從外頭看這裡空間非常小，可是房間裡卻很寬敞，古人的建築技藝真是奇妙。

【第一百四十三回】

巧遇（三）

慧馨站在窗邊看風景，林端如的事情她不想摻和。

慧妍卻拉著林端如嘮叨了起來：「……我看那趙家情況不妙，看趙家太太穿著打扮，身邊只有一個老媽子服侍，就知道他們家現在有多拮据了，妳若嫁過去少不得要吃苦的。」

林端如眼圈泛紅，欲言又止地看著慧妍，想說什麼卻又不好開口。

「他們家就剩了一家陪房，看那老媽子年紀也不小了，不知還能服侍幾年，等妳嫁過去，不光妳的陪嫁丫鬟得做活，說不定連妳都要洗衣做飯。雖說咱們女孩子要廚藝女紅樣樣精通，那不過是偶爾為之怡情悅性，哪家的太太小姐會天天下廚做飯啊？」

慧妍邊說邊拉起林端如的手看了看，搖搖頭說道：「看妳這手指，也是十指不沾陽春水[1]的，長這麼大沒幹過粗活吧？別聽那些人說什麼女子賢良淑德，要會持家守業，持家守業那是打理家產，不是打掃家務。妳也別以為打掃家務就是那麼好幹的，我爹以前在鄉下做官，那地方窮得有錢

【注釋】

①形容養尊處優，不需從事家務的大家閨秀。

都買不到東西，下人也雇不到，人都逃荒跑了。那時候我娘啥都得自己幹，我姊跟著打下手，幾天手上就又是泡又是瘡了……

妳別不信啊，我說的都是真的，苦日子不是那麼好過的。我看如今趙家的家底，肯定還不如妳的嫁妝厚，若是妳嫁了過去，多半要拿嫁妝貼補他們，真真是去賠錢了。我看妳啊趁著還沒嫁過去，趕緊讓二叔母給妳換門親事。妳這親事還沒下定換八字吧？這樣操辦起來也簡單，給那趙家些銀兩，估計他們就會同意退婚了。我看趙家正是缺錢用的當口，肯定能成的。」

慧馨趴在窗台上偷笑，慧妍這話雖然說得太直白，不過也不是不無道理的。以謝趙兩家的差距，不論是用錢還是用勢，謝家都壓得死趙家。

林端如這邊卻被慧妍說得眼淚都流了下來，她一邊擦著眼淚一邊說道：「……四姊此話，端如不敢聽。林趙兩家多年情義，怎麼因趙家一時勢敗就悔婚，我若是這般做了，怎對得起爹娘的教導？」

「妳傻啊，妳爹娘難道會寧願妳受委屈、看著妳吃苦麼？嫁得越好，妳爹娘越該高興才是啊！」慧妍有些不耐煩地說道。

「不是的，爹娘從小教導端如，斷沒有為了高嫁便悔婚的道理。人之信義在此，端如即便身為女子，也不能為了富貴而置林家的信義於不顧。端如不能如此做，婚姻大事，父母做主，父親已為我定下趙家這門親事，即使父母不在端如也不可悔婚，否則便是不孝！」林端如越說越激動。

慧妍見林端如如此冥頑不靈，也有些激動，「這怎麼跟不孝扯上了？妳爹娘如果活著，看到趙家如今的樣子，說不定也會給妳退親呢！」

林端如忙搖著頭否定：「不會的，於情於理，我爹娘都不會悔婚的，我們林家做不出這種背信棄義的事來。」

慧馨聽著慧妍和林端如從嘮叨升級為爭吵，雖然她搞不清林端如說的是不是真心話，放任她們兩個吵下去，只怕連隔壁都要聽見了。

慧馨抹抹額頭，轉過身來，走到林端如身旁勸她：「林姊姊別著急，四姊姊不過是好心為姊姊思量，才多說了幾句，這婚姻大事，終歸還是長輩們說了算。四姊不過是自家姊妹打趣幾句，林姊姊莫當真。」

慧妍撇撇嘴：「就是，我不過是為妳著想才說的，要不是自家姊妹，我才懶得說這些。要我看，妳真是個榆木腦袋[2]，還好二叔母比妳明白，肯定不會便宜了趙家的……」

慧馨揉揉眉頭，真是無比懷念去年的慧妍，最起碼那時候的慧妍還懂得什麼叫害羞。如今定了親的慧妍，像是打開了閘口，比以前放得太開了，什麼話都敢說，性格裡的自私再也沒了遮掩。

眼見著林端如坐立不安，慧妍那邊還是不住口，慧馨只得打斷慧妍：「林姊姊別聽四姊的，母

【注釋】

②用來比喻思想頑固。

親不管做什麼，都是為了姊姊好……」

林端如如今心裡急得很，她原本就覺得謝太太對趙家有些不滿意，可是她是真的不想退親，趙家是父母跟她定的親事，趙太太和趙家哥哥她都見過，對她也很好。尤其趙太太藉今日的機會找過來，讓林端如心裡十分感動，趙家沒有嫌棄她。

林端如突地一下從椅子上站了起來，她不能讓謝太太退了趙家的親事，「我……我……出去透口氣……」

林端如出去得突然，慧馨沒能攔下她，見只有秋紋跟著她出去了，便也要跟出去找她。林端如這會情緒激動，可別衝動地做出什麼事來。

慧妍則拉住了慧馨的袖子，說道：「妳別去找她，讓她自己想想，趙家這門親事配不上咱們謝家，沒得白丟咱們姊妹的臉。」

慧馨大大嘆了口氣，拂開慧妍的手臂，「四姊啊，妳別忘了，林姊姊她姓林，不姓謝！」

慧馨出了包廂門，焦急地四下望了望，卻沒見到林端如的身影。這才一會，人怎麼就不見了？見樓梯口有小二走動，便給木槿使了個眼色。木槿走上前去向小二打聽：「小二哥，可曾見到一位小姐帶著丫鬟剛從那邊包廂出來？」

小二打量了一番木槿，這才說道：「可是一位身著白衣的小姐？」

「正是。」木槿忙道。

小二眼神閃爍地說道：「剛才那位小姐出來得急，衝撞了貴人，被帶走了。」

慧馨心下大嘆，今日真是倒楣，這個放生節過得不好。

木槿得了慧馨指示，掏出二兩的碎銀放在小二手裡，「真是麻煩小二哥了，小二哥可知道那貴人是誰？那位小姐被帶去了哪裡？」

小二手一翻，銀子滑進了袖口，臉上也掛上了笑，「那位小姐衝撞了南平侯府太夫人，如今就在那邊包廂裡問話呢！」

慧馨心下警鈴大作，上前問小二道：「小二哥，太夫人是一個人來的嗎？」

「當然不是，侯爺也在呢，南平侯可是咱們無名酒樓的常客。」

【第一百四十四回】

一錘定音

慧馨嘆了口氣，看看門口站著的侍衛，似乎真的有點眼熟。好不容易南平侯對謝家有了改觀，如今又碰上林端如這事了，也不知林端如會跟太夫人說什麼。

慧馨無奈地讓紅蕊把事情先回給謝太太，她則帶著木槿等在南平侯包廂的外面。

沒一會，謝太太等人就出來了，謝太太看起來也不知是擔憂還是驚喜，看見慧馨就問：「怎麼回事啊？林丫頭怎麼會衝撞了南平侯太夫人？」

「……女兒出來的時候，林姊姊已經被帶走了，還是從茶樓的小二那裡打聽到的，說是林姊姊走路沒注意，衝撞了太夫人……」慧馨說道。

大太太伸著脖子跟在謝太太身後，一副等著看好戲的樣子。趙太太倒是有些焦急，大概在擔心林端如是否闖了禍。

謝太太略一愣神，便吩咐魯媽媽上前，與守門的侍衛交涉，請求與太夫人一見。

慧馨皺著眉站在謝太太身邊，太夫人是個和藹的人，應當不會為難林端如。只是林端如出去的時候，臉上還掛著淚，眼睛也紅腫腫的，哎，林端如進去也有一會了。

侍衛進門通報一會就出來了，請謝家幾位太太和小姐進去。

慧馨跟在謝太太身後進屋，一抬頭便看到林端如正站在太夫人身側，手裡拿了巾帕還在擦臉。看樣子，林端如在太夫人這邊又哭了一場。屋裡沒看到南平侯，不過這個包廂好像還有套間，也許南平侯迴避到裡面去了。

太夫人笑呵呵地受了眾人的禮，讓人給太太們看了座，轉頭看到了謝太太身側的慧馨，覺得眼熟，便笑著說道：「這位小姐面善，好像在哪裡見過？」

慧馨往前一步又跟太夫人行了一禮，笑著說道：「……慧馨同宋家的三位小姐是同窗，年前曾在京郊的莊子上見過太夫人，您還賞了我們好幾筐喜報三元。」

太夫人笑著點頭：「是了，我想起來了，妳是謝家的七小姐，跟宋家丫頭們一起的，過來我瞧瞧，好像才幾日沒見又長高了。」

慧馨笑著走到太夫人身邊，任她拉著手打量。

太夫人左看看右看看，拍拍慧馨的手說道：「好孩子，那喜報三元吃著還好？若是喜歡吃，下次到莊子上多拿點。」

慧馨見太夫人笑得開心，樂得討好老人，便笑著說，「……那我可有口福了，慧馨先腆著臉謝過太夫人賞了。」

太夫人有些羨慕地對旁邊的謝太太說道：「太太家的小姐養得真好，一個比一個可人疼。」

謝太太原本擔心太夫人會擺架子，沒想到太夫人卻是位和藹慈祥的老人，從謝家人進門到現在，既沒擺架子也沒提林端如衝撞她的事。

謝太太謙虛地回道：「當不得太夫人誇獎，都還是些小孩子。剛才聽說林丫頭衝撞了太夫人，太夫人可被傷到？」

太夫人笑著擺擺手：「沒事沒事，談不上衝撞，我只是看這孩子一個人落淚，樣子可憐，才帶她過來擦擦臉的。」

謝太太心下疑惑，她自然不知道林端如在包廂裡被慧妍弄哭的事，不過還是說道：「是太夫人大量，不跟孩子計較，端如這孩子性子急了些。端如，還不快給太夫人道歉。」

林端如那邊已經整好了妝容，走過來對著太夫人盈盈一拜，「請太夫人見諒，端如剛才失禮了。」

林端如本就長得漂亮，一番折騰後更顯楚楚動人。太夫人忙叫身邊的人扶起林端如，把她也招到了近前打量：「這孩子長得真標緻，剛才在外頭，為何獨自垂淚啊？」

林端如垂了首，有些黯自神傷，並未回答太夫人的問話。

謝太太見林端如的樣子，有些著急，便轉頭問慧馨：「剛才妳們姊妹三人在包廂裡，究竟發生了何事？」

慧馨心下懊惱，只得道：「……林姊姊今日遇到故人，想起了林家姨夫姨母，是以神傷……」

當著外人，慧馨哪能說是慧妍把林端如氣哭了，那不明擺著告訴別人謝家不地道嗎？

慧馨說完這話，謝太太還沒說什麼，趙太太那邊卻先開了口，「……端如是個孝順的孩子，都是我今日唐突了，勾起她的傷心事。」

剛才三位太太在包廂裡，趙太太便想藉今日的機會商量林趙兩家的婚事。趙太太的意思是等兩家孝期過了就完婚，謝太太卻不想這麼早，趙家到時候是個什麼景況還不一定呢，她只說林端如年紀還小，要留一留。趙太太打著主意要把婚期定個時間，謝太太則壓根不想現在就把婚事定下，兩人就在那裡互打太極，直到紅蕊進來回話。

趙太太是真心想娶林端如進門，林端如雖是孤女，但從小教養得好，以趙家的情況，若失去這門親事，只怕再找不到條件這麼好的了。趙太太擔心謝太太想悔婚，所以才會堅持今日就把婚期定下，免得夜長夢多。剛才謝太太一直不鬆口，趙太太又不能撕破臉，兩人僵持不下，這會林端如卻遇到了南平侯太夫人。太夫人看樣子像個熱心人，不若是把事情當著太夫人說開，讓太夫人做個見證，就不信謝家人能當著外人的面抵賴。

趙太太也不等太夫人問，直接開口說了起來：「……不瞞太夫人，林丫頭從小就跟我們家顯哥定了親，剛才我跟謝家太太就是在商議婚期，兩家都還有兩年的孝期要守，等孝期過了，林丫頭也及笄了，正好可以辦喜事。」

謝太太聽趙太太這般說，哪能不猜到她打的什麼主意，也忙開口跟太夫人解釋：「林丫頭還小，前幾年又吃了不少苦，我這做姨母的實在捨不得她，總想著讓她跟著我多過幾天好日子……」

趙謝兩位太太又把剛才包廂裡練的那套太極，搬到太夫人面前練了起來。大太太在一旁不時還幫謝太太說兩句。

慧馨抹抹額頭的汗水，三位太太都不是省油的燈，也不看看場合，這還有外人在呢，多丟人啊！轉頭看看太夫人，卻發現太夫人正笑咪咪地看著三位太太，好像還看得有滋有味。……這太夫人也是位老頑童，喜歡湊熱鬧看笑話。

慧馨忍不住輕咳了一聲，到桌邊端了杯茶給太夫人。

太夫人笑嘻嘻接了慧馨的茶，飲了一口，「幾位也不要客氣，喝點茶水潤潤喉。」

謝太太好似得了提醒一般停了下來，轉頭看看太夫人，羞得紅了臉，「讓太夫人看笑話了，這兒女都是父母的心頭肉，我這做姨母的也是擔心林丫頭……」

太夫人不以為意地說道：「可憐天下父母心啊，謝太太想讓姪女多過幾天好日子，趙太太想早點娶兒媳婦，這都是因為林丫頭可人疼啊！」

太夫人放下茶杯，轉頭問林端如道：「林丫頭，妳都瞧見了，兩位太太為了妳操盡了心。妳自個兒是怎麼想得呢？」

林端如「撲通」一聲跪在了太夫人面前，把眾人都嚇了一跳，「太夫人，端如今日在您面前說句不知恥的話。兩位太太都是為了端如好，端如心裡清楚，也很感激。端如雖父母雙亡，但父母的諄諄教誨端如一日不敢忘，『不以富貴而屈，不以貧賤而移』，不論將來是好日子也罷，苦日子也罷，端如都同樣甘之如飴。」

慧馨心下讚嘆，林姊姊終究不是，「林妹妹」去了平日的忸怩，關鍵時刻也是有擔當下得了決心的，倒真是讓人刮目相看。

太夫人眼光一閃，親自上前扶起了林端如，感嘆地說道：「多好的孩子啊，兩位太太聽到了，妳們也別爭了，是早是晚是好是歹，這孩子都不會變的。謝太太，妳家的孩子養得真是教我羡慕，這麼著吧，等你們兩家親事定好，也給我送個信兒，我也來給這孩子添個妝。」

林端如的話出了口，再加上太夫人這一番話，這林趙兩家的婚事就算一錘定音了。謝太太就算有再多想法，也不能再反悔了。

慧馨上前推了林端如一下：「姊姊還不謝太夫人？」

林端如忙跪下給太夫人磕了個頭，太夫人笑著讓人扶起了她。謝太太見事已至此，也只得應下，也對太夫人謝了再謝。

慧馨覺得林端如的婚事能這樣定下也好，省得林端如整日疑神疑鬼，也省得謝太太再搞些麻煩出來。

正月初八的放生節，也算皆大歡喜了，除了謝太太稍有那麼一點不順心。不過南平侯太夫人說了會給林端如添妝，這也算是給謝家面子了。

謝太太偶爾會跟魯媽媽抱怨幾句那天的事，「哎，我原本瞧著林丫頭臉長得好，又聰明，本想給她找戶好點的人家，沒想到偏她自己不爭氣，反倒講什麼『貧賤不移』，非要嫁給趙家，真是浪費我為她打算這麼多。」

秋紋有時也會擔憂地跟林端如說：「小姐，謝太太會不會因為小姐的話生氣？」

林端如卻是無所謂地道：「姨母大量，就算當時有氣，事後也不會有的。姨母愛面子，不會因這個就薄待了咱們，再說當時機會難得，能藉機把婚事敲定，以後我這心裡也踏實。熬過兩年孝期，咱們就不用再寄人籬下了。」

【第一百四十五回】

再入靜園

正月初八那天，慧馨沒見到南平侯，不曉得南平侯對謝家的看法會不會改變？太夫人不過是把謝家的事情當個熱鬧看了，到了太夫人這個年紀和身分的人，自有一種尊貴和灑脫。

正月十五元夜，燕京花市燈如晝，可惜慧馨只能待在府裡，家宴過後，女孩子們陪太太們打了會葉子牌便散了。

去年謝老爺沒讓小輩出去看燈，今年仍然不許，春闈在即，謝老爺令二少爺謝睿在家裡閉門修身養性，免得情緒浮躁了影響臨場發揮。大少爺謝亮初六又出門了，他的生意還有許多事情要準備。四少爺謝皓本來就不喜歡出門，自然不會開這口。剩下三位小姐，只有慧妍提了想去看花燈，被大老爺一瞪就消停了。其實若只有大老爺和大太太在，多半會允許她們出去逛逛，可惜二房的老爺太太一來，京城謝府的規矩又嚴了一個檔次。慧馨看著天上的圓月亮，嘆了口氣。

元宵過後，二房這邊就開始打包東西，定了二月二的日子搬家。木槿木樨進進出出指揮小丫鬟們打包裝箱，慧馨拿著本女誡發了會呆，突然想起她院子裡種的東西，忙吩咐木槿她們把羅勒幾樣花草移到花盆子裡，這些花草搬家時一起帶走。

二月初二，一大清早放了一掛鞭炮，慧馨他們就開始挪窩了。一車車的行李運到了新宅子，下人們忙著運出又運進。午飯二房還是跟大房一起吃的，晚上新宅子那邊才能開伙。

下午二房的人都到了新宅子這邊，眾人又忙著拆包開箱，把東西都拿出來放到該放的地方。拿出比收起簡單，東西都是分類歸置的，箱子上又有編號。

慧馨看木槿她們把她的屋子佈置得差不多了，便說道：「我這裡今日這樣就可以了，其他不要緊的東西稍後慢慢整理，你們快去收拾自個兒的屋子，一會太陽下了山，整理屋子就不方便了。」

新屋子顯得格外冷，慧馨披了皮襖坐在火盆前發呆，記得去年的今日她一天都很忐忑，尤其晚上一夜都沒睡好，因為去年的明日便是她入靜園的日子。現在她升了乙院，要在下個月才入園。只是如今的她卻比去年輕鬆了許多，至少不用再小心翼翼。

過了幾日，謝太太置了酒席宴請大房的人，搬了新家要溫居。之後又專門設了一日宴會，請了謝老爺在京裡的同年及他們的家眷。

謝太太對京城人生地不熟，人面也有限，置辦這幾次宴會，慧嘉給謝太太找來的人起了大作用。

二房單獨宴客，慧馨不得不硬著頭皮出來招呼被請來的小姐們，幸好還有個林端如幫她分擔。林姊姊自從婚事確定後，面色好了不少，人也不像以前那般弱不禁風了。林端如跟幾位小姐很談得來，慧馨樂得她幫著招呼客人，兩姊妹相處倒是比原來更相得益彰了。其實慧馨一直都覺得林端如是個很明智的人，雖然面上有些忸怩，但在大是大非面前卻又拿得起放得下。慧馨有時換位思考，覺得換了她處在林端如的境地，未必能像林端如做得這般痛快。

二月初九，謝睿入場春闈，為圖吉利，帶的東西還是秋闈時用的，其中就有慧馨做的書包。而大少爺謝亮在外跑生意，沒有參加春闈。

還沒等謝睿從考場出來，漢王府那邊就派人送了消息過來，謝側妃有喜了。雖然這消息謝老爺和謝太太早就知道了，但如今三個月的穩定期過了，謝太太心口的石頭又一塊落了地。

慧馨先頭就猜到了幾分，現在有了確切的消息，也很為慧嘉高興。算算時間，產期大約在八九月份，慧馨準備動手做幾件慧嘉產後可以穿的內衣，小孩子的衣服她不太會做，乾脆只做幾件肚兜算了。

謝太太又去漢王府看望了一次慧嘉，慧馨見謝太太沒有要帶她一起的意思，便也沒有開口。等謝太太和謝老爺回了江寧，慧馨總能找到機會去看慧嘉的。

謝睿從考場回來，折騰地像霜打的茄子，連著九天高壓測試，再加上考場的「惡劣」環境，的確讓人身心俱疲。慧馨以前在江寧見過謝老爺模擬的考場環境，當時就感嘆過上輩子高考跟古人科舉比起來，不是一般的享福啊！

謝睿先洗刷了一番，便跟謝老爺關門進了書房，聊了大約一個時辰才回屋休息。慧馨煲了冬日大補湯，等謝睿醒來才給他送過去。正好謝睿在喝廚房剛煮好的小米粥，在考場裡待了九天，他有點輕微的厭食，雖然其實很餓。

慧馨的湯一上桌，謝睿鼻子就動了幾下。九天的乾糧啃下來，聞到香噴噴的湯，謝睿感覺他的肚子明顯蠕動了一下，「咕嚕嚕」一聲過後，謝睿大囧。

慧馨好似沒聽見一般，盛了一碗冒著熱氣的湯，遞給謝睿，「二哥先喝點這個湯，暖暖胃，等胃醒過來，其他東西就好下嚥了。」

謝睿接過湯碗，一口就喝乾了，慧馨又給他盛了一碗。謝睿雖然氣色還有點萎靡，不過精神還好，臉上掛著笑。看來他考得還可以，至少個人發揮不錯。

二月十五本是花朝節，謝家因謝睿那幾日還在考場裡，沒人有心思出外踏青。如今謝睿出了考場，謝太太放了心，婚事的諸多細節已經都定好，只等按部就班完成了。謝太太一時清閒了下來，便想起去年慧嘉出嫁時，二房在京郊多買了幾個莊子，本來幾個管事年前來給謝太太報帳，正好碰上謝太太忙著，便也沒有多問，既然現在有了空閒，便去莊子上看看吧！謝太太帶了謝睿、慧馨和林端如一起去了莊子，算是讓他們藉機在莊子上遊玩一下。

在莊子上逍遙了幾天，慧馨就回了京裡，她要準備行李，快到乙院入園的日子了。

三月初三眨眼就到了，這次謝太太和謝睿把她送到燕磯碼頭，行李還在車上，慧馨先去簽到。依舊是太監宮女在碼頭上擺了幾案，慧馨過去簽了自己的名字，終於能用回自己的名字了。

負責迎接的太監讓慧馨稍等，他往一旁列隊站著的宮女群裡，點了兩個人出來，帶著這兩人到了慧馨面前，「謝小姐，這兩人是上面分給您的宮女，以後有事您儘管差遣她們。」

左邊的宮女上前跟慧馨行禮道：「奴婢嫣紅，見過小姐。」

另一個也上前行禮：「奴婢念青，見過小姐。」

慧馨笑著謝過那位公公，才和藹地跟兩個宮女道：「以後要辛苦兩位姊姊了。」

嫣紅念青忙稱不敢。

慧馨帶著兩人回了謝家馬車旁，嫣紅念青兩人很自覺地上前，接過謝家下人遞上來的行李。慧馨的行李不多，主要是些換洗的衣物，嫣紅念青一手一個包袱就夠了。

慧馨跟謝太太和謝睿再次道別，才帶著身後的嫣紅和念青上了靜園接駁船。

雲台上已經有了不少人，跟去年一樣，是丙院的人負責迎接乙院的人。

慧馨在接待人員裡發現了一個特別身影，她定睛看了一遍才確認，那人正是羌斥王女娜仁。娜仁正忙碌地在登記冊子，像去年一樣，乙院人帶入的物品都要造冊登記。

慧馨帶著嫣紅念青在後面排隊，或者說看熱鬧……同樣像去年一樣，乙院的人在刁難丙院的人。前面吵吵嚷嚷的，那些乙院的「老人」挑剔地指責丙院的人手腳慢，隨著到達雲台的人越多，丙院的人果然有些亂了。

這就是考驗了，去年慧馨她們負責晚宴的食物，差點被耍了一把，不知今年靜園又有什麼招數考驗這些女孩子。

慧馨熱鬧看了沒一會，就感覺肩頭被人拍了拍，回頭一看是欣茹到了。

欣茹身後也跟了兩名宮女，這兩名宮女就比較累了，手臂上抱了一堆大大小小的包袱。

慧馨打趣欣茹道：「妳這是帶了多少東西啊？不會把侯府裡的東西都帶來了吧？」

欣茹眨眼乾笑兩聲：「大部分是吃的，靜園裡的飯菜一向沒味道，如今能自帶東西了，哪能不帶點好吃的。」

慧馨兩人嘻嘻哈哈說了幾句，這才一起抬頭看前面的熱鬧。

欣茹也認出了娜仁，有些感嘆地說道：「娜仁王女真的來了……上個月聽說王女娜仁和王弟女敖敦向皇后娘娘請求，想進靜園學習，皇后娘娘破例同意了。以前也沒這先例，丙院一直是每隔三年才允許新生入園，皇奶奶為了公平，今年不但同意了娜仁和敖敦入靜園，還額外又拿出了十個名額，所以今年總共有十二個新同窗入丙院。」

「那今年丙院又熱鬧了，不知道她們今日準備了什麼晚宴招待咱們。」慧馨說道。

慧馨突然轉頭四下看了看，「剛才光顧著跟妳說笑了，這會才發現怎麼只有妳一人？出什麼事了，欣語和欣雅竟然沒有跟妳一起來？」

【第一百四十六回】再遇「謹恪」

「別提了，本來上個月還想去小燕山玩的，誰知道二姊突然出痘了，大姊那些日子經常跟二姊在一起，府裡頭就把她們兩個暫時都留在家裡了。已經跟皇奶奶那邊報備了，等她們好了再回靜園。」欣茹無奈地說道。

「出痘？聽說這幾年太醫院研究了不少治痘的方法，找太醫瞧瞧應該很快就好了吧？」慧馨說道，十幾年前大趙有個地方爆發了大規模的痘症，死了不少人，後來皇帝就下令太醫院研究治痘之法，聽說這幾年頗有成效。

「太醫院的人說要種痘什麼的，聽說是從病人身上的膿瘡裡弄出來的東西，噁心死了，太醫院的人又說什麼不能完全保證，要看大姊二姊自己的造化，府裡長輩都不同意，所以現在還是用土法吃藥。我本來不放心也想推遲再來靜園，可府裡不許我去看望她們，為了怕我偷著去，我娘今天還親自把我押到碼頭。」欣茹吐吐舌頭，她是真擔心兩個姊姊，可惜她什麼也做不了。

太醫院的種痘之法不知道跟慧馨以前知道的一不一樣，不過這種方法普及起來確實有些麻煩，別人不肯種總不能逼著。

「妳要是不放心，可以找靜園的醫師問問，看看以前有沒有人用過這種方法。出痘會傳染，公主讓妳入靜園，也是怕妳被染上。」慧馨說道。

慧馨和欣茹說著話，很快就輪到她們登記了。給慧馨登記的正好是娜仁，慧馨向她點頭致意，在丙院裡，娜仁不再是王女，相反她要稱慧馨學姊，所以慧馨沒有向她行禮。這些可是靜園的老規矩了，慧馨可不想給娜仁找麻煩。

娜仁也向慧馨點頭致意，慧馨看到她腰上的名牌，上面刻著「謹恪」。

慧馨一笑，指了欣茹跟娜仁說道：「真是巧，這名牌以前是她用的。」

欣茹伸頭一瞧，見真是她用過的名牌，笑著說道：「這牌子好，吉利，我才一年就入了乙院，妳也可以的！」

娜仁也笑著說道：「那就承兩位吉言了。」

慧馨的行李簡單，就一些衣服和幾本書，很快便登記完了。慧馨站在一旁等欣茹，欣茹東西帶得比較雜，檢查起來比較費時間。

「哎呀，又把我的書弄掉地了，妳是幹什麼的！連本都拿不動嗎？我這書可是孤本，弄壞了可是要妳賠的！」旁邊有個聲音生氣地說道。

慧馨往那邊一看，正是一個乙院的「老人」在指責一個丙院的「新人」。

那位丙院的女孩子咬著嘴唇，哆哆嗦嗦地把地上的書籍撿了起來。

「哎呀呀，動作真是慢死了，笨手笨腳的，看著就讓人生氣，我不在這等了，那個誰，就妳吧，給我領路，我要先回院子。」

那個女孩把書放到案子上，抽抽鼻子，一臉的委屈又不敢反駁乙院的人，只得轉身給她領路。這女孩顯然是今年才入園的十二人之一。

慧馨嘴角一翹，果然來了，如今她不是被考驗的人，頗有些站著看風景，不怕閃了腰的感覺。娜仁皺皺眉頭，看看四周的人，正巧看到慧馨面上帶笑。慧馨臉上的笑容不似嘲笑，倒是頗有幾分欣慰的感覺，娜仁覺得奇怪，又看看周圍乙院的人，似乎她們臉上都帶著微笑，卻不是令人討厭的那種。

終於有人看不下去了攔了那女孩子，那人先給乙院的人行了一禮，這才說道：「學姊稍安勿躁，我們人手少，耽誤了學姊的時間，還請學姊體諒。若是學姊累了，那邊有宮女可以給學姊領路入園，東西我們登記好後會派人給學姊送去。若是學姊嫌一人回去待著悶，可以到那邊喝點茶水吃點點心。外來物品要登記造冊，這是靜園的規矩，我等不敢有所疏失，學姊也是過來人，還請學姊多多體諒。」

說話的人是張熟面孔，是翰林院李學士的女兒「謹願」。謹願是去年跟慧馨一起入園的，在丙院裡的成績也很出色，可惜她在剛入園的時候，跟別人發生過衝突，雖責任不在她，可終究影響了她最後的考績，沒能第一年就升乙院。不過看她現在這樣，似乎隱隱有丙院之首的態勢。

其實第一年升乙院是最容易的，雖然第一年競爭的人多，但大家的起點基本一致，同樣是新人，競爭就比較公平。後面兩年雖然人少了，但大家都熟悉了靜園的生活和運作，摸清了靜園的底線，許多以前不敢用的手段，以後只怕也要出現了。所以雖然後面兩年人少了，但相比第一年反而更容易出事。正因為慧馨明白了這個道理，才會努力在第一年就跟欣茹她們升乙院。

「嗯，妳說得也在理，我到那邊再等等好了。」乙院那人也不糾纏，往旁邊擺茶水的桌前坐了，便施施然地跟桌旁的其他人聊起天來。

那新來的女孩子，似乎還有點發懵，大概沒想到乙院的人幾句話就放過了她。靜園的暗考就是這樣，點到即止。聰明人可以一點就破，愚笨的多糾纏會失了分寸。雖說是故意為難，可也要留著三分薄面。

謹願拍拍手，把負責登記的人召集到一起。嬤嬤們點了她今日做登記那邊的領頭人，她要重新再安排一下人手，經過前邊的觀察，哪幾個人動作比較慢都看出來了。謹願把人重新分了組，幾個人共同負責登記，這樣速度就快了起來。

欣茹那邊也登記完了，過來挽著慧馨的手臂往院子裡行去，她們身後跟了宮女和小火者提行李。

乙院居住的院子跟丙院的差不多大，雖然乙院總共才有二十來人。乙院的院子又被分割成了許多塊，因為乙院的人有自己獨立的小院，這些小院就在乙院的整個大院子裡。乙院的院子就像某些家族的聚居地，小院就像各房頭的院子，而各房頭又住在同一個大院子裡。

欣茹的院子是拾捌，慧馨的房間是拾玖，她們兩個正好是隔壁。

小火者們到了乙院門口就不再進了，宮女們把行李接過放到了院裡。欣茹開了隨身的荷包賞了幫她拿東西的宮女和小火者，這才進了自己的院子。

【第一百四十七回】
別人的考驗

每個小院子有一間正房一間廂房，院子裡的樹又粗又壯，大概是靜園初建時種植的。院子還有些花草，還有石頭做的桌子墩子。這個小院子給一主二僕住，綽綽有餘了。

整理好東西，慧馨就去了欣茹的院子。欣茹正指揮晴兒和柳兒把東西歸置好，晴兒和柳兒便是指派給欣茹的宮女。慧馨打開桌上的一個紙包，裡面是幾塊豆沙糕，跟欣茹分著吃了。

待欣茹的屋子收拾好，慧馨兩人準備到院子裡轉轉。

乙院大約有三十來個小院子，正中間的院子裡有兩間樂室，還有三間小廚房。慧馨她們除了可以在飯堂吃飯，也可以自己在小廚房做飯。

樂室的書架上放了許多書籍，裡面三三兩兩有人在交談。慧馨從櫥子裡取了茶具，又從小廚房取了熱水，泡了一壺茶跟欣茹坐在一旁。這一幕似曾相識，除了少了兩個人，幾乎跟去年一樣。

午飯鐘響，慧馨和欣茹去了飯堂，頭一日，她們可沒有食材供她們自己做飯。乙院的管理比較人性化，不必再排隊去吃飯了。

乙院吃飯的地方跟丙院不在一間屋裡，且明顯比丙院高了一個檔次，她們是點菜制的。一進門的牆上掛著竹製的籤子，上面寫著菜名，想吃什麼菜便取下寫著菜名的籤子交給廚房的嬤嬤便可。每人可以點兩菜一湯，乾糧有饅頭米飯，可以自己隨便挑。乙院在飯堂吃飯的人並不多，大部分是像慧馨這樣剛升上來的人，「老人」們都在小廚房自己做飯吃。

慧馨點了一葷一素一湯，欣茹點了兩份粉蒸排骨。慧馨笑著搖搖頭，又幫欣茹點了一份湯。排骨做得不錯，慧馨幫著欣茹把兩份排骨都消滅了。

陸陸續續有人過來吃飯，牆上的籤子越來越少。聽到有個聲音說：「粉蒸排骨已經沒有了？唔，我專門過來吃排骨的，今日的粉蒸排骨可是莊嬤嬤的拿手菜，乙院飯堂味道最好的菜就是這個了。」慧馨和欣茹相視一笑，夾菜的速度又快了些。

吃過午飯，慧馨兩人準備回房補會午覺，欣雅和欣語不在，欣茹跟著慧馨去了她的屋子，陌生地方第一日，她要跟慧馨一起午睡。

趁著慧馨兩人午睡的時辰，嫣紅四人輪流去吃了飯。

下午迎接宴會就開始了，今年丙院準備的節目比去年多。乙院的人員已經到齊，雲台上擺了屏風，雁河邊上有曲水流觴賽詩，旁邊台子上投壺賽酒。

慧馨和欣茹對於賽詩不感興趣，就來投壺吧！兩人上去投了一把，十隻去頭羽箭，欣茹中了四隻，慧馨才中三隻。投中五隻以上的人才有酒喝，酒是果子露，又香又醇。

雖然投壺沒輪到她們喝酒，不過旁邊桌子上還有兩罈桃子露。慧馨和欣茹坐在旁邊喝了幾杯。

乙院和丙院的人都在雲台上，熱鬧非凡，還有人搬了琴出來，幾個人在那裡賽琴。慧馨若有所思地看著眾人，大家似乎比去年更放得開了，果然是一回生二回熟。

晚上夜宴的席上，上首主座的人是王芳，禮部祠祭清吏司郎中王敬業之女，袁橙衣的表妹。今年乙院走了一大半人，留下的大部分都在十二、三歲間，也就是說她們之中今年又會陸續離開一些人。只要十四歲到了，她們就必須離開靜園。可以提前出園，卻不可逾期留下。

王芳代表乙院講了祝酒詞，自然也向丙院的人解釋了早上的刁難。丙院準備的四菜一湯比去年慧馨她們準備的大手筆了很多，水煮鯽魚、水晶雞、四喜丸子和清炒時蔬，湯品竟然是燕窩粥。

慧馨無語，今年準備飯菜的人太過了，靜園給的預算可弄不了這些菜，連一碗燕窩的錢都不夠，看來負責飯菜人多半是往裡貼了自己的錢。

不知道今年靜園給她們準備了什麼暗考，水煮鯽魚竟然是最後一盤端上來的，湯都有些涼了。

席上又玩擊鼓傳花的遊戲，慧馨最不喜歡的就是這個遊戲，她不會作詩，勉強會彈一首曲子，擅長的畫畫又不能給人看。其實那首曲子還是她後來專門學的，大家閨秀對於這種場合總是不能完全逃避，慧馨覺得既然不能保證不會輪到她，那不如提前準備一下節目，免得到時候尷尬。所以她便讓慧嘉教了她一首琴曲，慧馨就學了一首，還不怎麼熟練，勉強能入耳，這樣就夠了。

欣茹也不喜歡這個遊戲，為了幫她應付這種場合，欣語專門做了兩首詩給她，讓她背下來上場能直接用。

今日丙院的表現，早上迎接還算可圈可點，後來的安排也沒什麼差錯，反倒是夜宴的食物選得不好，太過高調反而出了破綻。每桌席上的鯽魚和時蔬都吃得差不多，不過雞和丸子就剩得比較多。作為晚飯來說，她們訂的菜單過於油膩了，而且沒有準備主食，光吃燕窩粥對於她們這些正長身體的女孩子來說，晚上肯定還會餓的。

慧馨入園沒有帶零食，為防晚上餓肚子，她讓嫣紅包了幾塊點心帶回去。

入園前三天依然沒有課程，慧馨和欣茹去平安堂燒了炷香，慧馨拿出一副手套交給主持，「請主持代我把手套送給靜惠師太，是去年休假冬日裡織的，雖說現在用不上了，不過今年冬日還是可以用的。」

慧馨和欣茹又往馬棚那邊挑馬，去年她們租了驢子，今年得換馬了，若是再繼續騎驢子，會被乙院的其他人笑掉大牙的。馬棚這邊的馬匹原本分了三個檔次，最好的原屬陳香茹的颯露紫，可是颯露紫在韓沛玲被賜婚後，韓淑麗妃向皇后娘娘進言，把颯露紫賞賜了韓沛玲做嫁妝。所以現在颯露紫沒有了，馬匹只剩了兩檔，好一點的是黑背，每匹月租金二十兩，差一點的是棗紅，每匹月租金十四兩。

慧馨入園帶了兩百兩銀子，還了六十兩給欣茹，手上還有一百四十兩，這是她準備作為乙院田莊的啟動資金。

【第一百四十八回】

鴻門宴

慧馨有點捨不得，最差的也要十四兩一個月，忒貴了。

看馬棚的宮女玉兒瞧著慧馨欲言又止的樣子，琢磨了一會說道：「兩位小姐為何不自己帶馬匹進來？乙院的小姐們大多都是自己帶馬匹進來的，用自己的馬方便，不用的時候放在馬棚，只要每月交二兩銀子就夠了。」

慧馨眼睛一亮，「可以自帶馬匹嗎？那太好了，我們可以把『飲露』與『含霜』帶進來。」

欣茹也點點頭，問玉兒道：「自帶馬匹怎麼弄進靜園來？」

「兩位小姐可以去找乙院的李嬤嬤，李嬤嬤是專門負責這事的。」

慧馨和欣茹想儘快把馬匹弄進靜園來，再過兩日就開課了，乙院每人可以分到十畝地，要是靠雙腿走路的話，會累死人的。

靜園的嬤嬤們住在一個院子裡，慧馨兩人還沒到院門口，就遇到了丙院的林嬤嬤。林嬤嬤先給慧馨兩人行禮，兩人忙避開了。林嬤嬤怎麼說也教導過她們，算是半個師傅了。

林嬤嬤見慧馨兩人知禮，沒有因升了乙院就看輕她們，便有心提點幾句：「恭喜兩位小姐升了乙院，兩位是來找韓嬤嬤選田莊的吧？乙院的規矩跟咱們甲院不同，田莊可以自己選，莊客也是。甲院是公平，乙院是先選先得。兩位小姐過來得早，應該還有不少好地可以選。」

慧馨和欣茹對視一眼，忙謝了林嬤嬤，欣茹還掏出兩吊勺幣賞給林嬤嬤，「這點東西請嬤嬤收下，多謝嬤嬤以前對我們的照顧和提點。」

慧馨和欣茹進了院子，她們按照原計畫先去找了李嬤嬤。慧馨兩人跟李嬤嬤套了一會近乎，把自帶馬匹進園的事情定了。慧馨兩人各寫了一封信交給李嬤嬤，靜園這邊會派人拿著信件去她們各自的府上，把她們的馬匹接進來。馬匹進園不能走碼頭，得從皇莊那邊繞路過來，大概得過個三四天才能到。

慧馨兩人還從李嬤嬤這裡打聽到了乙院的規矩，她們十分慶幸林嬤嬤提醒了她們。原來乙院的各項安排都是自選的，從田莊到課程都是自選。乙院也有三位管事嬤嬤，韓嬤嬤負責田莊的事情，孫嬤嬤負責課程安排，李嬤嬤負責其他雜事。

慧馨兩人謝過李嬤嬤，便去了韓嬤嬤處。今年新入乙院的人共慧馨她們八人，莊田卻有十六處可選。這些莊田是分散的，每塊都是十畝。幸好慧馨她們知道得早，這十六處莊田只有一處被選走了。慧馨和欣茹原是決定依舊像去年一樣，兩人一起經營田莊。剩下的十五處莊田只有兩塊是連在一起的，這兩塊莊田的連接處是一個小山頭。

慧馨兩人選了這兩塊連在一起的田莊，之後是莊客人選，每人可選四戶莊客，每戶指的是整個家庭。慧馨根據以前欣語給的名單選了八戶人家，這個名單上都是曾經給崔靈芸做過莊客的人家，種田自然需要熟手。

慧馨還向韓嬤嬤詢問了種田的規矩，乙院的人既可以從靜園借錢，也可以用自己的錢，可以讓靜園出面採購物品，也可以自己去買。總之，乙院有很大的自主性。當然，若是從靜園借錢，離開的時候一樣要還。

按照去年的模式，慧馨和欣茹在韓嬤嬤的見證下，簽訂了合作協定，兩人以後還是共同管理田莊的事情，先把以後的管理分成之事都寫在協議上，省得以後出什麼差錯。

從韓嬤嬤處出來，慧馨兩人又去了孫嬤嬤處。果然課程也是自選的，不過慧馨她們還不能自選，因著她們八人剛升上來，部分課程沒有底子，所以頭三個月要學基礎，三個月後她們便可自選課程。孫嬤嬤把頭三個月的課程安排單子給了慧馨二人，依然是上午學習，下午自由安排。

慧馨在心裡把需要準備的事情過了一遍，應該沒有什麼遺漏了。她今日已經意識到，乙院的第一項暗考便是自覺性。沒人告訴她們該幹什麼了，所以要做什麼都由她們自己決定。乙院給予了她們非常大的自由發展空間，這大概也是為什麼能升入甲院的人少而且人數不定了。

第二日的晚上，乙院裡有宴席，「老人」宴請「新人」，就在乙院的樂室裡。

慧馨和欣茹走進樂室，發現房間變大了，原來兩間樂室中間的並不是牆壁，而是可移動的博古架和屏風，把中間的東西移開，兩間屋子就變成了一間。

慧馨八個新來的坐在下首，十四位學姊坐在上首。慧馨面上微笑，心下忍不住抽搐，不管在哪裡，新人都得先受點「特殊照顧」嗎？

上面十四位面帶笑容看著慧馨她們，慧馨感覺額頭上肯定有冷汗冒出來了……

身後的宮女在給小姐們佈菜，小姐們則在悠閒地聊天，慧馨豎著耳朵聽著她們談話，對桌上的菜沒什麼胃口。雖然慧馨已經盡量減少自己的存在感，可還是有人注意到了她。

「去年就是妳們兩個把河邊沙地的莊田修成了魚塘？」周旋問慧馨和欣茹，「妳們知不知道，過年的時候皇莊從妳們上交的魚塘大賺了一筆，今年丙院她們一入園，皇莊就把河邊的莊田都收了回去，正準備修成連片的魚塘。丙院的人因皇莊回收莊田，不僅得了一筆豐厚的贖買金，每人還重新分了一畝中等的田地。」

「是嗎？我們還是頭次聽說，魚塘真的賺錢了？倒是便宜了皇莊的人。」慧馨笑著說道。

「皇莊要建連片魚塘？他們倒是會賺錢，我是個愛吃魚的，以後可是有口福了。」欣茹說道。

「聽說除了魚，還有鴨子、鴨蛋之類的，皇莊賺了上千兩，雖說不多，可這只是兩畝地的產出，還沒聽說誰家的莊子兩畝地能賺這麼多。妳們離園的時候，皇莊多少錢贖買妳們的魚塘？」畢淑華問道。

「全部家當加起來一共五百兩左右，莊田畢竟本來就是皇莊的，而且皇莊選在過年前後出售東西，那時候正是京城人家備年貨的時候，價格自然比平時貴了許多。」慧馨說道。

「可惜了，妳們辛苦修了魚塘，卻沒賺到錢。」周旋語氣有些同情地說道，似乎很為慧馨她們吃虧不平，「差價也太大了，依我看，皇莊應該給妳們補一部分金額才對。」

「要是我，肯定會找皇莊理論一番，他們才付了一半的贖買金，差得實在太多了。」畢淑華很贊同周旋的說法。

「罷了，靜園規矩如此，我們不好破壞，以前可沒聽說有人要求補贖買金的。再說咱們又不是商人，靜園教咱們經營莊田，可不是讓咱們學那市儈商人斤斤計較的，賺多賺少有得賺就好了。」慧馨說道，她們才不會傻到去跟靜園皇莊理論，少賺點沒關係，跑去跟靜園要錢，太有失身分了。

「妳倒是想得開……」周旋似笑非笑地看了慧馨一眼，又看看欣茹。

欣茹似有所感，看看慧馨又看看周旋，「……我們不缺錢。」

慧馨向欣茹眨眨眼，這句話說得好。周旋乾笑了兩聲，畢淑華也有些尷尬。

王芳見周旋她們碰了壁，笑著跟欣茹說：「……就是，咱們誰缺錢啊，靜園要大家學習經營莊田，是為了讓大家了解世情，順便還可怡情悅性。那些鑽在錢眼兒裡出不來，惹一身銅臭的事，咱們可不能做。」

欣茹看看王芳，笑嘻嘻說道：「那以後咱們缺錢用了，就找王姊姊借錢。」

王芳哈哈一笑，「好啊，妳們要缺錢了，儘管來找我們，就算我沒錢，這不還有妳們周姊姊和畢姊姊嘛……大家以後同在乙院，可是要互相照顧。」

「姊姊說得是，我們幾個新來的，以後要給姊姊們添麻煩了。」慧馨說道。

「是啊，還請姊姊以後多多指教了。」其他新入乙院的人也附和慧馨的話道。

在新人的低姿態下，上首的十四個人的笑容更深了。

周旋忽然又想起了什麼，轉頭又問慧馨和欣茹：「今年妳們還要修魚塘嗎？乙院的莊田可是不在雁河邊上，修魚塘引水估計會麻煩一些。」

慧馨搖搖搖頭說道：「不了，我們今天選的莊田離雁河遠，若是還修魚塘換水就太麻煩了，而且剛才聽姊姊們說，皇莊要在河邊建連片的魚塘，那我們再修魚塘就太多了，魚塘出產的東西多半會降價，不知道以後還能不能賺到錢。」

「那倒是，我聽說京裡不少人家都開始動手修魚塘了，以後這魚價肯定會降的。不過不修魚塘，妳們打算做什麼？」畢淑華問道。

「種地吧，老老實實地種點東西，糧食蔬菜水果都可以種，我們還沒最終決定，莊田那邊還沒去過，具體情形也不知道，等去莊田那邊看過，我們再商量決定。」慧馨說道。

「這麼說，妳們兩個今年還是一起經營了？妳們感情倒是好……」周旋似有所指地說道。

【第一百四十九回】

「同盟軍」(上)

慧馨眼光一閃，果然有人看不慣她跟欣茹關係好嗎？慧馨面上有些發紅，有點不好意思地說道：「我們兩個沒姊姊們這麼能幹，兩人一起互相幫忙還能湊合著。欣茹帳目管得好，我們就靠她管帳目了。」

「嗯嗯，」欣茹點點頭，「我就管帳還可以，其他就不懂了，正好交給慧馨，她點子多。分工合作，我們今日還在韓嬤嬤那裡簽了協議書。我娘也說了，我們兩個一起做事，正好相得益彰，取長補短。」

「雖然妳們是分工做，可是總有一個做得多，一個做得少，將來分成可是五五分？那做得多的人豈不是會吃虧？」周旋說道。

「姊姊說笑了，不過二十畝薄田，有多少賺頭，咱們進了乙院的有誰會放在心上？再說了咱們重在學東西，又不是見錢眼開的無知俗人。」慧馨笑著說道。

欣茹又點點頭，「自家府裡的莊子哪個不是上百上千畝的，誰會在乎這點東西，那可太小氣了。」

周旋撇撇嘴，她就是看這個謝慧馨不順眼，家裡不過是個開書院的，父兄連個做官的都沒有，只有一個姊姊做了漢王側妃，這種家世怎麼進得了靜園？不過是藉了漢王府的勢，「一人得道，雞犬升天。」講的就是這個謝家了。偏偏這個進了靜園的謝家女還巴上了西寧侯府，跟西寧侯府的小姐天天形影不離，看著就教人討厭。

王芳看了看周旋，有些打趣地說道：「妳呀，以為別人都跟妳一樣，掉進錢眼裡就出不來了，天天就想著賺錢。如今袁姊姊不在了，妳可成了我們乙院最會賺錢的人了。妳要是真擔心她們吃虧，不妨多指點她們賺錢之道。」王芳跟袁橙衣是表姊妹，袁橙衣曾遞過話給她，讓她多照顧下宋家姊妹和慧馨。王芳本就不喜歡周旋這人，樂得為慧馨她們解圍。

「就妳好埋汰[1]我，我哪有這麼厲害指點別人，再說她們本就做得好，哪用我指點。」周旋說道。

「我看妳呀，是捨不得乙院財富榜第一的位置吧！」王芳說道，轉頭又跟下面八位新來的同窗說：「妳們還不知道吧，咱們乙院每年都會出榜，各門課程和田莊收入都會排榜。要想入甲院，必須每年至少佔據三個榜首位置，才有資格參與考核。大家若想進甲院，那就努力爭榜吧！」

慧馨心下了然，原來如此，甲院果然不是那麼好升的。正好她和欣茹對甲院都不感興趣，那麼每個排榜的前三名，她們還是不要去湊熱鬧了。

「爭榜這種事情，我還是算了，大家都這麼厲害，我是不行的，能不給乙院丟臉就夠了。」畢淑華嘆了口氣說道，似乎她對爭榜沒什麼信心的樣子。

「要我說也是，甲院哪是好進的？咱們在乙院混到十四歲就好了，我是不指望再升院了。」周旋說道，似乎她對甲院沒什麼興趣。

慧馨眨眨眼睛，看看在座的人，似乎今年乙院剩下的人中並沒有太出色的。如今排在最前的似乎就是王芳，周旋和畢淑華幾個人，而新升上來的，倒是欣茹她們三姊妹的身世最好。不知道宋家是否要欣語欣雅升甲院，看欣茹的態度，似乎宋家對她們三姊妹要求並不高。

一場算不上鴻門宴的鴻門宴結束了，慧馨和欣茹各自回了自己的院子歇息。

慧馨回到屋裡，把嫣紅和念青叫到身邊問話，既然在乙院學習生活都要靠自覺，那她少不得得把乙院的規矩搞清楚，省得以後疏忽了。

「……小廚房是三間，爐灶總共六口，要用小廚房，必須提前兩天到李嬤嬤那裡掛單，哪個時辰起灶，用的哪個爐灶都是要記錄的。做飯的材料可以找靜園提供，也可以自帶，靜園提供的自然要付錢給靜園。」

「……小姐頭三個月的課程是固定的，以後便可以自己選了，想學什麼便學什麼……若是小姐打算爭榜，可以選些比較生僻的課程，那樣學的人少……像是女紅、廚藝和書畫之類的，基本每位小姐都會選。」學的人少，所以排榜的競爭就小，登榜首的機會就越大，而女紅廚藝書畫這種人人

【注釋】

①有諷刺、挖苦的意思。

都選的，競爭也最激烈。

「……除了每月兩天的常規休假，一年還有二十天的休假，這二十天可以分散開休，只是要提前去李嬤嬤那裡登記備案，以前大部分小姐都選在暑期或者過年。」

「奴婢月銀是二兩，由靜園開支。莊戶們按人頭算錢，每人月銀是七百文……」

「每位小姐每季定例是四套衣裳，最基本的吃穿用度都是由靜園按規矩支出，其餘小姐想多添也可以，只是要小姐個人出錢了……」

慧馨把乙院的情況了解個大概，心中放心不少。乙院的放養制度不錯，反正她也不跟別人爭什麼了，混到十四出園嫁人，順便給自己攢點私房錢，只要擺正心態，乙院比丙院更輕鬆自在。

一夜好眠，慧馨一覺醒來神清氣爽，看看外面的天色，似乎還未到辰時。

嫣紅聽到屋裡的動靜，打了簾子進來，「小姐，這會才卯時三刻，您是直接起來還是再躺會？」

「昨夜睡得好，我這會也不睏了，直接起來吧。」慧馨說道，「念青呢？」

「念青去小廚房打熱水了，那邊早上人多，要排隊，早點過去可以早打到水，小廚房那邊卯時才開灶燒水，奴婢沒想到小姐起得這麼早……」嫣紅有些不安地說道。

「不礙事，是我今日醒得早了，我先去院裡散散步，再回來洗漱也不遲。」慧馨笑著說道。

嫣紅拿了慧馨的衣裳過來，服侍慧馨整好衣衫，「……早餐小姐是在屋裡吃，還是去飯堂？若是在屋裡吃，奴婢便去飯堂那邊把飯食領過來。」

「……等會妳去宋三小姐院裡看看她們小姐起了沒，若是沒起，咱們便在屋裡吃，若是起了，便問三小姐在哪裡吃。」慧馨說道。

慧馨站在小院裡呼吸了幾口新鮮空氣，伸伸懶腰，拉拉筋骨，扭扭頸背，做了幾個健身操的動作。她其實想跑跑步，可惜那會被人說不雅，所以只能做幾個簡單動作活動身體了。

嫣紅垂首立在一旁，直到念青打了水回來，這才離開去欣茹那邊。

慧馨點點頭，靜園裡的宮女果然懂規矩，沒有因為人手少，就把主子一個人留在院裡。這種規矩並不是完全從安全方面考慮的，乙院很安全，院門口內外都有守門的嬤嬤，院裡也有輪班的宮女，所以慧馨一個人待在小院子裡很是安全。但是正因為這樣，才更不能廢了規矩。

念青服侍慧馨洗漱了一番，重新給慧馨梳了頭，又拿過首飾匣子給慧馨看，慧馨挑了四支她自己做的粉色五葉單層珠花，繞著髮髻插了一圈，簡單大方又不失可愛。

慧馨這邊收拾完，嫣紅也回來了，身後還跟著柳兒，兩人一手一個食盒，提了四盒吃的回來。

念青上前接過柳兒手裡的食盒，柳兒上前跟慧馨回話：「……我家小姐今日也起得早，原想等會過來找小姐一起去飯堂的，正巧嫣紅姊姊過去，我家小姐便吩咐奴婢們取了小姐們的飯菜，說是一會就到小姐這邊來，在小姐這邊用早餐。」

慧馨笑著說道：「既然這樣，妳們也別都在這了，去兩個人把妳們四人的飯菜取來，跟嫣紅她們輪流吃吧！」

早餐種類很全，小米粥，紅棗小饅頭，醬黃瓜，煮雞蛋，各式點心……基本飯堂供應的早餐她們每樣都取了兩份。時日尚短，嫣紅她們還沒摸清慧馨和欣茹的喜好，自然要多選幾種東西，難怪提了四個食盒回來。

睡得好吃得好，慧馨和欣茹兩人都吃了個渾圓肚飽。吃過早飯，慧馨拉著欣茹去花園散步。今日她們沒什麼事情，所以比較輕鬆隨意。在花園裡遛了三圈，兩人才回了慧馨的院子，她們要商量一下田莊的事情。只是兩人才進屋坐下沒一會，念青就來回說有小姐過來拜訪兩人。

來人是李月嬋，跟她們一起今年剛從丙院升到乙院的，李月嬋的父親是揚州知府。

慧馨和欣茹對視一眼，兩人都很詫異，她們跟這位李小姐並無往來，慧馨連這位李小姐在丙院時叫什麼都想不起來。

李月嬋進了屋，三人見過禮，便讓宮女拿了兩個香囊出來，「……這是我從揚州帶來的，凌春閣的香囊，凌春閣是揚州的百年老字號，俗話說：『何以致叩叩，香囊繫肘後。』說的就是凌春閣的香囊。我拿幾個過來給妹妹們玩耍，妹妹莫要嫌棄。」

伸手不打笑臉人，慧馨和欣茹有再多疑惑，也只得先笑著收下了李月嬋的東西。慧馨心下有些惱，她失算了，帶進靜園的東西太少了，她把人情往來這一事忘了。

【第一百五十回】「同盟軍」(下)

李月嬋跟慧馨和欣茹講起了揚州的風土人情,慧馨兩人聽得倒是好奇,當然如果講話的人不是別有目的來找她們就更好了。

慧馨硬著頭皮聽李月嬋講話,想不清楚她此來究竟目的何在。

李月嬋兜兜轉轉一大圈,終究問起了正題:「……昨日宴上,聽了兩位妹妹說那一席話,月嬋很有感觸,若說從丙院升乙院是必須的,那從乙院升甲院的卻是極少極少的。月嬋也沒什麼遠大志向,能進入乙院已是上輩子修來的福分,升甲院是做夢也不敢想的。」

慧馨微微一笑並未接話,欣茹也是眨眨眼,李月嬋來找她們不會就為了表明立場吧?

李月嬋又繼續說道:「我是不打算爭榜的,只想在乙院好好學東西。昨天聽了兩位的話,想來妳們也是跟我一樣想法的。」

「那倒是,我們兩個如今在乙院裡年紀最小,跟姊姊們比起來要學的東西更多,對於爭榜之類的,我們既無心也無力。」慧馨說道,既然李月嬋想表明態度,她也不介意跟她說清楚,總歸她們沒啥野心,麻煩事情請靠邊站吧!

「昨夜我回去想了一夜，乙院當有不少姊妹都像我們這般想法的，我就覺得吧，不如咱們結個社，咱們志同道合無心爭榜的姊妹一起結個『閒雲社』之類的，無事可以湊湊熱鬧，有事又可以互相幫助。二位妹妹意下如何？」李月嬋說道。

「姊姊要結社？這個事情我們真是沒有想過，乙院裡有其他社團嗎？」慧馨問道，拉幫結夥啊，不知道是好事還是壞事。

「有啊，妹妹沒聽說過嗎？乙院原有兩個社，是原來甲院的兩位小姐發起的，韓小姐辦的『雅社』，陳小姐辦的『文社』，這兩個社建了都有兩三年，去年韓陳兩位小姐出園，乙院也有大半的人出園，人數減少，這兩個社才解散了。不過想來很快就會有人再建社的，有社團，大家可以互通有無，只有好處沒有壞處的。」李月嬋說道。

慧馨皺皺眉，這乙院裡拉幫結夥的人還不少，只是她暫時卻不想摻和這些事情，多一事不如少一事，少一事不如無事。

慧馨跟欣茹眨眨眼，有些為難地對李月嬋說道：「……姊姊說的這個事情，我們兩個恐怕沒法決定。欣茹還有兩個姊姊，過段時間也會入靜園，這事情怎麼都得跟她商量一下，我們兩個小的是拿不了主意的。不過我覺得姊姊結社的想法不錯，我這裡先祝姊姊馬到功成。」

欣茹也忙應和慧馨道：「別看我們兩個好像很有主意的樣子，其實我們凡事都要跟大姊二姊回報的，要是沒跟她們商量就答應了李姊姊，回頭她們肯定會找我們兩個算帳的。姊姊起的那個『閒雲社』的名字，倒是不錯，很合意。」

「『閒雲』二字不過是我暫時借來用用，奢望能過閒雲野鶴般的生活，等社團建起來，名字還是要大家一起商量著定地。」李月嬋說道，她見慧馨兩人的態度，心知今日之事是不成了，更知此事急不得也不可強求。

「等姊姊的『閒雲社』建好，跟我們說一聲，我們也好去恭喜各位姊姊，雖然不知將來我們兩個有沒有緣分入社，但姊姊的用意我倆卻是十分贊同欣賞的。」慧馨違心地說道，只要乙院有人不入社，她就也不想入，雖然李月嬋說得好聽，但說得好聽不代表真的能做到，所以要不要入社還是等以後觀察一段時間再說吧！

李月嬋見慧馨和欣茹如此，也不再提結社的事，只聊了幾句過年時京城的趣聞，便起身告辭。

慧馨見李月嬋要走，忙吩咐嫣紅從她的行李裡取了兩隻「湖筆」，包起來算作回禮送給李月嬋。「湖筆」是湖州特產的毛筆，跟李月嬋送的特產香囊正好相當。只是慧馨多少有點肉疼，她總共只有四支「湖筆」，這還是當年在江寧的時候，謝太太給她們姊妹置辦的。

李月嬋從慧馨的院子出來，轉身又去了其他院子，慢慢下工夫，總能找得到人結社的。她要先下手，家世好的人就有數的幾個，要結社的人肯定會搶的，先下手爭取到她們的機會就更多。

送走了李月嬋，慧馨和欣茹這才商量起田莊那邊的事情。這才頭一年，萬事以安全第一，只要不出差錯，她們還可以在靜園待三年。攢錢的時間足夠了，可以慢慢來，能攢個一千八百的，慧馨就滿足了。慧馨原本以為今日會很清閒，可惜她料錯了。她們午睡後，又有人來拜訪她們了。第一個來的人竟然是周旋和畢淑華……慧馨對她們可沒啥好印象，昨天宴會上周旋的故意刁難，她可沒傻到看不出來。

周旋好似昨天的宴會沒發生過一般，見了慧馨和欣茹一副姊妹情深的樣子，很大度地說會多多照顧慧馨兩人。然後說她要召集人結社，邀請慧馨和欣茹參加。

慧馨有些無語，這些小姐真是變臉比翻書快，昨兒還一副瞧不起她們的樣子，今天就成大姊姊照顧小妹妹了。幸好前頭過了李月嬋這關，慧馨忙把跟李月嬋說過的那套搬出來，又跟周旋她們重複了一遍。見周旋有些不以為意，慧馨連李月嬋剛來過的事情也說了。慧馨心道，李小姐啊李小姐，可別怪她出賣她，這青天白日，大門開開，大家的院子裡頭能有啥祕密呢，就算慧馨她們不說，周旋轉頭也能從別人那裡知道。不過李月嬋既然出頭結社，心裡自然該是有底的。

送走了周旋，王芳又來了。慧馨跟欣茹眨眨眼，今日乙院真熱鬧啊……。好在王芳不是來勸她們入社，而是來告誡她們不要輕易答應別人結社。

王芳有些語重心長地說道：「……她們結社說什麼志同道合，聽起來冠冕堂皇，其實無不是為了能掌控人脈，控制社裡的人為自個兒謀私。妳們兩個多留個心眼，別教人套了進去，到時候給人做了墊腳石還不自知。」

王芳這話是說到慧馨的心坎裡了，但凡結黨的，有幾個不是為了營私呢？

【第一百五十一回】

巡視莊田

開堂講課的第一場是女紅課的紡線，給她們上課的人仍舊是陸掌衣。聽說以後的女紅課除了陸掌衣之外，還有其他師傅也會來，她們要學習的東西會越來越多面。第一堂課陸掌衣教她們紡織毛線，聽說這是今年大趙最流行的。

陸掌衣給每人發了一坨生羊毛，這些羊毛長長軟軟打著卷，這批羊毛是今春羊群出圈時修剪的，從羌斥運到了大趙。陸掌衣講解了羊毛好壞的辨別方法，生羊毛帶卷，卷數越多越好。慧馨她們手上拿的，可是頂頂好的了。

陸掌衣一步步教她們，首先是清洗羊毛，去除雜質。輕輕地把羊毛浸泡在熱水中清洗，時間不能過長，每隔一刻鐘要取出來，可多次浸泡清洗，直到羊毛中再無雜質，水盆裡會有細小的毛毛浮在裡面。

要用熱水浸泡羊毛，不是溫水冷水，也不能是開水，清洗過程中水溫也不能變化過大，否則羊毛會變成羊氈。生羊毛中含有羊脂，羊脂可去可不去，陸掌衣建議可以適當保留部分羊脂。因為羊毛中的羊脂對皮膚好，而且織出來的毛線會更加柔軟。所以要不要去除羊脂、要去除多少羊脂，取決於要紡什麼樣的線。用熱水清洗羊毛雜質的過程，其實也去除了部分羊脂。

洗好的羊毛放在布巾上，要自然風乾，所以慧馨她們當天的紡線課暫時上到這裡，下面的步驟要等羊毛乾了後再繼續。

上完課，慧馨她們去了飯堂吃午飯，韓嬤嬤派人過來傳話，下午未時一刻去田莊看地，慧馨便在午飯過後小睡了一覺。

由於是頭次過去田莊，路途又遙遠，韓嬤嬤派了三輛馬車載著她們過去。只有慧馨她們新來的八個人要看地，她們的莊田又是分散開的，所以到了誰的地頭，就把誰放下車。莊客們已經在地頭等著了，韓嬤嬤定下時間，申時馬車再回地頭接她們。

慧馨和欣茹的地頭人最多，八戶莊客都等在那裡。慧馨兩人下了車，莊客們過來給二人見禮。

慧馨選的這八戶莊客，全是四口之家，且是帶小不帶老。這大概是靜園特意安排的，每戶的老人是不算在莊客裡的，而八歲以上的小兒則可以算入莊客名額。所以慧馨兩人總共有了三十二位莊客，都是夫妻二人帶兩個孩子，小孩子則有男有女年歲不等。

慧馨二人並沒急著去看田地，而是先在心裡默默地把眼前的莊客跟提前打聽到的人物一一對上號。

下面的莊客們見兩位小姐不說話，便都垂首立在旁邊，沒有人四下亂瞄，也沒有人偷看慧馨和欣茹。崔靈芸很會調教莊客，這些人都很懂規矩，看起來做莊客也不是一年兩年了，倒是堪比大戶人家的管事了。

慧馨觀察得差不多了，這才對著欣茹點點頭，開口跟莊客們說道：「想來韓嬤嬤已經跟各位說過了，宋小姐和我的莊田以後是合併在一起經營的，你們八戶人家也歸我們二人共同管理，靜園那邊已經把這些都記了檔。我二人初出茅廬，在農事上只是新手，我知道眾位以前曾在崔小姐的莊子上做過事，對務農之事肯定比我倆更熟悉，以後這二十畝田地的經營，還要靠各位對我二人多多提點了。」

欣茹點點頭，開口說道：「以後莊田有什麼事，你們盡可跟我和謝小姐說，我二人雖年紀小，可對靜園的規矩也是知道一二，眾位的月銀由靜園出，但最終能否多拿一些，還要看田地的出產。我二人不是小氣之人，以後莊田每年出產的東西會拿出一成用作眾位的年底紅包，而其他的賞錢，就看各位能為莊田做多少事情了。我和謝小姐給大家一個承諾，做得多拿得多。」

「田莊平日的大小事情，我二人是分開管的，雜事可在我這裡回報，宋小姐則專管帳務，不過莊子上的事情，最終還是由我二人商議來決定。」慧馨說道。

底下的莊客們聽完慧馨二人的話，互相看了幾眼，雖有些面面相覷，卻沒人提出異議。

慧馨點點頭，調教人是個技術活，得慢慢來。說完這番話，慧馨便讓莊客們領她和欣茹在莊田裡頭走走看看。為了區別乙院各人的莊田，每十畝地就會在周邊用籬笆圈上。而慧馨和欣茹的地因著合併在一起了，兩塊地中間的籬笆已經被莊客取掉了。

二十畝地面積雖大，好在是連成片的田地，放眼望去便可看個清楚。只在田地的中間，突了個小山頭出來，大概佔了四五畝地的樣子。

慧馨把走在最前面的莊客叫到近前詢問：「……你可知道這個山頭佔了多少地？剩下可耕種的田地總共是多少畝？」

「回小姐，皇莊把這個山頭算作五畝地，咱們其他可耕種的田地是十五畝……」魯青說道，他原是崔靈芸莊子上的一個小管事，「……雖然山頭只算了五畝，可因地勢隆起，真正可耕作的地方其實差不多有七畝，只是坡地不宜種莊稼，出產不如平地，故而皇莊折算成了兩畝。」

慧馨了然，這麼說她們還比別人多了兩畝地。看完了田地，慧馨她們又回到了下車的地頭，韓嬤嬤給她們的時間並不多，走走逛逛這一圈，眼看申時就要到了。

慧馨看看天時，心知馬車就快到了，便跟後面的莊客說道：「……大家也都清楚咱們的地是什麼樣子了，我跟宋小姐商量著，以後山頭那塊由王五家、錢二家和鄧有志家一起管理，其他十五畝田地則由你們剩下的五戶來耕種。鄧有志曾在崔小姐莊子上管過果木種植，山頭那邊就由鄧有志做小管事，魯青曾在崔小姐莊子上管過田地，剩下的你們五戶就由魯青來做小管事。今日回去後，你們有什麼想法，可以考慮一下，明日我二人還是下午過來，你們有什麼問題意見可以跟我們說，還有你們覺得咱們應該種什麼，怎麼種，也可以跟我們說。尤其魯青和鄧有志，既然讓你們做了小管事，從現在開始你們就要把擔子挑起來。」

【第一百五十二回】開張了

第二日的午飯後，李嬤嬤派人告訴慧馨和欣茹，她們的馬匹到了，已經直接送去了馬棚。慧馨兩人沒有午睡，先去馬棚看望她們的愛馬了。她們兩個午飯時還商量，要是「含霜」「飲露」今日到不了，就先去馬棚租一天的馬匹。

慧馨見了含霜好像見到親人一般，把腦袋在馬脖子上蹭了蹭，要不是於禮不合，她真想親親牠。慧馨休假在家的日子，基本每天都會去瞧瞧含霜，雖然謝府裡沒地方讓她騎馬，但她牽著含霜在馬房遛遛腿還是可以的。

因著午休時間不長，慧馨回屋沒有睡覺，而是把她以前收集的一些香料調料的種子整理了出來。待欣茹午睡起來，慧馨兩人騎了棗紅馬往莊田那邊悠悠地晃過去了。嫣紅和柳兒騎著毛驢跟在慧馨她們身後，驢背上還馱著裝種子的包袱。慧馨前後看看，感覺這樣好像沒有坐馬車方便，不過靜園租馬車太貴了，一天就要四兩銀子，她可捨不得。

莊客們已經等在地頭，慧馨兩人一下馬，他們就湧過來行禮。慧馨點點頭，直接點了魯青和鄧有志近前說話。

「……緊著這幾日，咱們地裡還能趕上一茬早稻，還有些蔬菜可以種，十五畝地不多，五戶人家種，盡夠了……」魯青先回道，其實五戶人家二十口人，種十五畝地，人太多了。

慧馨點點頭，她明白魯青的意思，又轉頭詢問鄧有志。

「……山頭上適合種些果樹，滿打滿算可種七畝，三戶人家種，可盡夠了……」鄧有志回道，其實三戶只管種地，也是綽綽有餘。

慧馨點點頭，「我跟宋小姐也都打聽過了，這幾畝地咱們人手其實富餘不少，往年莊客們除了種地，小姐們還會安排其他差事。我跟宋小姐商量了一下，山頭那塊呢，除了種果樹，再養些土雞，做放養，土雞會飛，山頭那塊要豎高籬笆圍起來。鄧管事，這個事情你去打聽一下，我聽說京郊那邊就有人這麼做。」

鄧有志抬頭看了慧馨一眼，有些驚奇，不過又迅速低頭應了是。

慧馨又轉頭跟魯青說道：「我跟宋小姐商量過，打算在京裡開個小書局，雕版印刷這塊準備在皇莊租個院子。你們幾戶人家中可有懂這塊的？」

魯青想了一下才跟慧馨回道：「我們八戶人家都沒做過這塊，不過莊裡有人做過，以前甲院的陳家小姐就開過印刷所和書局，如今陳小姐離園了，莊裡頭不準備再搞這些，這些人就都閒了下來。他們都是熟手，若是小姐有需要，可以雇他們來做。」

「我也是這麼打算，他們肯定更精通，不過他們畢竟是外人，讓他們直接管這塊我不放心，所以印刷所還是魯管事你來負責吧！除了雇來的人，從每戶家中再選一名孩童過去幫忙，可以跟著識字學學手藝。雇的人不必多，我們也不打算印很多書，不過是個小書局，印些自己喜歡的小冊子。我知道咱們人手其實多了不少，所以人是盡夠的，平地這塊種東西和皇莊的書坊我就都委託給魯管事了。回頭你把人手分分工，報個單子給我。鄧有志他們三家的小孩子，若是有想去書坊的，也可以去。咱們總共這二十畝地，人卻有三十二口，人人都要分到活做，這樣年底才能人人有分紅。」慧馨說道。

魯青和鄧有志互相看了一眼，齊齊地應了是。

「平地這塊的早稻，魯管事把握時間讓人種起來吧！山頭那邊該種什麼果樹先種上，放養山雞等鄧管事打聽清楚別人是怎麼做的，咱們就怎麼做。」慧馨說道：「平地這塊還有件事，我以前收集了些香料種子，魯管事劃塊地出來把這些香料種起來。」

慧馨揮手，示意嫣紅把帶來的包袱遞給魯青，然後又說道：「裡頭種子都分別包好了，上面記著名字，包袱裡還有一本書，是我整理的種植方法，魯管事可以拿來參考。種子並不多，只是種類多，應該也用不了一畝地。魯管事也別有負擔，盡心便是，不一定要成片種，種在地頭上分散開也可以。」

拉拉雜雜地，慧馨又跟魯青和鄧有志說了幾句。待慧馨這邊結束，欣茹便讓柳兒也拿了個包袱過來。

欣茹說道：「……兩位管事都是識字的，這包袱裡是幾本空白冊子和筆墨，以後咱們凡有事都要登記造冊，帳目出入更是一筆筆都要記清，這些東西是給兩位管事用的，以後每三個月咱們對一次帳目。這頭一筆，便是魯管事那邊莊田買種子工具的錢，還有鄧管事這邊買果樹的錢。兩位回頭把預算拿給我，核對沒問題後，我就支銀子給兩位管事。還有皇莊那邊租院子的事情，這兩日就定下來吧，以後有事我跟謝小姐會去那邊見大家，莊田這邊畢竟路遠，大家來回一趟費時間……」

欣茹把做帳造冊的事情，跟魯青和鄧有志交代清楚，順便還拿出她去年做的冊子給他們參考。這些事情都是慧馨和欣茹之前商量好的，今年是第一年，她們不想出頭，所以盡量只跟著別人做。莊田這塊就老老實實種地，果樹放養山雞在大趙已經有人這麼做了，所以她們照搬[1]一下也沒關係。

而小書局這塊，則是為了欣茹的愛好辦的。自從欣茹跟著慧馨學了四格畫後，就喜歡上了這種畫畫方式，這跟以往她們學地作畫方式不同。一般作畫重點在於取景，而四格畫則重在敘事。四格畫其實就是最簡單的漫畫。欣茹正在把《幼學》畫成了四格畫。欣茹有了這個愛好，安成公主很是支持和高興，畢竟為了正確作畫，欣茹也變得愛看書了，性格也沉靜了不少。

慧馨也很支持欣茹，所以才想到弄個書坊，把欣茹畫的四格畫印成冊子。這應該算是最早的兒童讀物了吧！慧馨跟欣茹商量，她們的書局就只賣這些畫冊，其他的書籍她們是不賣的。她們商量著就把書局取名做「小兒書局」，這書局純就是為了她們的興趣開的，賣些她們自己喜歡的畫冊，不跟其他書局搶生意。

魯青和鄧有志的動作很快，書坊的院子很快就租好了，院裡有四間屋子，其中一間配著廂房，以後慧馨和欣茹過來可以在裡面歇息處理事情，另三間比較大，用來做書坊的工作間。

田地那邊早稻已經開始種了，果樹也種上了。因著慧馨曾說書坊這邊可以學識字，八戶莊客家都送了兒子過來幫工。慧馨便讓魯青和皇莊裡的教書先生說好，每三天到書坊這邊教他們，教的內容自然是他們要印刷的東西。

慧馨和欣茹在乙院的生活開始步上正軌，每日上午聽課，下午去皇莊書坊那邊，或者去田地和山頭那邊巡視。

鄧有志用了十來天時間，打聽到了別人果樹山雞混養的方法，他們便在山頭上也放養了山雞。慧馨叮囑鄧有志，也弄個冊子，把果樹和山雞的生長情況記錄下來。

書坊那邊魯青找了兩個曾在陳香茹莊子上做過的幫工，這兩人的雕版活做得好。慧馨把欣茹畫的《幼學畫卷》交給他們，因著四格畫線條簡單，雕版做起來就容易，基本一兩張板子便可完成一段故事。而畫冊上的文字部分，慧馨讓魯青弄了一套活字版。一張板子印一張大紙上，晾乾後再把

【注釋】

①按照原樣，不加以改變地套用。

文字部分印上去，之後再裁開裝訂成冊。

幼學內容多，欣茹正在一章章一卷卷把內容畫出來，如今只完成了一半左右。慧馨讓書坊每三個故事訂成一冊，這樣他們雕完六張板子便可出書了。這《幼學畫卷》第一冊用了十六日完工，慧馨估算了下京城的人口數，第一批她們印了一千冊。這第一批要做她們的試金石了。

慧馨和欣茹已經商量過了，她們在靜園期間開的店鋪，都不讓家裡插手，所有事情都由她們自己搞定。慧馨和欣茹用的啟動資金，是她們去年賺到的錢。所以資金很有限，魯青在京城多方打聽，才在興隆街找到家小店鋪。興隆街座落在城東的雁河邊，來往的人還算比較多，不過因不是主要的市場街道，所以這條街上停留的人不多，因而這個位置的店鋪才會價格便宜。為了看看店鋪，慧馨和欣茹請了一天事假出了靜園。

慧馨先看了看興隆街，這條街上店鋪很少，只她們隔壁是一家小餐館。不過來往的人倒是不少。這間鋪面也很小，不過放書架卻是夠了。這家店鋪最短可簽半年契，半年租金是三百二十兩銀子。慧馨當初讓魯青找鋪面的時候，就定了四百兩的底價。她和欣茹的私房錢實在不多，這書局是賺是賠還不一定，所以錢不能都花在這上面。而且她們目前也只有一冊畫卷出售，弄大鋪面也是浪費。

慧馨和欣茹商量了一番，就定了這間店。若是生意好，她們再開一間大的就是了。

【第一百五十三回】少兒書局

定好了鋪面，店裡簡單粉刷了一下，前面是櫃檯，後面是書架和書箱。櫃檯上擺樣書，後面兩把椅子，旁邊有個香爐，香爐裡點著香。書這東西容易蛀，慧馨覺得用香熏著屋裡好一些。

店門前招牌最後定的是「少兒書局」，選了趙良財家大兒子柱子、馬雲家小兒子金娃和魯青的小兒子四平看店。這三個孩子識字，四平還跟魯青學過記帳，他們三個輪流在這邊看店。慧馨因著心裡沒底，店面又小，就沒專門指派管事在這邊。總歸有四平在，有什麼事他肯定會告訴魯青的。

把裝訂好的畫冊搬進店裡，慧馨和欣茹選了吉日，放了一掛鞭，「少兒書局」就開張了。

雖然慧馨和欣茹沒讓兩家人插手書局的事，但是開張這樣的事情，還是給家裡送了信。慧馨還想過要不要發帖子請人來，考慮來考慮去，還是覺得別太高調，不要動用西寧侯府和謝家的人脈比較好。慧馨有心要存私房，自然不能讓謝家插手她的生意，為了打消謝家的念頭，西寧侯府這邊便也不能參與。

不過到了開張之日，宋三少還是帶了朋友過來捧場，大部分人家中都有幾個弟妹和小侄子，所以這些少爺們打包了不少畫冊。謝亮也帶了幾個朋友過來，買了幾本畫冊說是送朋友家的小孩子。

開張這天，慧馨和欣茹只在店舖裡面坐著，看看首日的生意如何，並未出來見客，連宋三少和謝亮過來，她們也未出來。店舖地方實在太小，她們出來不方便，而且宋家和謝家對外也只說這書局是他們親戚開的，並未說慧馨和欣茹是東家。

雖然首日生意是靠宋三少和謝亮拉來的，但這些簡單有趣的畫冊很得小孩子的歡心，宋三少和謝亮找來的人在京裡多少也有些頭面，小少爺們玩在一起，有了好東西自然要跟小夥伴們諞一諞[1]，結果來慧馨她們店裡買畫冊的人越來越多。不出幾日，原定的一千就快要賣光了。

慧馨見這生意做得，便陸續把後面的畫冊也一併出了，陸陸續續地出了三十多冊。每冊還是不超過三個故事，小孩子沒耐心，薄薄一本他有興趣看，很厚一本只怕他就嫌煩了。

這畫冊賣得快，還經常有人來店裡問新冊子什麼時候出，每次魯青到店裡，有些買書的人以為他是掌櫃，便催著魯青快點把後面的冊子也弄出來。

慧馨見這條路行得通，便打算把書店裡的畫冊豐富起來。畫圖畢竟是費工夫的事情，只憑欣茹一人速度和數量就提不上來。所以她讓魯青在店裡貼了告示，招聘畫工，招來的畫工專門畫些簡單易懂的小故事。漸漸地京裡的小孩子間流行起了這種小畫冊，人們管這個叫作「小人書」。

小書局生意好，慧馨和欣茹手頭上就有了餘錢，她們商量把如今這家店舖的租約又續了五年，然後把店舖的隔壁也租下來，租期暫定也是五年。隔壁院子對外的是兩層的小樓，樓後是個兩進的小院子，前排的屋子給畫工做畫室和店員晚上守夜住，後排的屋子是留給慧馨和欣茹用的，她們以後巡視書局就可在這裡歇息待客。

書局這邊有了兩家店鋪，為了讓兩家各有特色，慧馨根據畫冊選用的紙張和裝訂方式做了區別。最早的小店鋪被定位在平價畫冊上，而新開張的兩層小樓則主要賣精裝版的畫冊。慧馨還選了兩位畫技出眾的畫工，讓他們負責畫彩色畫冊。彩色畫冊因為是手工畫的，所以每冊只有十本，價格是普通畫冊的百倍。平價畫冊一本是八十文錢，精裝畫冊是一百五十文，而彩色畫冊則是十兩銀子一本。結果這彩色畫冊卻是一推出就被搶購一空，甚至有些人家遞了話過來要求預訂。「少兒書局」開了沒半年，賺的錢已經頂得上慧馨她們去年一年的收入了。慧馨心下感嘆，不論古今，小孩子的東西總是好賣的，尤其對孩子成長有利的東西，父母們總是捨得。慧馨琢磨著，既然這生意好，是不是考慮搞搞連環畫冊呢？

這段時間慧馨忙著書局和莊田的事，而謝家那邊也有事情發生。

永安十四年四月，謝睿過了殿試並館選為庶吉士。慧馨專門請了一天事假回府參加謝睿的婚禮，雖然不需要她做什麼，但畢竟是自家嫂子進門，這個面子無論如何也要給謝睿的。

永安十四年五月，慧妍出嫁，慧馨又請了一天事假。

【注釋】

①音同「便」宜的「便」，有花言巧語、誇耀之意。

到了六月份，少兒書局兩個店鋪都上了正軌，莊田那邊平地的莊稼長勢不錯，山頭上的果樹開了花，放養的野雞們也在茁壯地成長。慧馨她們早上的基礎課程結束了，以後要自己選擇課程了。藥學科慧馨是堅持一定要學的，古代醫學不發達，能多懂一些藥理，對自己總是有好處。女紅課慧馨選了縫紉和首飾製作，廚藝課選了煲湯和點心。慧馨就選了這幾樣，文學課程她一樣也沒選。不論是作詩還是啃八股文，慧馨都沒興趣。欣茹跟慧馨選了一樣的課程，她對那些吟風弄月的事情同樣不感興趣。

欣語欣雅兩姊妹病已經好了，在府裡頭養了三個月終於入了園。兩人的臉上因為出痘，落了幾個斑點，她們養了這麼久才入園，也是為了去斑，御醫給她們配了「七白子」的粉敷臉，三個月下來斑點已經淡得看不出了，她們如今晚上還繼續敷著「七白子」。慧馨看得驚嘆，純天然植物面膜效果就是好。慧馨忍不住從欣語那裡拿了配方，雖然她現在用不上，但將來年紀大了也得保養啊！

六月份休假回府，慧馨先去給自家嫂嫂請安。謝老爺和謝太太早就回江寧了，如今二房這邊是二少奶奶盧氏掌家。慧馨很喜歡她這位二嫂，盧氏知書達禮容易相處，比應付大太太和討好謝太太強多了。

【第一百五十四回】盧氏有喜

盧氏見慧馨進了門，笑著嗔道：「妳怎麼今日才回來？我和妳二哥還以為初九妳會回來，席面都訂好了，妳這小沒良心的倒好，今天才知道回來！」

慧馨一愣隨即訕笑兩聲：「好嫂嫂，妳不提我都忘記了，靜園這段日子忙得很，我都暈了頭，這事壓根就沒想起來。」六月初九是慧馨十一歲的生辰，她完全把這事忘記了。

盧氏點點慧馨的額頭，笑著說道：「妳呀，自個兒的生辰都記不住，要我說妳什麼好……」

盧氏拉著慧馨到一旁按她坐下，「……妳二哥早上去翰林院前，特意囑咐我給妳準備長壽麵，就等妳回來了。」

盧氏的陪嫁丫鬟冬蕊已經把麵端了上來，盧氏說道：「我可不管妳是否吃了早飯，這麵妳是一定要吃的。」

「還是二嫂疼我，我正覺得肚子餓呢……」幸好慧馨今天早餐只喝了一碗粥，京城六月天已經開始熱起來了，早上起床胃口都不是很好。

麵是用小碗盛的，估計盧氏也是考慮到慧馨有可能吃過了早飯，所以這長壽麵只上了一小碗。

慧馨就著醬菜把麵都吃掉了，盧氏這才笑著放過她。

盧氏又遞了一隻匣子給慧馨，慧馨打開一看，裡面放著一本書和一只翡翠手串。

盧氏把手串拿起來戴在了慧馨的手腕上，「……書是妳二哥給妳的，他知道妳喜歡看書。手串是我以前戴的，妳這年紀戴最合適，愈發襯得皮膚白皙。」

慧馨笑嘻嘻地笑納了，這是謝睿和盧氏的心意，太過計較就矯情了。

「我訂了春香閣的席面，晚上等妳二哥回來，咱們再一起給妳慶祝。」盧氏說道。

「讓二嫂破費了，今天我可是有口福了……」慧馨說道。

慧馨午睡起來，在院子摘了幾片羅勒葉，這是她去年種下的，從老宅子那邊移到新宅子這邊後，羅勒長得更好。慧馨囑咐丫鬟們把摘下來的羅勒葉清洗一下，拿來泡茶味道很清爽。

木槿剛把羅勒茶泡好，林端如過來拜訪慧馨了。自從謝太太離開京城後，林端如就不再踏出自己的院子了。慧馨心知她這是在避嫌，畢竟這府裡只剩了她、謝睿和盧氏。

林端如繡了一支團扇給慧馨做生辰禮，慧馨讓木槿包了一包羅勒葉給林端如。

休完假，慧馨回到靜園，她在考慮把書局跟靜園獨立開來。少兒書局這塊的生意比她原本設想好太多，由於書局那邊用了莊客，帳目一直跟靜園莊田這塊算在了一起。慧馨擔心書局收入過多，會把她和欣茹推向財富榜的前面幾名，所以她準備把書局從靜園獨立出去。

書局的帳目要獨立，首先便要把書局和書坊獨立。皇莊書坊這邊現在主要印製欣茹所作畫冊，書局那邊則是印製雇傭來的畫工做的畫冊。慧馨讓欣茹把書局和書坊的帳目分開，在書局幫工的莊客，簽訂雇傭契約，付給他們工錢。書局出售書坊印製的畫冊，需要向書坊購買，這樣書局這塊就可以獨立了。書坊這邊的收入來自書局購書，畫冊定價為成本價，支付給書坊幫工和莊客月錢，因畫冊是欣茹所作，所以欣茹在書坊這塊比慧馨多一份酬勞。

書局帳目獨立後，慧馨和欣茹在靜園這邊的收入只有兩部分，書坊和莊田，而書坊的盈利為零，她們兩人在靜園的收入便只剩莊田這塊。

其實慧馨把書局和書坊獨立開，也是考慮到了以後。書坊這塊建在皇莊裡，將來她和欣茹離園的時候，是要被靜園收回的。而書局建在京裡，即使慧馨她們離了靜園，也可以繼續經營下去。

少兒書局這邊開始出售連環畫冊，每月的初一十五為發售日，長篇連載的兒童故事。慧馨嚴格控制畫冊的故事內容，定位在兒童故事上，這是為了保持書局的純潔性。畫冊這種形式從慧馨她們書局開張不久後，很多書局也開始發售故事畫冊，不過那些書局的畫冊多是成人讀物，內容五花八門，慧馨並不打算涉足這塊。內容成人化，會帶來複雜的影響，不如保持兒童讀物來得簡單。

❁

八月份休假回府，慧馨發現府裡氣氛變了。盧氏有了身孕，這使得內院有些人蠢蠢欲動起來，謝睿目前還沒有通房丫鬟。

慧馨先跟盧氏道喜，盧氏臉色有些蒼白，她懷孕才一個來月，正處在孕吐的階段。而京城這邊她還要管府裡的中饋[1]，這些日子內院丫鬟們的小心思她也看在眼裡，心裡自然不會舒服，幾方作用下她孕吐得就更厲害了。

慧馨見盧氏精神實在不好，也很擔心，但這畢竟是二哥房裡的事，她這個做妹妹的卻是不好插手，只得勸盧氏道：「……二嫂要保重身體，府裡中饋之事若是忙不過來，要不就讓二哥給母親去封信，讓母親到京裡來一趟，好歹幫二嫂過了頭三個月。」

「母親遠在江寧，到京城即使走水路也要近一個月時間，怎麼好勞煩她老人家趕來照顧我。」盧氏猶豫了一會說道。

「要不二嫂請盧夫人過來住些日子吧，如今府裡就咱們幾個，也沒個有經驗的長輩在，嫂嫂娘家就在京城，若是能請盧夫人過來照顧二嫂幾日，我和二哥才好放心……」慧馨皺眉說道。

不管盧氏想不想給謝睿安排通房，內院最有希望的丫鬟，除了原本在謝睿身邊伺候的丫鬟，就是盧氏帶來的陪嫁丫鬟了。若是盧氏拿不定主意，讓她母親幫她出出主意也好。主母過於多慮一直不拿主意，只會讓丫鬟們有更多奢望，內院更不能平靜下來。

慧馨從盧氏那裡回到自己的院子，坐在桌邊嘆氣。古代大戶人家的主母也夠難做的，女子懷孕正是需要丈夫呵護的時候，卻還要為了賢慧給自家老公安排侍寢的人。

慧馨把木槿叫到跟前詢問府裡最近的情況，木槿猶豫著說道：「……奴婢聽說二少奶奶原想提了冬蕊做通房，二少爺說沒必要婉拒了，後來府裡頭不知怎麼就傳，二少爺其實看上了林小姐……」

慧馨嘆了口氣，原來如此。林端如再小心，這種話還是傳出來了，跟表哥住在一個府裡的表小姐，府裡頭又沒有長輩，確實有些尷尬。

林端如這些日子也過得很憂鬱，自從盧氏進了謝家門，她便有意跟謝睿和盧氏保持距離。原本謝老爺和謝太太離京的時候問過她是否要一起回江寧，林端如擔心回了江寧母族的人會來找她，所以選擇留在京城。為了避嫌，她幾乎足不出戶，可是現在流言還是傳了出來。

林端如思來想去，終是決定要想辦法離開謝府。盧氏這才懷孕一個多月，到她生產時間還長著，這府裡頭的丫鬟們還不知道要折騰出多少事來。這裡有能力幫她離開的，只有慧馨了，所以趁著這次休假，她便找了過去。

過年那段時間，林端如多少摸清了慧馨的脾氣，表面上慧馨是個很好說話的人，可是骨子裡卻是個有主意的人，而且上次首飾換銀子的事情，林端如也明白慧馨不是能隨便讓人拿捏的人，所以這次她找慧馨幫忙，不再拐彎抹角，而是直接跟慧馨說明來意。

【注釋】

①古代婦女在家中主持供膳、飲食等事，有時也引申為妻室的意思。

慧馨聽了林端如的話，驚詫林端如的識時務，不過對於幫她離開謝府，卻不是這麼容易的事。慧馨很頭疼，但見林端如一副下了決心的樣子，只得暫時答應她先考慮一下。

慧馨揉揉額角，她對林端如這個人的感覺很彆扭。慧馨不喜歡林端如，可是從另一面她又很佩服林端如。

林端如離開謝府這事，慧馨不能個人決定，既然此事也涉及到盧氏，而盧氏又管著京裡二房的庶務，所以慧馨決定先去探探盧氏的態度。

慧馨找到盧氏跟她說道：「……我在靜園裡不方便經常出來，興隆街上的書局也沒個放心人幫我看著，今兒林姊姊來找我說，她整日待在府裡頭無事，便想到興隆街那邊幫我看著書局。那邊有現成的院子，雖然是給我和宋家小姐預備的，可我們倆一個月也不定能過去一次，所以她想直接搬過去幫我看書局。我年紀小，也不知道這事妥當不妥當，二嫂幫我合計合計……」

盧氏聽了慧馨的話有些驚訝，沒想到林端如會主動提出離開謝府。她最近也在愁林端如的事，自從她嫁過來知道府裡住著位謝太太娘家的表小姐後，就一直有些擔心，林端如可是標準的美人胚子。尤其前段時間，謝睿拒絕了她提冬蕊為通房丫鬟的主意，盧氏就擔心謝睿是不是看上了林端如。林端如是謝太太的姪女，若是謝睿收了林端如，以後她在這府裡頭只怕要矮林端如一個頭了。

如今林端如主動提出離府，盧氏自然是樂得順了林端如的意。表小姐跟表少爺同住一府，總歸名不正容易惹人閒話。盧氏雖然希望林端如離開，可這事她也不敢就這麼決定。

慧馨見盧氏猶豫，心知她定是希望林端如離開卻又顧忌謝家這邊，便跟盧氏說道：「……這事二嫂幫我跟二哥商量一下吧，母親那邊，我去封信跟母親說明情況，也向母親討個主意。」

盧氏既然擔心謝睿屋裡的事，便該由盧氏去搞定謝睿。而謝太太那邊，慧馨會把盧氏如今的情形多說明一下，盧氏如今懷的可是二房孫子輩的頭胎，謝太太自然要看重，為了孫子的順利出生，謝太太很有可能同意林端如搬離謝府。

為了謝睿屋裡的和諧與府裡的安寧，慧馨回靜園前去書房找謝睿聊了會天，並把給謝太太的信交給謝睿，最後走的時候忍不住提醒了謝睿一句，讓他多關心一下盧氏的身體狀況，這可是謝家二房的長孫或長孫女。

江寧那邊的回信很快就送到了京城，跟回信一同進京的還有三位嬤嬤。其中兩位是謝太太指派來照顧盧氏的，另一位則是派來照顧林端如的。謝太太同意林端如搬到慧馨她們書局那邊的院裡住，但是不放心許嬤嬤一個人照顧林端如，便又多派了一位嬤嬤過來，謝太太回信上還言明，讓盧氏多派些丫鬟婆子跟著林端如過去，省得人少了林端如在那邊住著不方便。

盧氏見了回信，氣色好了不少，再加上前幾日她聽了慧馨的話，接了自家娘親過來住了幾日，心情也寬解了許多。盧氏一邊高興地幫林端如準備搬家的東西，一面派人到少兒書局給慧馨送信。

慧馨從魯青那裡接過盧氏的信件，看過後便去找欣茹商量。當初她們兩個建書局的時候就說過，謝家和宋家的人都不插手書局的事，所以如今慧馨要安排林端如搬入書局，是有些不妥當的。

好在林端如再過一年多就可以嫁人了，欣茹又不是愛計較的。只是為了讓林端如搬過去更名正言順，慧馨和欣茹商量著跟林端如簽個契約，聘她做書局的故事編撰人。林端如以前跟著她父親去過不少地方，又讀過書，所以編幾個小孩子能看的故事還是可以的。因林端如住在書局的院子裡，所以月錢就當作房租抵消了。

林端如也是個聰明人，除了每日編故事給書局外，其他書局的事務她一概不插手，也不會在慧馨和欣茹面前多嘴。書局裡的幫工們原本見東家的一位親戚住到了院裡，還以為這個東家表小姐會插手書局的事情，但後來見林端如從不多管閒事，跟書局的人接觸也只派她身邊的丫鬟過來，本人基本上完全不出內院，書局的雇員們便漸漸習慣了這位如隱形人般的表小姐。

九月初，漢王府那邊送來消息，慧嘉生下了一位少爺，在漢王府行八。因著江寧那邊傳信過來，今年謝老爺和謝太太要留在江寧，而盧氏又有孕在身，謝府這邊便差了慧馨過去看望慧嘉，並送上謝府的賀儀。

【第一百五十五回】

惆悵與新生意

慧馨單獨見了慧嘉和八少爺，孩子洗三[1]和滿月，謝家人都不在被請之列。慧嘉終究只是側妃，謝家算不得漢王府的正經親戚。不過漢王已經答應慧嘉，八少爺養在慧嘉身邊，這點對慧嘉來說是最好的了。

慧嘉懷孕期間，慧馨都沒來看過她，一是為了避嫌，二是不想給慧嘉添麻煩。只要慧嘉老老實實地待在王府裡，漢王妃也不敢有什麼動作。

對宮裡朝堂的動靜，慧嘉比慧馨更加關心，知道的也更多。宮裡王美人生了位小皇女，王美人生產後身子不好，小皇女如今養在王貴妃身邊。朝堂上最近有大動作，皇帝在謀劃開海禁。大趙建國已四十多年，邊疆穩定，國泰民安，重開海貿勢在必行。不過朝堂上有支持的，便也有反對的。如今內閣天天議事，朝堂上爭吵不休，漢王也忙得連續幾天沒進內院。

按說朝堂不太平，靜園裡氣氛肯定有變化，慧馨這段時間日子過得順，對其他人的事也不太關

【注釋】

①古代嬰孩誕生後第三日，會集親友為其舉行沐浴儀式，稱之為「洗三」。是誕生禮中非常重要的儀式。

心，一直沒發現靜園最近有什麼不同。這次聽了慧嘉的消息，再回到靜園上課，便發覺課室裡果然有不少人三三兩兩地聚在一起說事情。

慧馨搖搖頭，轉回身來發現身旁的欣茹正托著下巴發呆。慧馨把手掌伸到欣茹面前晃了晃，見她沒反應，便也撐了下巴跟欣茹一起發呆。

下午慧馨和欣茹騎馬去皇莊那邊的書坊，欣茹似乎還有些慌神，慧馨便開口問道：「妳怎麼了？是不是有心事？」

欣茹忽然嘆了口氣，語氣有些悠悠地說道：「……這次休假，我跟大姊二姊去了廣平侯府的賞秋宴，袁姊姊說她過年就十四了，明年不會再回靜園了。大姊說廣平侯府正在給袁姊姊議親，襄北侯家、壽山伯家和魯郡王府都有人去提親，宮裡頭傳了話出來，袁姊姊的親事上面有想法，不知道皇奶奶會把袁姊姊賜婚給誰……」

廣平侯家大概也是等著皇家給袁橙衣賜婚吧，同樣身為公主之女，袁橙衣比欣茹姊妹優秀太多。其實這大概就是皇后和王貴妃的不同，或者說許家和王家的不同。西寧侯府的子弟大多游離在京城政治中心之外，而廣平侯府的子弟卻有不少位高權重。皇后把自己的兩個女兒嫁到了西寧侯府，而王貴妃把女兒嫁到了廣平侯府。西寧侯府對小姐們的教育，是比較簡單的，對欣茹她們沒有太高要求。而袁橙衣則不同，跟欣茹姊妹比起來，袁橙衣更具有公主之女的氣勢，而且文武雙全，德操也有口皆碑。

廣平侯府如此教養袁橙衣，袁橙衣絕對不會隨便找人家就嫁了。慧馨琢磨著，這些去提親的人，貌似魯郡王地位最高，最有希望。

「大姊明年也要十四了，娘說府裡過年就要給大姊說親，我娘和伯母們求了皇奶奶的恩典，我們三姊妹的婚事都由府裡做主。娘說由自家做主比賜婚好，大伯母要慢慢給大姊選門合意的親事。」欣茹又說道。

欣語比欣茹大了兩歲，為了照顧兩位妹妹，她進靜園就比較晚。時間過得真是快啊，欣語大概明年就會離園了，之後就是欣雅，再之後就是她和欣茹了。

欣茹心情有些低落，喃喃地說道：「……姊姊她們成了親，就不能再像現在這樣一起玩了，大家也要分開了……要是女孩子可以不長大，可以不嫁人該多好……」

慧馨聽了欣茹的話，也有些惆悵。欣茹她們的父母自會為女兒的親事好好謀劃，而慧馨呢，謝老爺和謝太太會給她尋門什麼樣的親事呢？再過兩三年，謝家也要給慧馨說親了。

時間轉眼又到了休年假的時候，乙院的排榜結果也出來了，慧馨和欣茹的課程名次基本都排在第六到第十之間，財富榜她們只排到第十一。

休假回家，慧馨被盧氏拉去幫她處理府裡的中饋。府裡頭如今只有謝睿、盧氏和慧馨三個主子，中饋也沒什麼大事，主要就是幫著盧氏準備過年送給別家的年節禮。盧氏懷著孕，謝睿年底應酬多，所以慧馨便沒推辭。她看得出來，盧氏是有意讓她跟著一起處理庶務，大概是想讓她先學習著，將來嫁了人也好上手。作為嫂子來說，盧氏還是很稱職的。

慧馨除了幫著盧氏處理中饋，另外也動手做起針線，是給盧氏做的產後內衣。上次她給慧嘉做的內衣，盧氏很中意，特意跟慧馨提了讓她再做幾件。慧馨做的產後內衣，其實就是抹胸。

既然休假在家，又沒有長輩在府裡，慧馨出門的次數就多了。每隔幾天就到書局那邊看看，慧馨把新書局的二樓弄了個隔間，跟欣茹她們在那裡聚會玩耍。內院裡頭住著林端如，慧馨每次過去只跟林端如打個招呼，便去書局的二樓待著，並不在內院停留。慧馨不想讓林端如摻和在她和欣茹之間，而林端如也無意接觸書局生意，所以兩人都默契地保持在「君子之交淡如水」的狀態。

臘月十二，杜三娘派了順子和喜姊給謝府送年貨。杜三娘準備了滿滿一車年貨，主要是活魚、鴨子和鴨蛋。慧馨讓管事在外院招待順子，叫了喜姊進內院說話。

喜姊給盧氏和慧馨行了禮，慧馨便問起杜三娘的近況，原來三娘今年做了皇莊的管事，專管河邊沙地的連片魚塘。算上慧馨她們原來的那兩畝，皇莊如今有六十畝的魚塘。這六十畝魚塘全歸杜三娘管，薛玉蘭、娟娘和花姑也沒再做靜園莊客了，而是給三娘做幫手，幫著三娘管理這六十畝魚塘。今年魚塘大豐收，如今他們四家在皇莊裡都是數一數二的人家了。

慧馨又問起今年魚塘收入如何。

喜姊回道：「……嬸娘記得小姐的話，京裡魚塘越來越多，魚和鴨子若拖到年底賣，多半會降價，從九月起，嬸娘就吩咐魚塘開始分批賣魚和鴨子，只留了長得特別大特別長的。進了臘月，京裡魚價果然降了，鴨子降得更厲害，皇莊賣得早沒有損失，剩下的大魚得先供給宮裡……每畝魚塘的收入雖不如去年，卻也還是田地的十幾倍。」

慧馨點點頭，今年冬天京裡魚鴨有供過於求之勢，價格自然要降一些。過年大家講究「年年有餘」，魚是不愁賣不掉的，但鴨子肯定是供過於求，過了年，鴨子價格肯定還要降。

盧氏在旁邊聽著慧馨跟喜姊問話，見這喜姊進退有度，談吐有禮，並不像普通人家的丫鬟。待送走了喜姊，盧氏不禁跟慧馨打聽起喜姊家的事。慧馨便將杜三娘的事情講給了盧氏聽，聽得盧氏唏噓不已。

臘月二十三之後，慧馨、盧氏和謝睿搬去了老宅子那邊，林端如也搬了回來。書局已經關門了，林端如獨自住在那邊不合適，二房的長輩今年都沒來京城，慧馨他們幾個過年要跟大房一起。大房這邊沒了慧妍，慧馨倒是自在一些，只是不能再隨意出府了。

過了元宵節，慧馨他們又搬回了二房的府宅，林端如也回了書局。過年期間，畫工休假，書局沒有發行新畫冊，慧馨便讓書局到十五以後再開張，讓畫工們多休息休息。慧馨喜歡畫畫，所以她很體諒畫工們，整日趴在案頭作畫是既費神又累人的活。

書局的畫工簽的都是十年契，而不是賣身契。為了提高畫工的歸屬感和積極性，慧馨和欣茹商量後，把書局的一成收入拿出來做畫工年底紅包，而畫工所負責畫冊的二成收入歸畫工所有。所做畫冊越賣錢，畫工的工錢就越高。

書局開業後，慧馨又可以往這邊跑了，說實話，慧馨真是不願意老待在府裡頭，就算上輩子能做宅女，那也是家裡有電腦網路的前提下。所以即使沒什麼要緊事，慧馨也仍然隔幾日就往書局跑。

這一日，慧馨和欣茹三姊妹都在書局這邊，她們在二樓的小隔間商量事情。

慧馨想開家「專賣店」，專賣烤鴨、烤雞和調料。京裡頭今年鴨子供過於求，價格便宜很多，烤鴨的貨源沒有問題。慧馨和欣茹的莊田那邊又養著山雞，所以烤雞的貨源也沒有問題。再加上慧馨讓魯青種植的香料已經成熟，可以採摘使用了。慧馨選了其中的幾種，加上藥店裡賣的，把這些組合成十八香。她已經囑咐魯青，今年會多開一片地用來種香料。

慧馨想把這家店開成像必勝客外送那樣的，只外帶不內用。因為她只想賣烤鴨、烤雞和調料，只憑這些東西還不能成為酒樓，且要做酒樓需要操心的事情就太多了。其實就是慧馨想再多條賺錢途徑，但又犯懶再加上不想惹事，便乾脆把店經營規模簡單化，只做外帶算了。慧馨去年就想好要開這種店了，只是她當時本錢不夠，且貨源還不夠穩定，時機不成熟，所以才拖到了今年。

慧馨想把店開在南城門附近，南城門是百姓進城的地方，來往京城的客商都從這裡進出京城。慧馨不打算把店開在御街這種繁華街道上，這些街道來往的人多是有身分的，店開在這種地段上便少不得跟那些人打交道。而南城門附近則多是平民和商客來往，人流量又大，沒有權貴來往這塊地界，有什麼事憑宋家和謝家的名頭就能鎮得住。說白了，以慧馨和欣茹的身分在南城開店，完全可以稱霸了。

慧馨準備店裡除了出售整隻的烤鴨烤雞和成包的調料，還可以出售捲肉餅和夾肉饃，把鴨肉蔬菜醬料捲在麵餅裡，或者夾在饅頭裡，可以讓人們拿在手上吃。拆掉鴨肉雞肉的帶骨部分，可以低價銷售。

欣語聽了慧馨的想法，思索了一會說道：「妳們只做外帶，若是買了捲餅和夾饃的人想找個地方邊歇腳邊吃東西怎麼辦？」

「……我原本想著，食店旁邊再開家茶寮供人歇腳，收茶水錢，這樣最好。只是我和欣茹精力有限，如今已有了書局，頂多再能開家食店了，若是再開茶寮，我倆只怕會照顧不過來。」

欣語和欣雅相視一笑，說道：「若是妳們兩個顧不過來，茶寮就由我跟欣雅來開好了……」

慧馨自然贊同，她們四人兩家店開隔壁間，可以互相照顧生意，有什麼事都可互相幫忙。

慧馨她們商量著，食店和茶寮的生意不要再跟靜園有關，人員完全用她們自己的人。慧馨她們手下的皇莊莊客，等她們離園的時候，是要再回到皇莊的，莊客終歸是皇家的人，並不是真正屬於慧馨她們的。

慧馨四人在小隔間裡商量新生意的事，隔間的門口忽然傳來聲音。木槿叩叩隔間的門，進來回話道：「稟小姐，承郡王正在樓下店裡，聽說幾位小姐在樓上，想上來看看幾位小姐。」

欣語聽說顧承志來了，便笑著說：「快請承郡王進來，這裡又沒外人，不必講這麼多禮數。」

顧承志一進隔間，慧馨四人便起身給他行了禮。顧承志摸摸鼻子「嘿嘿」一笑，還是一副小正太的模樣。

五人算是熟人了，顧承志又不是個愛擺郡王架子的，揮揮手便跟慧馨她們一起圍著桌子坐了。

顧承志是來書局訂畫冊的，燕郡王府有四位少爺，都還不到九歲，喜歡看「少兒書局」的畫冊。顧承志這幾天心煩，正想出府散散心，便主動跑腿給自家侄子們買畫冊。

慧馨見顧承志親自跑來買畫冊，笑著說道：「殿下要買畫冊，派個人過來就是了，要不給書局裡留個話，以後這邊出了新冊子，讓店裡的人直接給府裡送過去。」

「我在府裡待得無聊，順路出來逛逛，」顧承志說道：「倒是沒想到能在這裡遇到幾位姊姊妹妹，妳們倒是好享受，躲在這裡喝茶聊天。」

【第一百五十六回】
舶來品

慧馨四人裡欣語對朝堂上的事情知道的多些，見顧承志皺著眉頭，便說道：「朝堂上的事有燕郡王他們頂著，你少操點心不會有事的……」

顧承志聽了欣語的話，有些洩氣。朝堂上關於海禁的事吵了幾個月了，原本太子這邊是支持開海禁的，後來有幾個門客跟燕郡王進言，說什麼漢王那邊支持開海禁，若是海禁真的開了，最大的受益人只怕是漢王府而不是太子府。海禁一開，邊關駐軍肯定要派，海邊的邊防重鎮也會加強守衛，而大趙的海軍當前掌握在漢王一派手中，所以開海禁對漢王更有利。

最近陳閣老和張閣老頻頻出入燕郡王府，太子身子不好，不能親自理事，朝堂上的事基本都交託給了燕郡王，若是燕郡王被這些人說動了，海禁這事的爭鬥只怕會變得更激烈。

顧承志還未自己開府，皇后娘娘經常會招他進宮伴駕說話，時常出入宮闈，顧承志對皇帝的心思比自家父親和大哥懂得更透徹。皇上為了海禁之事已經準備了許多年，如今大趙和西北羌斥融合，正是天時地利人和的好時機。他原本將這些都告訴了大哥，可是那幾個門客和兩位閣老的說辭似乎也不是沒有道理。

顧承志一時陷入沉思，眉頭皺得更緊了。欣語看著顧承志的樣子，無奈地在心底嘆口氣，藉著給顧承志倒茶水的當口，衝著他咳了兩聲。

顧承志回過神來，不好意思地摸了摸鼻子：「……都是我打擾大家雅興了，我請姊姊妹妹們吃酸奶釀做賠禮吧……」酸奶釀是京城去年開始流行的吃食，有些像優酪乳，是用乳酪乾加果子發酵成的，是大趙聰明的廚師從羌斥的乳酪乾發展出來的。

酸奶釀的店鋪，興隆街上就有一家，顧承志差了人去買。原本興隆街上沒有幾家店鋪，後來慧馨她們的「少兒書局」紅火起來，街上來往的人開始駐足，沿街的地方漸漸便開了不少店鋪，大部分是賣小吃的。

慧馨舀了一勺酸奶釀，感覺這酸奶釀比上輩子的優酪乳還好吃，純天然的乳酪加新鮮的水果，奶香和果香混在一起，好像能醉人一般。

欣語跟顧承志說起了閒話，關心一下太子的病情，又問起太子妃最近可安康。

欣茹在一旁聽了兩句，突然想起件事情來，忙轉頭問顧承志道：「承志哥哥，你上次答應幫我弄個懷錶的，過年肯定有人孝敬，你有沒有幫我弄到啊？」

「呃……」顧承志這段時日心裡煩亂，這些瑣碎的事情哪裡還記得，摸摸鼻子，顧承志有些歉意地說道：「表哥最近有些忙，這回一定記得了，回去就讓他們開府庫……」

慧馨有些疑惑地抬頭問道：「懷錶……？」莫非是她想的那個東西？這個年代已經有這個了？

顧承志見慧馨不知道懷錶是什麼，便從懷裡掏了一塊出來放在桌上。

慧馨拿過來一看，果然是記憶中的懷錶。打開錶蓋，裡面刻的是羅馬數字，有兩根指針。慧馨用拇指摸摸錶盤，錶盤上應該是一層玻璃。

旁邊的欣茹見慧馨一臉驚奇，便嘰嘰喳喳地跟慧馨講解起這懷錶要怎麼看，上面的東西是幹什麼用的……

慧馨嘴角一翹，跟顧承志問道：「殿下，此物可在何處購得？」

「這東西是前朝留下的，據說是海外之物，如今市面上是極少見到……」顧承志說道。

「這東西看時辰實在方便，只可惜太少了，如今大概只有宮裡、太子府和漢王府才有了……」欣茹遺憾地說道。

「我以前曾在別人府裡看過海外來的座鐘，那個東西報時就很準，擺在屋裡頭方便很多。這個懷錶卻是比那座鐘更精巧了，可以隨身攜帶，走到哪裡都能看時辰，看來這海外的番邦也有不少奇妙之物啊！」慧馨感嘆地說道。

「確實如此，前朝通航時期，不少海外的舶來品都十分精巧，許多是我朝見所未見，聞所未聞的。可惜中原海禁已有六十多年，流傳到現在的舶來品是少之又少。」顧承志說道：「加上舶來品價格昂貴，少有人家用得起。」

慧馨聽了顧承志的話，沉吟了片刻才說道：「這些東西走海運到中原，迢迢海程，歷經時日和艱險，價格自然便宜不了。說不定在番邦當地，這些東西並不值多少。像這懷錶設計得如此精巧，分明是為了方便大家能在平日裡隨身使用，想來當地經常出門的人多半都會有塊這種懷錶。哎，前人為何只帶了東西過來，若是能把番邦的這些製作技術也學到，等我們大趙人學會了，自己來做，肯定會便宜很多……」

顧承志聽了慧馨的話，若有所思地看著慧馨放在桌上的懷錶。學習海外番邦的製作技術嗎？懷錶不過是生活用品倒還罷了，若是能學到海外火器的製作，那大趙的軍隊……本朝工部也有會製作火器的匠人，只是他們做出來的東西，威力大不如前朝遺留下來的船來火器。

顧承志眼光一暗，拿起懷錶摩挲了幾下，嘴角突然一笑，隨手把懷錶放回了懷裡，坦然笑道：「……今日承志有心無力，他日定會給各位姊姊妹妹各送一塊懷錶……」

永安十五年二月初，慧馨欣茹的「小食坊」和隔壁欣語欣雅的「小憩茶寮」一起開張了。

小食坊的定價低，吸引許多前來嘗鮮的人。整隻買走的人不多，倒是買捲肉餅和夾肉饃的人不少，而每日申時過後的低價出清時段，場面才叫火爆。與白菜同價的肉雖然大部分是骨頭，但一般老百姓家裡難得能吃上一回，也難怪大夥搶成一團啊！

小憩茶寮裝飾得很簡單，裡頭只擺了桌子凳子，茶寮裡只提供茶水，其他食品一概沒有，進門先交茶水費，座位隨意，小二只管上一壺茶其他自理。非飯點時間，茶寮裡請了說書先生，依然是先交茶水費，其他可自便。

明眼人一看，這茶寮就是配合隔壁的小食坊開的。一個外賣，一個供水歇腳。趕時間的人，小食坊買個捲肉餅夾肉饃的邊走邊吃。不趕時間的人，買了餅啊饃啊到隔壁的茶寮邊吃邊喝。也有人閒了無聊到茶寮聽說書，茶水喝多了人餓，便可差小二到隔壁買個餅來吃。

二月底，謝太太帶著一大群人到了京城，盧氏產期臨近，她趕來照顧盧氏和未來的孫子。

這是慧馨頭一次見到謝太太出現，而感到高興……盧氏產期在三月初，慧馨那時候要入靜園了，府裡頭就剩下謝睿和盧氏，實在是不能讓人放心。而大房那邊，大太太在元宵節後啟程去山西了，年前那邊送信來說慧妍有了身孕，山西蘇府是慧妍掌家，大太太擔心慧妍的身子，過完年就決定去山西照顧慧妍。所以當謝太太到了京裡，慧馨終於呼了口氣，古代女人生孩子是很麻煩又危險的事情，沒個懂行的人在盧氏身邊照顧，實在讓人擔心。

慧馨對盧氏生孩子幫不上忙，所以她如期回了靜園。待得到消息盧氏生了個大胖小子後，慧馨請了三天假回府。

慧馨一回府就去看望盧氏，謝太太自然正在盧氏這裡。盧氏臉色有些蒼白地坐在床上說話，慧馨看她氣色還不錯，臉色雖然泛白但很有精神，身子應該是無礙了。盧氏雖然是頭胎，但生產過程還算順利，時間長了點但沒遭什麼罪。

謝太太在一旁抱著小孫子，笑得合不攏嘴，這幾年二房真是喜事連連，兒子去年中了進士入了翰林院，今年又抱上了孫子，謝太太估計連睡覺都在笑。

謝家雖然沒有多少親戚在京城，但小孩子的洗三還是來了不少人。有謝老爺往年的同窗、謝睿的同窗，還來了不少謝老爺門生的太太們。這些人慧馨是一個也不認識，但她還是要跟在謝太太身邊幫她招呼客人。慧馨忽然有一瞬間很想念林端如，如果林端如在這裡，她肯定比慧馨更適合幹這活。

慧馨本來跟在謝太太後面賣乖，也不知是哪家的太太突然拉著她的手，嘖嘖稱讚：「……這是謝家小姐嗎？長得可真好啊，謝太太可教人羨慕死了，多大了啊？」

慧馨忙低了頭給人行禮，一副害羞的樣子答道：「當不得太太誇獎……」

謝太太抱著小孫子過來，笑著跟哪太太說道：「這孩子今年才十一，如今還在靜園裡上著學呢，今日她小侄子洗三，她請假出來的……」謝太太語氣雖然謙虛，可是說出來的話可不謙虛，這京城裡有幾個人不知道靜園的，靜園哪是隨便人能進的！

旁邊幾位太太聽了，都圍過來看慧馨，這個誇一句，那個誇一句，誇得慧馨只敢紅著臉低著頭，謙虛謙虛謙虛啊……這種場合可不能讓人覺得她目中無人了。

有位太太突然問謝太太，慧馨可曾許了人家。謝太太笑著答說，孩子還小，這些年又一人在靜園求學，捨不得慧馨早嫁，等她從靜園畢業再說不遲。

慧馨心裡突了一下，她今年就要十二歲了，這年代女孩子十二歲就可以開始說親了。幸好謝太太的意思，似乎她和謝老爺不會太早就對她下手，不過這事她也得開始留意了，可不能讓謝家趁她在靜園的時候給她訂下門不明不白的親。

【第一百五十七回】
靜園有禍

永安十五年，對於慧馨和欣茹來說，是個既快樂又惆悵的一年。她們的食坊和書局生意不錯，但是欣語因定親離園了，之後是欣雅受封永怡郡主。

受封日之前，欣雅便出了園，西寧侯府辦了一場宴會，慧馨和欣茹自然請了假來參加。西寧侯府邀請的人不多，大多是跟宋家交好，以及欣雅的閨中密友。慧馨跟著欣茹到後花園找欣語和欣雅。

看著慧馨兩人進了屋，欣語笑著說：「就知道妳們兩人會早過來，還沒吃早飯吧？快過來嘗嘗，宮裡賞下來的真果子，特意給妳們兩個留的……」

欣雅也笑著吩咐旁邊的丫鬟：「端兩碗粥過來，順便把今早上的醬菜盛一些，這醬菜是南邊送過來的，又酸又甜，她們兩個肯定喜歡。」

慧馨和欣茹想到今日會有其他人過來，便一早就從靜園出來了，趕在其他人前頭到府裡，好跟欣語欣雅說說悄悄話。

慧馨邊吃早飯邊聽欣語和欣雅說話，以後她們恐怕很難再見到了，欣語年底就要出嫁了，對方是陽寧侯府的嫡四子。而過幾天就是欣雅受封郡主的日子，以慧馨的身分是不能參加的。

「這日子過得真快，一眨眼我們兩個都出園了，如今就剩了妳們兩個在靜園……好在妳們兩個都懂事，我們離開也能放心。」欣語說道。

「大姊幹嘛說得這麼老氣橫秋啊，話說回來，我們兩個最多也就還能在靜園待兩年了……」欣茹說道，語氣有些惆悵。

慧馨心下也嘆氣，這古代人太早熟，十四就必須畢業，上輩子慧馨十四歲還在中學裡逍遙呢！

「大姊……等妳出嫁了也經常回家看看我們吧……」欣茹忽然趴在欣語身上說，她們家孩子少，尤其女孩就她們三個，最小的欣茹基本可以說是跟著欣語欣雅長大的。這段時間姊姊們陸續議親，表姊們還一個個都嫁人了，她越發覺得孤單。

「那以後小憩茶寮怎麼辦？」慧馨問道。

「茶寮沒什麼關係，繼續開著就是，有管事經營，我們兩個也不用操心。」欣語說道。

「二姊受封後還回靜園嗎？」欣茹問道。

「不回去了……」欣雅低了頭說道。

慧馨有些奇怪地看著欣雅，怎麼感覺欣雅好像臉紅了呢？

欣語看了欣雅一眼，笑著說道：「妳們兩個還不知道吧，欣雅受封後也要備嫁了，對方是大理段家……」

慧馨了然，難怪欣雅會突然封了郡主，大理段家乃是大趙特封的異姓皇族，欣雅要嫁過去，有個郡主身分會更適合。只是大理啊，遠在南方，常寧公主捨得？說起來，欣茹三姊妹也是性格迥異，老大欣語明顯比較成熟穩重，老三欣茹則是活潑可愛，而老二欣雅似乎比較平庸。慧馨忽然想起一句話：「排行中間的孩子，經常被周圍的人忽略。」欣雅大概就是這樣吧，她們相處在一起的時候，慧馨就經常會忘記欣雅。

欣茹聽了欣語的話，慢了一拍才反應過來，「二姊要去大理？那麼遠的地方？」

欣雅不好意思地垂了眼睛，欣語則敲了欣茹額頭一下，「叫那麼大聲做什麼，妳二姊要嫁的是段四公子，四公子如今也在京城求學，暫時不會回大理的。」

慧馨點點頭，就說嘛，欣雅怎麼說都是公主之女，侯府嫡女，怎麼會嫁去那麼遠的外族。話說回來，大趙如今真是民族大融合時代啊，來大趙求學的異族人越來越多了。慧馨恭喜欣雅，說好等添妝的日子要通知她，她一定要來添妝。

慧馨四人在屋裡又聊了一會，便有丫鬟來報，薛家王家周家小姐到了。欣雅和欣語起身，她們要出去待客了，「妳們兩個在這邊玩一會再出去好了，人估計還得一會兒才能到齊。」

這次宴會，慧馨倒是見到了不少熟面孔，像是薛家小姐薛燕，廣平侯府袁橙衣等人，都是還未出閣的女孩子，不過有一些是許了人在家待嫁的。袁橙衣出靜園已經有些日子了，不過宮裡頭的賜婚旨意一直沒下來，也不知道皇上皇后要把她許配給誰。聽說前段時間京裡有些不利袁橙衣的消息傳出來，皇后娘娘立馬宣了袁橙衣進宮，把她誇獎了一番又賞了不少東西，如此那些嚼舌根的人才消停了。袁橙衣精神很好，待人大方，談吐瀟灑，完全沒有被束之高閣那般貴女的幽怨和浮躁。慧馨忍不住心下豎個大拇指，到現在慧馨見過的大趙女子中，袁橙衣是她評價最高的，連陳香茹、韓沛玲和崔靈芸都比不上她。

終於，慧馨在靜園的夥伴只剩下了欣茹，不過兩人的日子仍如以前一般，靜園皇莊兩頭跑，偶爾請個假出去看看書局看看食坊。只是慧馨不知怎麼地，就覺得現在好像有種暴風雨前的感覺。

不過事實上，今年的乙院比去年更躁動，自從袁橙衣出園後，靜園的甲院就閒置了。

去年的升階考核，丙院又有九人升到了乙院，而乙院卻沒有人通過升階測試。去年乙院沒人能升入甲院，是在大多數人意料中的，畢竟乙院原本比較優秀的女孩子大部分因選秀離園了，剩下的要麼年齡小要麼就是表現平庸的。

而今年新入乙院的人卻有不少好苗子，比如羌斥王女娜仁，王弟女敖敦，翰林院李學士的女兒李惠珍，鎮東侯府馮菲菲，潁川郭家郭雅男，陳家陳香玉。她們幾人都是如今乙院爭榜的熱門人選，各有各優秀之處。

慧馨和欣茹無意跟她們爭，課程考核每回都是中等，也不跟其他人結社結夥，每日都是上午上課，下午就去皇莊視察。

這一日，教授古玩鑑賞的師傅因生病未來，慧馨和欣茹上午的課程取消了。古玩鑑賞是今年慧馨她們新加的課程，學學鑑定物品，省得將來被人騙了。

既然課程取消，上午的時間就自由了，有人過來邀請慧馨和欣茹跟她們一起去賞花。慧馨笑著婉拒了，「……莊田最近有些事，我們要趕去那邊。」

哎，一大清早的賞什麼花啊，又是想拉攏慧馨和欣茹的。最近乙院各派系競爭愈發激烈，慧馨和欣茹為避難，每日只要無事就盡量待在皇莊的書坊那邊。

書坊這邊如今很是清閒，欣茹早先畫的《幼學畫冊》早已全部完成，畫冊印刷用的雕版也已全部雕完，要加印書冊用現成的範本就可以。欣茹最近畫的十二生肖傳說故事，畫裡的形象都很卡通。

進入六月京城天氣漸熱，慧馨和欣茹沒待在屋裡，而是置了屏風坐在院裡的大樹下，嫣紅等四個宮女侍立在一旁。欣茹趴在桌子上畫畫，慧馨坐在一旁看《十方遊記》。

午飯也沒回靜園，慧馨早在書坊這邊弄了個小廚房，偶爾她們會在這裡起灶。午飯後進屋裡睡了一會，下午兩人繼續在樹下乘涼。院裡的水井裡吊著上午煮的綠豆湯，下午正好拿出來喝，解暑。

魯青和鄧有志中間過來一次，跟慧馨她們回報最近莊田的情況。雖然現在是農閒時節，可魯青還幫慧馨她們管著少兒書局，而鄧有志他們的山頭因養著山雞，每天都得去撿雞蛋，因是放養的，每次撿雞蛋就得巡遍整座山頭，隔幾天他們還得給城裡的小食坊去送貨。所以魯青和鄧有志每天都很忙，不過他們忙得值得，如今他們一年賺的錢可是以前在崔靈芸莊子上的兩倍還多。

「小姐，已經酉時一刻了……」嫣紅見慧馨放下了書，上前提醒，這個時辰靜園快開晚飯了。

慧馨抬頭看看天，日頭還高掛著，夏天白日時間長了。慧馨轉頭問欣茹道：「今兒是回去吃晚飯還是在這吃？」

欣茹也抬頭看看天，「在這吃了，反正天黑還早，咱們吃了再回去，省得又遇上多事的人。」

慧馨也是這麼想，便吩咐嫣紅她們去準備飯菜。吃過晚飯，慧馨兩人要消食，便沒有騎馬，兩人在前頭晃晃悠悠地往靜園走，嫣紅四人在後面牽著棗紅馬跟著。

待得慧馨她們回到靜園，天已經漆黑了。慧馨和欣茹在花園裡坐下休息，念青和柳兒牽著兩匹小棗紅去馬棚。

初夏的蚊蟲已經很多了，慧馨兩人雖然佩戴了驅蚊香包，可是總有幾隻抵抗力強的蚊子盤旋在她們頭頂。

欣茹等得有些不耐煩了，往常她們都是等念青她們安置好含霜飲露後，一起從花園回院子的，只是今日念青兩人過去已經有一會了，怎麼還沒回來？

慧馨也被蚊子弄得不堪其擾，起身說道：「嫣紅，妳去馬棚看看，念青她們怎麼還沒回來，我跟宋小姐先回院子，我去宋小姐院子坐一會，妳們待會到宋小姐院子裡找我吧！」

嫣紅一走，慧馨和欣茹身邊就只剩了晴兒一個宮女，她們三人便先回了欣茹的院子。只是慧馨在欣茹的院子裡，兩人是左等右等也不見三個宮女回來。眼看半個時辰過去了，慧馨忽然覺得腦袋一嗡，一股不好的預感湧上心頭。欣茹也轉頭與慧馨對視一眼，她們兩個這些年也算經了事了，再不是當初不知險惡的小女孩了。

慧馨和欣茹看了看外面瞬間漆黑的夜色，感覺在這夏日裡悶熱的空氣中，有絲絲涼氣竄上背脊。

【第一百五十八回】

被俘

小院裡只有慧馨、欣茹和晴兒在，嫣紅三人去馬棚差不多快一個時辰了，她們三人都是靜園訓練有素的宮女，斷不會留下主人，在外面一待就是這麼久，就算有要緊事，至少也會派一個人回來回話的。三個人一同沒音訊，在靜園裡，可從沒發生過這種事。

慧馨心底那股濃濃的不安越來越強烈，看看外面的天色，慧馨把晴兒叫到身邊：「……院門可曾關了？」

晴兒搖搖頭道：「院門還未關，奴婢給柳兒她們留了門。」

慧馨思索了一下，說道：「妳到門口看看，院子裡的守衛宮女可還在？若是有人在，叫過來一個，就說妳們小姐有急事找人。」

晴兒會意，她在靜園待的時間比慧馨她們還要久，早就發覺柳兒她們三人遲遲不歸有些不對勁。晴兒到門邊四下看了看，院子裡沒有什麼異常，六位守衛宮女正在外面來回巡視。她們這些宮女都在靜園待了多年，彼此早就熟悉。

晴兒衝著正巡視過來的宮女招招手，「僖薇……」

僖薇聽到晴兒喚她便走了過來，晴兒趴在僖薇耳邊嘀咕了幾句，僖薇便跟著晴兒進了小院。慧馨把情況跟僖薇說了，僖薇面色一沉，跟慧馨等人說道：「……奴婢這就去馬棚看一下，兩位小姐暫時先待在一起，把小院門關起來……」

僖薇說完，抬頭見慧馨和欣茹兩位小姐的臉色有些蒼白，扯了嘴角做了個輕鬆的笑臉：「……兩位小姐不用擔心，興許是馬棚那邊有事，所以管事留了她們，奴婢這就去把她們叫回來。」

晴兒送了僖薇出去，僖薇臨走囑咐了晴兒幾句。晴兒把小院門拴上，又把院裡擺的桌子挪過來擋在門口。晴兒心裡想著僖薇囑咐她的話，臉色愈發凝重。

慧馨和欣茹坐在一起，兩人都沒說話。晴兒進屋把屋門也拴上了，把原本放在窗台邊的燈燭挪到了裡面慧馨和欣茹坐的桌旁。

晴兒見兩位小姐臉色都不好，便開口寬解道：「小姐別擔心，咱們靜園守衛……守衛宮女們個個武功高強，不會有事的……」

慧馨勉強笑了一下，她想起了那年的端午，她和欣語待在平安堂，靜園裡打殺成一片，事後除了她們幾個，靜園中無人知曉園子裡曾有過一場大戰。而此刻，她又體會到了當時在平安堂陪伴靜惠師太的不安，院子裡越是安靜越讓她感到害怕。

慧馨也不知過了多久，突然聽到靜園的鐘響了，鐘聲低沉迴盪，一連響了三下。慧馨正疑惑，便見晴兒弄滅了桌上的蠟燭，室內當即一片漆黑。

欣茹嚇了一跳，叫道：「晴兒？」

晴兒急忙說道：「小姐勿慌，鐘聲三響，一長兩短，是靜園的警鐘信號。大概是園子裡進了賊，往年也有過這種事情，有些沒見過世面的小賊，半夜跑到靜園裡偷東西，咱們園子裡到處都有守衛，不會有事的。咱們熄了燈，小賊就不會知道這裡有人了。待園子裡頭清理乾淨，鐘聲還會響的，咱們在這裡等著鐘聲就行了。」

欣茹拍拍胸口有些驚惶未定，「妳這丫頭，要滅蠟燭也不先說一聲，嚇了我一跳……」

「都是奴婢魯莽太心急了……」晴兒忙跟欣茹請罪。

「好了，她也不是故意的，幸好還有晴兒在身邊，否則光剩我們兩個連這鐘聲都聽不懂。」慧馨說道：「晴兒，把妳家小姐的點心果脯拿出來，既然只能乾等，咱們也不光閒坐著了。」

欣茹撿了一塊點心放進嘴裡，甜糯糯的味道在口中蔓延開，似乎食物讓她的精神放鬆了不少。只是過了許久，也不見鐘聲再響起，外面也是靜悄悄的。慧馨心裡又泛起一股不好的預感，時間拖得似乎太長了，而且若是有賊人闖園，為什麼一點動靜也沒有。

晴兒也皺了眉頭，她其實是第一次遇到這種事，不過她們這些宮女入靜園前，都受過專門的調教，對靜園的規矩和遇事的處理方法都是熟記在心。以前聽說有幾次靜園有事，都是提前知會了小姐和宮女們，讓她們提前離園。莫名其妙地被困在院子裡，這還是頭一遭。

慧馨感覺時間好像過了很久，因為她感覺腦袋有些昏昏的，在這寂靜的黑夜裡，她開始犯睏。

慧馨的作息一直很好，每日亥時準時上床睡覺。已經到亥時了嗎？慧馨心下疑惑，已經過去了兩個多時辰了？為何外面一點動靜都沒有？慧馨揉揉眉心，讓自己清醒清醒。外面情況不明，究竟出了什麼事還沒搞清楚，她的兩個宮女都不在，她怎麼也不能在這時候睡覺。

「現在什麼時辰了？怎麼外面還沒有動靜？」欣茹壓低了聲音說道，等的時間太久了，她有些坐不住了。

「小姐，要不奴婢出去看看……」晴兒也有些悶不住了。

「別，既然外面沒動靜，就說明外面暫時沒事，咱們人少，還是老實地待在屋裡吧，再怎麼說也得等隔壁的院子裡有動靜，咱們才能行動。」慧馨說道，這種情況不明的時候，還是以不變應萬變得好。

晴兒沉吟了一會，說道：「小姐，要不奴婢把窗邊的桌子挪到門口這裡……」這屋門就一個栓子，若是有人用力踢門，肯定承受不住的。過去這麼久了外面還沒動靜，這次闖進園裡的人只怕不簡單，鐘響了這麼久，園子裡還悄無聲息，說明靜園還沒把來人啃下來。

慧馨點頭贊同：「來，我們跟妳一起搬，還有窗子那裡，我們把椅子擋在窗子前面吧！」

只有晴兒一個宮女在，她搬起東西來自然不方便，這種危機時刻，慧馨和欣茹也顧不了這許多，幫著晴兒就把屋裡的幾個家具挪地方。她們力氣小，又要輕手輕腳地怕弄出聲音，弄了半天才把桌椅重新擺好。

慧馨和欣茹原本坐的桌椅已被挪去堵門窗，如今她們兩人都坐在了床榻上，晴兒就守在她們旁邊。慧馨握了欣茹的手坐在床邊，明明外面並沒有聲音，可是越是寂靜越讓人心底發寒。

忽然院子裡響起了腳步聲，很多人很凌亂的腳步聲。慧馨心中一凜，指尖壓了嘴唇，示意欣茹和晴兒都不要出聲。

來人似乎在院子裡走了幾圈，便開始敲門。院子裡的門都被敲響了，咚咚聲在寂靜的夜裡顯得格外滲人。

慧馨三人互看了一眼，既沒有出聲也沒有動。晴兒心下大駭，來人只怕非是善類，靜園的規矩在這種時候應該是先鳴警鐘才對。可是警鐘尚未鳴響，這些人卻來敲門了……這些敲門的人只怕不是靜園的人。

敲門聲一聲聲敲打著慧馨三人的心房，好在外面除了敲門聲，並未聽到有人開門。看來乙院各屋的宮女都是心中有數的，這敲門聲沒人相信。

又是一陣雜亂的腳步聲，敲門聲再度響起，同時慧馨還聽到一個熟悉的女音喊道：「賊人已經被拿下了，大家都出來吧！」

慧馨認得這聲音，這是她們乙院的韓嬤嬤。慧馨疑惑地用眼神詢問晴兒，晴兒眼神焦急地衝慧馨搖搖頭。慧馨只得捏了欣茹的手臂一下，示意她不要出聲，她們靜待看看別人出不出去。

見無人出來，韓嬤嬤便又喊了幾聲。忽然有間院子的屋門打開了，有人從屋裡跑了出來，出來的人還邊跑邊喊：「……妳們兩個小蹄子搞什麼，裝神弄鬼的，韓嬤嬤的聲音妳們聽不出來嗎？」

「別開門小姐！」「小姐不可啊！」似乎是宮女拉住了跑出屋的人。

哐一聲，似乎有人踹開了院門，慧馨只模糊地聽到幾聲驚呼和咚咚聲，院子裡又安靜了下來。

慧馨用力地掐了一下自己的手臂，尖銳的刺痛讓她壓下了就要脫口而出的驚叫。欣茹也用手捂住了自己的嘴，瞪大了眼睛看著慧馨。

只沉寂了一下，院子裡又亂了起來，那些人不再是敲門了，轉而踹門。有些院門很快就被踹開了，隨即便是屋門，驚叫聲不斷地傳來。

晴兒不知所措地看著慧馨和欣茹，她只是普通的近身宮女，不會拳腳，既保護不了小姐也保護不了自己。

慧馨也有些慌亂，好在握著欣茹的手，倒教她很快冷靜了下來。來人明顯是先禮後兵，看來目的不在把她們趕盡殺絕。慧馨腦子迅速轉動起來，跑到桌邊把桌子上幾包點心揣到了懷裡，給欣茹和晴兒也揣了幾包。

慧馨壓低了聲音囑咐晴兒和欣茹：「……來人看樣子不會直接殺了我們，吃的藏好，後面不知道會要挨多久。不要怕，咱們人不少，賊人就是吃了雄心豹子膽也不敢隨便殺我們。之前靜園的警鐘已經響過，肯定有人出去搬救兵，這些賊人才會沉不住氣。不管發生什麼事，只要挨過去，外面的人肯定會全力救我們。畢竟靜園的貴族千金可不少……」

慧馨她們院門和屋門都放置了障礙物，外面的人費了些力氣才衝到屋裡頭。

進來的賊兵看著屋裡坐著兩位小姐，一位宮女侍立在她們旁邊，帶頭的賊兵嘖嘖地咂了下嘴，這三人都很有勇氣，雖然臉上有懼色，卻仍是不慌亂地坐在那裡。

【第一百五十九回】

人質

賊人上前呵叱慧馨她們道：「乖乖地到院子裡去，都出去！」

慧馨和欣茹牽著手站起身向外走，身後的賊人有些不忿，突然拿手來推慧馨，「快點走，磨磨蹭蹭地幹什麼，這些大小姐真讓人看不順眼！」

慧馨感覺身後的人靠近，快走兩步躲開了那隻手，她也不反駁賊人的話，只用眼神示意欣茹和晴兒稍安勿躁，不要亂說話。

慧馨三人被帶到了院子裡，有人嘀咕了幾句，慧馨抬頭一看，正是韓嬤嬤在跟賊人耳語。慧馨眉頭一皺，她原以為剛才韓嬤嬤是被賊人逼迫喊話的，可如今看來韓嬤嬤毫髮無傷，顯然是跟賊人一夥的。韓嬤嬤是從宮裡派到靜園的，聽說在靜園已經十來年了，在乙院負責田莊事務，頗有些體面。能使動韓嬤嬤的人只怕不是普通的賊人了，今晚也不是來偷東西這麼簡單，莫非朝堂上出了什麼事？

只見韓嬤嬤看著慧馨三人跟領頭賊人嘀咕了幾句，那領頭賊人便讓人過來把晴兒拉開了，看晴兒要吵鬧，慧馨微不可見地搖了搖頭。這個時候掙扎是浪費體力，而且晴兒只是宮女，賊人若是不耐煩殺了她也不當回事。

慧馨她們被賊人帶到了樂室，裡面已經有不少人在了，樂室裡點了兩盞昏暗的油燈，拿著大刀的賊人把她們圍在裡面。領頭賊人交代了屬下幾句便出去了，樂室的門也砰一聲被關上。

慧馨拉著欣茹找了把椅子坐下，周圍的女孩子們看起來還算鎮定，沒有人哭泣，只是身子有些顫抖。這些賊人還算有禮，並未粗暴地對待她們。慧馨打量完女孩子，又偷偷打量旁邊的賊人。這些人並未蒙面，穿著的衣服都是同一樣式，看起來也很有紀律。慧馨皺眉，這些賊人有組織有計畫，劫持她們這些人是要做什麼？靜園裡的人非富即貴，拿她們做人質可是會震動整個朝廷的！

「吱呀」一聲，樂室的門再度被打開，又有幾個女孩子被推進了樂室，其中就有娜仁和敖敦。娜仁神色還算平靜，只是皺了眉頭。敖敦則有些氣憤，娜仁一直拉著她的手臂不讓她輕舉妄動。

慧馨眼光一閃，想起來似乎娜仁和敖敦都有功夫在身的，那年豐時節宴的時候，她們就曾在宴會上秀過身手。

也不知過了多久，突然園子裡大聲地吵鬧起來，慧馨隱隱地聽到有人在尖叫。幾團火影閃過窗子，慧馨心底咯噔一下。靜園裡除了她們乙院的這些人，還有丙院那邊。丙院人多，又全住在一個院子裡，若是慌亂起來……

不只慧馨一人，樂室裡的其他人也看著窗戶上映出的火光，人人臉色沉重，許多人都坐了下來，她們已經感覺腿發軟了。

尖叫和火光並未持續很久，靜園很快又恢復了沉靜。慧馨有些驚疑不定，到現在她也沒搞清楚賊人是何許人，又有什麼目的。至於逃跑，她是不敢想的，手無縛雞之力，她們這群人根本沒法跟上話。

賊人對抗。等待救援？慧馨有些不確定，靜園裡頭人多，有身分地位的小姐更多，像慧馨這樣家世中下的，也不知這些賊人看不看得上？而且謝家哪有能力救她，就算是慧嘉，這種時候也未必說得上話。

沒過一會，有個書生模樣的人帶著一群賊人推開了樂室的門，韓嬤嬤正跟在他身後。

那書生拿出一張紙，說道：「今晚打擾各位小姐了，各位請放心，只要各位配合韓某行事，事情很快就會解決的，到時各位就可毫髮無傷地回家了。」

眾人並未回話，只是沉默地看著書生，有人似乎很驚訝，好像認識書生一般。

書生看著一群安靜的女孩子，感嘆地說道：「……不愧是靜園乙院的人，臨危不亂，就看這份膽魄，那些外頭的女子哪裡比得上……想來各位都很明白如今的處境，在下也不多廢話了，在下有事要請幾位小姐幫忙，還請點到名的小姐賞臉跟在下走一趟，在下這裡先謝過了……」

書生按紙上寫的點了幾個人的名字，被點到的人都是家人位高權重的，娜仁和欣茹都在被點之列。

被點到的人猶豫了一下，便都起了身，她們心裡也清楚，賊人手中最大的籌碼就是她們這些被點到的人，她們幾人相比剩下的人更加安全。

慧馨輕捏了欣茹的手一下，示意她不要輕舉妄動，小聲地用只有兩人能聽到的聲音說道：「跟著娜仁。」娜仁身懷武藝，又會審時度勢，欣茹跟著娜仁行事，應該更安全。

慧馨她們這些剩下的十幾個人，把椅子搬到一起，大家相互靠著坐在一起。外面寂靜無聲，要不是她們一群人擠在這裡，慧馨都懷疑剛才的事情是不是做夢了。

看守她們的人換了一批，似乎這些人在輪班休息，看樣子這些人要打持久戰了。是了，靜園裡不缺吃穿，而且靜園的地形易守難攻，雲台臨著雁河很好控制，平安堂後靠懸崖，另一扇大門通向皇莊，只要守住這扇大門就能控制住靜園了。

眾人都有些疲憊了，有些人相互依偎著睡去。慧馨也強迫自己閉目養神，她其實已經很疲累，但是精神的高度緊繃，又讓人無法安心睡去，想想還不知道要被關多久，不管怎麼說體力都是不可缺少的……

慧馨是被吵醒的，有人提了食盒過來給她們送早餐。慧馨睜開眼睛，刺目的陽光從大開的門和窗戶射進來。慧馨皺皺眉頭，她竟然睡著了……

早餐是一碗稀粥，稀得不能再稀的稀粥。有人忍不住抗議了一句，她們昨夜折騰一夜，這時候肚子都餓了，一碗稀粥怎麼可能吃得飽。

送飯的人不屑地譏諷道：「哎吆我的大小姐，妳以為妳們現在是做客呢！有這碗粥就不錯了，這要是拖到明天，連粥都不會給妳們喝了。」送飯的趙三冷哼一聲，就是故意給這些小姐們喝稀粥的，既餓不死她們又能讓她們軟弱無力，沒力氣吵鬧和找事。

慧馨幾口喝光了碗裡的稀粥，肚子還是很餓，她想起懷裡藏的幾塊點心，可惜眾目睽睽之下，她可不敢拿出來。

因是白天，看守她們的人沒在屋裡圍著她們，而是把門窗全部打開，在屋外巡邏監視她們。屋內的人見賊人沒在屋裡了，都偷偷地鬆了一口氣。大概十分自信家人肯定會來救她們，見賊人並不虐待她們，今日便比昨夜少了幾分害怕，有幾個人還小聲地湊在一起說話。

「……剛才那人好像是韓家三公子……」

「哪個韓家？妳怎麼會認識的？」

「就是韓淑麗妃她們家啊，我哥哥跟三公子是同窗，我小時候見過他……」

「啊……韓家……怎麼會？」

「什麼？難道……韓家真的造反了？」

「……難怪韓嬤嬤會成了他們的人，聽說以前韓嬤嬤做過韓淑麗妃的嬤嬤，當初淑麗妃離園是因為要入宮，便沒有帶走身邊的人……」

「……前段時間回家，聽人說十二皇子病重，皇上和韓淑麗妃十分心痛，莫非是十二皇子去了，韓家才鋌而走險？」

「我昨兒上午才回來，十二皇子還沒去呢，不過我娘前天進宮給皇后娘娘請安，說是聽宮裡說，十二皇子恐怕是差不多了……」

「哼！韓家這是自尋死路，皇上肯定不會放過他們，犯上作亂……」

窗外巡邏的人好似聽到了她們在說話一般，突然轉頭往屋裡瞪了一眼。那幾個竊竊私語的都閉了嘴，再不敢說話了。

韓家造反嗎？慧馨皺眉，若真是如此，那昨夜這些能悄無聲息地進入靜園就解釋得通了，韓淑麗妃當年就在靜園留下了內應啊……只是韓家能成功嗎？竟然會拿靜園來做要脅，這也太荒唐了，若是普通事情興許她們這些女孩還能有點威脅作用，可是造反啊……抄家滅族的大罪，那些權貴之家會為了幾個女孩子而冒抄家滅族的危險嗎……

慧馨心裡突然起了一個念頭……若是韓家造反順利，那她們這些人質的待遇會比較好；若是韓家不順利，她們被這些賊人殺了洩憤也不是不可能的。

慧馨感覺頭大，韓家怎麼看都不像能成功的樣子。這些年來，韓家的野心已經跟「司馬昭之心」差不多了，皇上就算再寵韓淑麗妃，也不會為了個女人置江山不顧的。慧馨敢肯定，皇帝雖然放任韓家，但肯定也留了控制韓家的後手。

若是韓家註定失敗，那她們這些人怎麼才能逃出去呢？靜園坐落的這個位置，平日是幽靜，可如今看來，太幽靜也有壞處啊，從昨晚事發到現在，也不知道外面人知不知道她們出了事？不過皇莊那邊肯定會有人發現靜園今日的不同吧，不知道皇莊那邊怎樣了，那邊平時有官校巡邏，應該不會被拿下吧？

【第一百六十回】

逃跑

韓三站在靜園北門的二樓上，向遠處看去，遠方的皇莊和莊田依然靜悄悄的。沒有喧譁，沒有人煙，好似無人莊。顯然那邊的人已經知道靜園被佔了，不過他們竟然不派人過來交涉，是要拖延時間嗎？拖延時間也好，他正好也需要時間。父親應該在京裡行動了，兄長和四弟去京郊大營調兵，這個時辰快包圍京城了吧？距離商定好派人聯絡的時間只差一個時辰了，一個時辰後鹿死誰手就當見分曉了。

一個多時辰後，韓三焦急地在屋子裡來回走動，有屬下進屋稟報：「三爺，派出去的人都沒回來，信號也沒收到……」

韓三腳步一頓，皺著眉頭說道：「再派出去，不走皇莊那邊，從雲台過河，務必要打聽到京裡的消息……通向皇莊的大門守好，雲台那邊要時刻注意著，有船隻往這邊來，馬上來通報！」

韓三又在屋裡走了幾步，突然轉身問旁邊的侍衛：「那幾個貴女現在怎樣了？」

「……就在隔壁院子，好吃好喝地供著，沒有吵鬧，都很老實。」侍衛答道。

韓三沉吟了一下，說道：「走，去看看這些小姐。」

欣茹坐在一堆女孩子中間，不時地看一眼娜仁，見娜仁安靜地坐在一邊並不驚慌，欣茹的心裡才踏實點。她記得臨走時慧馨囑咐她跟著娜仁，所以她時時刻刻都關注著娜仁的行動。欣茹雖不覺得害怕，卻很擔心，不知道慧馨她們如何了。

韓三在窗口往屋裡看了看，眼光在娜仁和敖敦身上駐足的時間最長，垂眸思索了一會，吩咐身邊的侍衛道：「把王女娜仁帶到隔壁來。」說完，韓三先一步跨入了隔壁房間。

娜仁一進隔壁的屋子就看到了韓三，韓三長了一張斯文臉，可惜現在他臉上的表情跟斯文完全不搭。看著韓三那幅似笑非笑的樣子，娜仁就想皺眉頭。她認得韓三，她在王兄的書房見過他的畫像，羌斥使團曾找人把京城幾個大家族的人都畫了畫像，讓大家認識，以免不經意得罪什麼大趙的高官。前段時間，王兄還跟她透露，韓家人想找他們做什麼生意，雖然王兄沒有明說，但從王兄提醒她盡量避開韓家的態度上看，韓家跟羌斥的生意肯定是沒做成。

韓三見娜仁進屋，對著娜仁一笑說道：「韓三久仰王女殿下之名，今日得見真是三生有幸。」

「韓三公子過獎了，娜仁不敢當，不知道公子請我來此所為何意？」娜仁說道。

「殿下就是爽快，那我也不矯情了，韓某請殿下過來，實在是有一件急事要王女幫忙。」韓三說道：「王女殿下應當還不知道吧？京裡出了亂賊，韓某是奉了皇命前來保護靜園。只是韓某擔心各位小姐的家人掛念，又怕他們會誤會我，尤其是貴使團的人，前段時間跟我有點小誤會，我實在是擔心大王子殿下會以為我錯待了王女殿下，所以韓某想請王女殿下給令兄寫封家書，報個平安，韓某馬上派人送去大王子處。」

娜仁用力掐了一下手心，穩住心神，嘴角揚起一個微笑，「如此甚好，我還一直擔心家裡頭會著急呢，既然韓公子能幫娜仁送書信回府，正是求之不得，娜仁先謝過韓公子了。」

韓三了然一笑，這羌斥的王女倒是識時務，她這麼痛快地答應寫書信，正好省了他麻煩，看來這羌斥人也不像傳說中那麼硬氣……

韓三把娜仁寫的書信和他寫的書信分別裝好，跟身旁的侍衛交代道：「……趙三，你拿著這兩封信去找羌斥大王子，若是找不到大王子，就找羌斥王弟，雖然他們上次拒絕了跟我們合作，但現在王女和王弟女都在我們手上，我不信他們就一點都不忌憚……趙三，你祖輩原是我們韓家的家生子，從小就跟在我身邊，你父親祖父都是府裡的得用管事。如今我韓家全府的榮耀在此一舉，事成是萬世基業，事敗是滿門覆滅，你當明白此事的重要，我既將此事託付與你，你務必要請得羌斥人出動護衛團，是威逼也罷，利誘也好，一定要讓他們把皇宮圍起來……皇莊那邊走不得，燕磯碼頭肯定也有人守著，你從雲台弄條小船，順著雁河往下，到城裡找個僻靜的地方再下船。」

跪在韓三面前的趙三接過書信，對著韓三叩了三個響頭，這才轉身出去了。

韓三看著趙三出去後，突然一下像洩了氣一樣癱倒在椅子裡，他右手握拳捶了捶腦袋，心下苦笑連連。這次韓家起事實在太倉促了，許多細節都未安排好。

上個月十二皇子突染怪病，御醫也查不出原因，前幾日母親從宮中探望大姊回來，跟父親和大哥說了一夜的話。

第二天父親就把他們兄弟聚在一起，要趁著十二皇子還有口氣，逼皇上禪位給十二皇子。大姊當年生十二皇子的時候難產，以後都不能生育了，若是十二皇子沒了，她們韓家的希望就沒了。只要皇上禪位予十二皇子，以後的事就是他們韓家說了算。

因事發倉促，韓三也曾勸過父親，可是沒想到三妹竟從南平侯那偷到了京郊大營的調兵令。好似一切都已具備，父親便吩咐他們兄弟動手了。

父親和大哥親率五城兵馬司的人在昨夜包圍皇宮，二哥和四弟則到京郊大營調動兵馬包圍京城，而韓三則帶人在昨天下午就潛入了靜園。之所以要挾持靜園的人，是考慮到宮中發生變故後，可以用這些貴女們要脅朝臣們就範。就算不能讓他們倒戈在韓家這方，至少也讓他們有顧忌不能來搗亂。

按原定的計畫，只要大姊勸動皇上寫禪位詔書，父親就派人來靜園給他送信，可是原本約定的時辰已經過去了，京裡卻一點消息也沒有，還有皇莊和對面燕磯碼頭詭異地寧靜，怎麼都不是好兆頭。但願趙三能說動羌斥人，羌斥使團的護衛兵也有幾百人，雖然不多，卻是個個勇猛，只要他們肯出手，父親和大哥那邊的勝算就大些。

娜仁回到關押她們的屋裡，就開始跟敖敦用羌斥語小聲地交談。欣茹坐在旁邊，聽到她們說話，可惜她有聽沒有懂。欣茹有些暗暗著急，現在都已經過了中午了，她們還在這裡被人關著，外面的消息一點也打聽不到。剛才有人來送午飯，馮菲菲用一根金簪想跟送飯的人打聽外面消息，可惜金簪被人拿走了，消息卻沒打聽到，還被那送飯的人奚落了一通。

欣茹有些坐立不安，就連她這不太會察言觀色的人，都發現從中午開始看守她們的人就有些神色急躁，從昨夜到今日早上，這些賊人守著她們，雖說不上是禮遇有加，卻也不會故意為難。可是中午的時候，有幾個人要去淨房，賊人就一直罵個不停。這些人明顯地開始不耐煩了……

娜仁和敖敦商量了好一會，終於停了下來，娜仁看了看外面的守衛，跟敖敦一點頭，敖敦便站起身到門口跟守衛提出要去淨房。

那守衛一臉的不耐，大喝道：「怎麼又去淨房，你們這些大小姐是怎麼長的？一天到晚要拉撒幾次啊！」

敖敦聽了這話，滿臉通紅地反駁道：「我從昨夜到現在都沒去過淨房，前幾次去的人又不是我！」

娜仁見狀起身說道：「這位大哥辛苦了，我妹妹真的從昨晚都沒去過，我也一直沒去過，這次我跟她一起去吧，省得待會還要麻煩大哥。」

守衛見娜仁說話，皺皺眉頭沒敢再罵人，他認得出這位小姐剛從三爺那邊回來，肯定是個大人物。守衛哼了一聲，催促娜仁和敖敦快點走。

欣茹一下決心從椅子上蹦了下來，急跑兩步追到娜仁身邊，「……我也去！我也去！我也一直沒去過，正好一起，省得這位大哥再麻煩。」

娜仁看了欣茹一眼，欣茹衝她訕笑了兩聲：「……我一個人害怕……」

娜仁微抿了唇跟敖敦點點頭，那守衛不耐煩地說道：「要去快點去，真麻煩，小六你跟我一起過去盯著她們！」

關押欣茹她們的這個院子原是嬤嬤們住的，比乙院小了很多，而且屋裡沒有單獨的淨房，要解手必須到花園那邊的淨房才行，十分不方便。平時嬤嬤們大概是在屋裡用馬桶的，可是如今她們一群人被人關在屋裡，又被賊人看著，死活不肯在屋裡弄馬桶，所以每回有人去淨房都得派人跟著。

欣茹是最後一個從淨房裡出來的，當她出來的時候，就看到原本監視她們的兩個守衛，已經被娜仁和敖敦撂倒在地人事不省了，欣茹瞪著眼睛看著娜仁和敖敦抬著兩個守衛藏到了牆角的草叢裡。娜仁和敖敦處理好守衛，從草叢出來見欣茹還在發呆，便拉著她先找到角落裡藏了起來。

【第一百六十一回】

密道

乙院的樂室配備非常齊全，後面專門配了淨房。淨房有木板門隔開，裡面一應俱全，廁紙，淨手盆，香胰子[1]，還點著熏香，每日定時有人來打掃。只是從昨晚開始，慧馨她們被困在樂室裡，這淨房自然沒人來打掃了。熏香已經燃完，馬桶也快要滿了……

慧馨捂著鼻子，在淨房裡輕手輕腳地檢查。剛才她在樂室裡發現了一個驚人的事，李惠珍進了淨房後，再也沒出去過。

原本慧馨並未注意到這事，剛才她們一批人排著隊上淨房，李惠珍便是最後一個，而且李惠珍原本也是坐在最後面，所以到現在也沒人發現她不見了。只是慧馨剛才也在排隊，她其實才是最後一個，只是為節省體力，便沒有排隊而是坐到了旁邊的位子上。慧馨一直注意著淨房，準備等別人用完了再進，可是左等右等也不見李惠珍出來，這才發現李惠珍竟然憑空消失了。

慧馨十分害怕，突然間少了一人，若是被外面的守衛發現，她們這些剩下的人只怕要倒楣。就算外面的守衛沒記住她們的人數，發現不了少人，可是時辰過去這麼久了，也不見有人來救她們。而且韓家既然敢造反，那肯定是報了不成功便成仁的打算，勝也好敗也好，慧馨她們這些人質都是人家手中的魚肉。尤其是慧馨她們這些家世不強的，說不定祭刀的時候就要拿她們先下手。

淨房的頂上有兩個氣窗，可是太高了，就算踩著馬桶也還差著好大一截，李惠珍只比慧馨高一點，不可能從上面逃出去的，而且窗外就是院子，從那出去也不可能不被人發現。慧馨輕手輕腳地摸索著淨房的各個地方，她篤定這淨房裡肯定有機關密道。

話說關於靜園的密道，慧馨從第一天入園就在懷疑了。靜園本是前朝皇帝和妖妃住的地方，皇帝總該給自己留點後路吧，雖然最後他還是沒保住命。慧馨在第一次聽到靜園鐘聲的時候，就覺得鐘聲的傳播方式很奇怪，低沉悠長，跟一般寺院裡聽到的截然不同，而且到現在慧馨都沒見到過這口鐘。從那之後慧馨曾特別觀察過靜園房屋的建築方式，雖然她沒敢丈量，但只要夠細心也能觀察出屋內使用面積，跟屋外看起來的稍有差異。所以慧馨早就篤定靜園肯定有密道夾層，這也是為什麼那年端午，靜園會藏得下南平侯帶來的兵丁的原因。

慧馨倒騰了半天也不見機關什麼的，心下著急，額頭上有汗流了下來。慧馨站起身，穩定心神，又仔細把淨房的各個物件觀察了一遍。慧馨皺皺眉，突然覺得馬桶的位置有點不對，好像往旁邊略微偏了。慧馨忙上面輕輕敲擊著馬桶周圍的地面，果然在馬桶後方有空空的聲音。

慧馨欣喜地把那塊地磚抬起，下面果然有個可容納一人進入的地道，就當慧馨準備跳下去的時候，忽然聽到有人在推淨房的門，慧馨趕緊捂著嘴說道：「有人，別進來，臭著呢……」

【注釋】

①香皂。

來人在門口嘟囔了幾句便走開了，慧馨拍拍胸脯定下心。

慧馨慢慢地踩到下面地道的腳凳上，站在腳凳上又把頭頂的那塊地磚挪回原位。慧馨扶著旁邊的牆壁從腳凳上下來，這個腳凳想來是李惠珍放的了，要是沒有這個腳凳，她想把地磚挪回原位還真是有些困難。

慧馨沒有馬上移動，而是先側耳傾聽了一下，沒有聽見什麼動靜，想來李惠珍已經離開很大一段距離了。慧馨扶著牆壁輕輕地順著地道向前走，地道裡黑漆漆地，什麼都看不見。

地道是蜿蜒著向上的，終於前面好像有燭光閃動，慧馨沒有過去，而是小心地貼在牆壁上。終於燭光不再晃動，慧馨又等了一會這才伸頭往前看了看。

前方是一間小房間，裡面擺著桌椅，桌子上點著一長一短的兩支蠟燭，而房間的角落放著一口架鐘。

慧馨不敢隨便亂動，怕身形移動帶動空氣流動影響燭火晃動。慧馨呆站了想了一會，是在這裡待著等待救援呢，還是繼續找出口離開地道？

最終慧馨決定還是離開地道，這裡既然是祕密的地方，若是被人發現她知道了這條密道，不知道會不會被殺人滅口。

慧馨繼續輕手輕腳地摸著牆壁向前走，她突然感覺前面有個黑點跳動了一下，慧馨趕忙停下，背貼牆壁，屏住呼吸。沒一會前面的黑點就跳動著不見了，慧馨心知那是李惠珍髮髻上插的步搖在晃動。慧馨有心躲著李惠珍，既然她已經決定不讓別人知道她進過地道，那自然是要避開李惠珍的。慧馨摸摸頭頂，把髮髻上插的珠釵取了下來。

這地道還挺長，慧馨走了許久沒再遇到李惠珍，終於前面出現了岔路。慧馨停下聽了聽動靜，似乎左邊有悉索聲，慧馨便選了右邊那條路。

道路彷彿是沒有盡頭的，慧馨磨磨蹭蹭地走了半天，終於見到了一個好像出口的地方。不過地道好似還在延伸，慧馨不打算繼續走了，她懷疑這地道若是前朝挖的，只怕最終出口會在京城之外。

慧馨之所以能發現這裡有個出口，是她看到了牆壁的磚縫間洩進了陽光。慧馨偷偷挪開一塊磚頭，打量了一下外面的環境，這個出口好像是在平安堂藥園的假山後面。

慧馨並未急著出去，而是把懷裡揣的幾塊點心拿出來吃掉了。她今天一天總共就喝了兩碗稀粥，肚子早就餓得快沒感覺了。

目前待在地道裡還是安全的，慧馨邊吃點心邊思索，什麼時辰出去比較合適，還有李惠珍怎麼會知道這個地道的。

其實李惠珍能知道這個地道純粹是個機緣，李惠珍的父親在翰林院供職，而她的祖父也曾在翰林院供職。當年大趙初定，李家太爺跟同僚在翰林院負責整理前朝遺留的文獻。李太爺無意之中發現了一本前朝的建築圖冊，上面便繪有靜園的建築圖。故而李太爺知曉了靜園的密道，而他也很明智地沒有把這事告訴任何人，連他家兒子都不知道。直到孫女要入靜園，李太爺再三思索下才將密道之事告知了李惠珍，且千叮嚀萬囑咐她未到救命之時不得動用密道，更不可將此事告訴任何人。

慧馨想來想去還是等天黑再出去比較好，大白天的太容易被人發現，她又沒有自保的能力。

慧馨斜倚在牆壁上，一邊閉目養神一邊注意外面的動靜。忽然她聽到外面好像有動靜，不過聲音並不大。慧馨小心翼翼地從磚頭的縫隙向外看去，正好看到欣茹跟著娜仁和敖敦像做賊一樣地躲到了藥園的樹下。只見敖敦噌噌幾下就爬上了樹，娜仁在下面托著欣茹的腳，敖敦在上面拉著欣茹的手，費力地把欣茹也弄到了樹上。而娜仁則選了另一棵樹爬了上去。

慧馨正猶豫著要不要出去找娜仁她們，牆壁外的院子裡突然衝進來一隊人。這些人把院子裡找了個遍，草叢裡也沒放過，不過他們倒是忘了看看頭頂上了。

「……小五，你真看到有人往這來了？」

「……呃，剛才我眼前一花，好像是個人影跑了過去……」

「你小子，什麼好像！就你那小眼睛眼神什麼時候準過？我看你是早上又偷喝酒了吧……」

「行了，你們別吵了，既然這裡沒人就別在這耽擱了，回去跟李四哥說一聲，各個院子裡頭清點下人數，就知道有沒有人逃出來了。」一個好似小隊長的人說道。

慧馨眉頭一皺，糟糕了，若他們回去清點人數，自然就會發現人少了，那剩下的人就危險了。

慧馨心下嘆了口氣，只能祈求佛祖保佑剩下的人了，她是心有餘而力不足的。

見欣茹她們並未從樹上下來，慧馨也沒出去，這個時候還是不要冒險了，若是有人再返回來，他們四人都有危險。

過了一會，慧馨似乎聽到院子裡吵鬧了起來，大概是賊人已經發現人少了。慧馨凝神屏息聽著外面的動靜，又擔心這密道會不會被人發現。

此時藏在樹上的娜仁心裡也很焦急，她會決定跟敖敦一起逃出來，是因為她心知大哥和王叔絕不會跟韓家合作的。自從跟大趙合作後，羌斥的日子一天比一天好，他們學習了大趙的技術，又跟大趙通商，再也不用像以前一樣每到秋冬缺衣少糧了。所以大哥和王叔絕不會為了她和敖敦而背叛大趙，而且身為羌斥王女，她有她的驕傲和自尊，做俘虜是她不能容忍的。

院子裡來來往往過了好幾批人，都是來搜人的，藥園這塊沒屋子，那些人只能一片片地搜草叢，而草叢長得並不高，所以大眼一看這個院子是藏不下人的。

慧馨在牆壁後提心吊膽地看著賊人繞著假山轉了一圈又一圈，大刀把藥材砍得七零八落，幸好欣茹她們藏在樹上，人在找東西的時候往往都會忽略自己的頭頂。到目前為止，還沒有一個賊兵想到要去看看樹上。慧馨抬頭望望天色，離天黑還要好久，要是能快點天黑，樹上的人就安全了。

就在慧馨心裡祈求快點天黑的時候，一個剛出去的賊兵又折了回來。這個賊兵抬著頭就往欣茹她們藏身的樹那邊走去，慧馨捂著嘴，感覺心要提到嗓子眼了。

【第一百六十二回】

得救

娜仁眼見下面那人直接往她們藏身的樹過來了，這個人一直抬著頭打量這幾棵樹木，顯然是想起要檢查樹上面了。

娜仁眼光一閃，趁著那人正在仰頭看另一棵樹，突然縱身一躍，劈頭就往那人頭上打去。另一棵樹上的敖敦見娜仁行動了，也從樹上跳下來，跟娜仁一起向那人攻去。

大概是那人一時沒反應過來，幾下就被娜仁和敖敦撂倒了。娜仁往樹上打個手勢，欣茹哆哆嗦嗦地從樹上滑下來，娜仁和敖敦在一旁護著她。

剛被娜仁扶下樹的欣茹，突然看著娜仁身後驚呆了，只聽「砰」一聲，娜仁下意識覺得不好，忙要轉身回頭。

慧馨呆呆地看著躺在地上的人，腦後一個血窟窿，不知道死了沒有。剛才慧馨看到娜仁和敖敦解決了這個人，便想到這人半天不回去，多半會有人再來這邊找他，只怕到時候娜仁她們就藏不住了，慧馨便從牆壁裡出來，準備叫她們一起先到地道裡躲會。誰知這人竟然忽然醒了，看樣子張嘴便要喊叫，慧馨順手就撿了塊牆磚砸在了這人的腦袋上。

直到欣茹上前搖了她半天，慧馨才醒過神來，忙小聲地跟娜仁說：「……快，跟我來。」

慧馨帶著娜仁三人躲回了牆壁裡，把牆磚重新擺好，慧馨對娜仁說：「我們不能再待在這裡，沿著地道往前走走吧，妳們藏身的這座小院子已有危險，萬一被他們識破密道就糟糕了……」

娜仁點點頭，轉身走在了最前面，「我走前頭吧！」

慧馨四人又摸索著牆壁往前走，娜仁在最前頭，敖敦在最後頭。四人並未說話，因為她們能聽到牆壁外面正亂糟糟。

地道七拐八拐，慧馨她們又走到了一座院子，牆壁外面似乎是藏書閣。娜仁把耳朵貼在牆壁上聽了一會，確認藏書閣裡沒有人，便小聲囑咐慧馨幾個先留在牆壁裡，她出去看看。

娜仁把藏書閣探查了一遍，樓裡沒有人，而且門是從外面鎖住的。娜仁把慧馨她們叫了出來，把牆壁堵好。

慧馨四人輕聲商議了一會，她們就藏在書架後面等待外面的人來解救。慧馨思來想去，都覺得密道裡不能再待了。靜園被佔快要一天一夜了，韓家在京裡的動作也該有個結果了。慧馨覺得韓家多半是不能成事的，若是外面的人要救靜園裡的人，肯定不會直接攻進來，利用密道偷偷摸進來的可能性最高。就像上次端午一樣，神不知鬼不覺。

慧馨不知道該怎麼跟欣茹三人解釋密道的事情，還好娜仁和敖敦並沒有問，想來她們也明白既然是密道還是不要多問多管的好。只要娜仁兩人不問，欣茹那邊就好說了，欣茹不是傻的，自然知道要保密。

慧馨她們四人躲在藏書閣裡，大約因著樓是從外面鎖住的，外面的人都沒想到裡面會有人。天慢慢地黑了，欣茹把懷裡的點心拿出來四人分食了，她們幾個特別照顧的人一直好吃好喝，所以昨夜慧馨給她的點心一直沒吃，而慧馨自己的早在密道裡就吃掉了。

半夜裡，慧馨四人緊挨著坐在地上，已經開始打瞌睡了。忽然園子裡喧譁了起來，慧馨趕緊把娜仁她們也搖醒了，四人溜到了門邊聽著外面的動靜。

人聲中混著打鬥聲，有人在尖叫，有人在呵叱，還有人舉著火把在外面晃來晃去。慧馨做了個手勢，示意她們四人還是躲到書架後更安全。

打鬥聲越來越大，似乎離藏書閣越來越近。「砰」一聲，藏書閣的門被什麼東西撞開了，有人揮舞著大刀對著倒在地上的人捅了幾刀，然後迅速地離開了。

慧馨她們躲在書架後不敢出去，過了許久，院裡的聲音漸漸小了，娜仁探頭往門口看了看，地上一團黑影，外面隱隱有火光閃過。

見娜仁想到外面去，慧馨忙拉住了她，對著她搖搖頭。這種時候，她們還是在這裡等人找過來比較好。雖然娜仁和敖敦有武藝傍身，但那也是在出其不意偷襲成功的，真要跟人拚殺，她們這些小姑娘戰鬥力是不行的。慧馨她們又在書架後等了許久，才有搜尋的隊伍找到了藏書閣。

慧馨她們在侍衛的帶領下各自回了院子，因她們的院子從昨夜就空著沒人，所以裡面沒有發生過打鬥，所有物件都是完好無損。欣茹不願自己回院子，便去了慧馨那裡。

屋裡只有慧馨和欣茹兩人，她們點著蠟燭也不敢吹，一天一夜的高度緊張，讓她們身心疲憊，兩人就著慧馨屋裡昨夜打的水盆，簡單地洗漱後就趴上床睡下了。

慧馨很累，有些精疲力竭的感覺。只是她雖睏精神卻還沒放鬆下來，她用磚頭砸的人不知道是不是死了？還有嫣紅她們四個宮女還未回來，送她們回院子的侍衛只把她們送回了院子，其他什麼也沒說。慧馨還擔心會不會有人來問她們四人為何在藏書閣，她要怎麼解釋從樂室逃出來的事呢……慧馨皺著眉頭躺在床上，旁邊的欣茹早已進入夢鄉，單純的人就是好啊！慧馨翻了個身，終是心神抵不過疲倦睡著了。

第二日清晨，慧馨和欣茹還在夢鄉就被吵醒了，慧馨迷迷糊糊睜開眼睛，聽著外面的敲門聲，眼睛一瞪翻身坐了起來。

門外是一位陌生的嬤嬤，「給小姐請安，請小姐收拾一下，雲台那邊的船隻已經備好，奴婢馬上送小姐回京城府裡。」

「回京城？……嬤嬤請稍待，宋家小姐也在我這裡，我去叫醒她。」慧馨一愣後說道。

慧馨回屋把欣茹叫醒，兩人一起走到外面，「這便可以了，我們都沒什麼要帶的。」

「那便請小姐隨奴婢走，貴府上昨夜就派人去通知了，如今人應該已經等在燕磯碼頭。靜園要關閉幾日，重新開園的日子一到會提前派人去府上通知的……」那嬤嬤邊走邊跟慧馨二人解釋。

【第一百六十三回】韓沛玲之死

謝家的小廝已經等在燕磯碼頭，來接慧馨的人是謝睿。從前日夜裡京城戒嚴開始，謝睿就沒再去翰林院，直到今日早上靜園派人來府裡通知接人，他才跟著護衛出府到了碼頭。

謝睿仔細打量了慧馨一番，確認她沒出事才鬆了一口氣：「上車吧，有什麼事回府再說……」

慧馨挑簾看看外頭，只見街上除了她們這些從靜園出來的馬車，就只有巡邏的兵馬在街上，看來京城還在戒嚴中，只有靜園……不知道其他人有沒有事？昨夜她們被帶回院子的時候，路上看不清，也沒遇到別人，只是從昨日下午園子裡頭就亂了，一直到夜裡救兵才到，只怕那些人質……

慧馨回府跟謝睿和盧氏報了平安，簡單說了幾句便回房休息了。她昨夜沒睡好，今晨又是早起，這會回了府裡心神比在靜園更放鬆了些，便覺十分勞累。其實不論是慧馨還是謝睿，都只知道這場變亂跟韓家有關，具體的細節他們是不清楚的。

謝睿聽到的消息還是跟早上靜園派來的人打聽的，後來又跟護衛他們到燕磯碼頭的士兵打聽了幾句，才知道是韓家出了事。好在謝府在外城，周圍沒有什麼高官貴邸，韓家壓根沒看上這塊地界，反倒是最太平了。謝家老宅子那邊如今只有下人在，大太太去了山西一直沒回來，謝亮在外跑生意，大老爺便把謝皓一起帶去了京畿的官邸。謝睿不擔心老宅子，那邊最多損失些財物，等風波平息了再去察看不遲。

回到屋裡，木槿已經準備好了早飯等著慧馨了，慧馨欣慰地一笑，不管怎麼說，她總是平安回家了。見木槿一臉擔憂地望著她，慧馨扯了嘴角一笑，安慰她道：「……妳家小姐好好的呢，連根頭髮也沒少……」

慧馨喝了兩碗紅棗粥，便跟木槿問起了這幾天謝府的情況。

「……從前天晚上京裡就戒嚴了，一直到現在還不准隨意出入，今日寅時有人來府裡遞了信，要府裡把小姐接回府暫住……」木槿說道：「前兒夜裡街上就有巡邏了，聽說賊兵沒往這邊來，咱們府這片區域還算安寧。倒是內城亂了很久，尤其御街到皇宮附近那塊，聽說死了不少人……」

慧馨吃飽喝足就往床上一趴，明日愁來明日愁，後邊有什麼麻煩等她養好精神再說吧！

❈

南平侯府裡，韓沛玲躺在床上氣若游絲，胸口處的衣襟又隱隱地滲出了紅絲。太夫人坐在旁邊，看著自家兒媳，眼神憐憫無奈。南平侯則負手站在院子裡，看著滿院的花草。

韓沛玲已是出氣多過進氣，神志一直不太清醒的她，昏迷中只覺得胸口傷處的痛，還抵不上心裡的痛。

自從韓沛玲嫁入南平侯府後，她和南平侯兩人相敬如賓，算不得如膠似漆，但南平侯對她也是禮敬有加，太夫人也很疼愛她，她想著只要再生下兒子，她的生活就美滿了。可惜前幾天父親突然讓她回了娘家一趟，從那之後她的天就變了。

韓尚書交給韓沛玲幾封信，韓沛玲打開一看，這些信件竟然是當今聖上在先帝時期跟羌斥人來往的書信，裡面有兩封還是南平侯親筆寫的，這些信件是皇上和南平侯早年通敵的證據……韓尚書要韓沛玲用這些書信找南平侯換取調兵令，韓沛玲還記得當時韓尚書的話：「……南平侯跟韓家是親家，韓家出事，南平侯府也脫不了關係，早年南平侯跟著皇上出生入死，如今還不是只能賦閒在家，皇上年事已高，位子也該讓出來了，只要事成，韓家自然不會虧待自家的女婿……」

韓沛玲當時惴惴地回了南平侯府，她心知南平侯為人，要他背叛皇帝是不可能的。韓沛玲思索再三決定自己動手偷調兵令，她雖平時不太進南平侯的書房，但南平侯從未防著她，故而韓沛玲很順利地從書房偷到了調兵令，又從自家老爹那裡換回了那些書信。

可惜韓沛玲高估了自己，低估了南平侯。昨日京城被圍，帶兵的人竟然是南平侯……原來韓四早已投靠皇帝，那塊從南平侯書房偷到的調兵令壓根就是假的，韓二已被南平侯抓了起來。而韓尚書和韓大公子率領的五城兵馬司根本不是御林軍的對手，五城兵馬司的人多是些官宦世家子弟，平時作威作福還可以，真到打仗根本就不成。

韓尚書被人逼退至城門，見城外是自己女婿帶兵，便把韓沛玲帶到了城頭上，要脅南平侯。南平侯根本不為所動，韓尚書氣急敗壞，竟然捅了自己女兒一刀，又把她從城樓上推了下去。

當韓沛玲從城樓上往下掉的時候，她吃驚地瞪著上面的父親，她不敢相信這個原本疼愛她的父親真的把她從城樓上推了下來。原本跟太夫人守在緊閉府門的府裡頭，外邊有南平侯府的親衛守著，想必無人能攻入府中。是韓沛玲擔心自家父親，背著太夫人偷溜出了府邸。她怎麼也沒想到，她的父親竟真的對她下了殺手，且在被推下城樓的那刻，韓尚書在她耳邊氣急敗壞地罵道：「沒用的東西！」

韓沛玲從城樓上掉下，並未直接摔在地上，而是被南平侯飛身救下。可惜韓沛玲胸口的刀傷太深，血怎麼都止不住，能撐到現在也算是奇蹟了。

韓沛玲皺著眉頭在夢魘中掙扎，終於緩了一口氣睜開眼睛，她費力地轉頭四下巡視，只看到太夫人坐在一旁，卻不見南平侯，韓沛玲只覺胸口一陣絞痛，眼角流下了眼淚，她嘶啞地開口問了一句：「……娘，侯爺呢？侯爺是不是怪我了？」

太夫人看了一眼韓沛玲，嘆了口氣勸她道：「……傻孩子，侯爺就在外面呢，我去差人叫他進來。」太夫人並不喜歡這個兒媳婦，也不同情她，韓沛玲有今日都是她自己的選擇造成的。

韓沛玲雖然嫁入了侯府，卻時時心念著她的娘家，此次韓家叛變，韓沛玲更是把韓家放在首位，她根本就沒考慮過許家的處境……如果她沒偷跑出府的話，也不會是如今無法挽回的局面。個人種的因，自然也要個人來承受這個苦果。韓家是完了，韓沛玲只怕也過不去今日了，可憐自家兒子又要背上剋妻的名聲了。

南平侯推門進了屋，韓沛玲一見許鴻煊的身影，便要掙扎著起身，侍立在一旁的丫鬟忙上前去扶她。

許鴻煊快走幾步到床頭，按了她的肩膀，「……妳有傷在身，不要起來了。」

韓沛玲眼光模糊地看著身旁的許鴻煊，哽咽著說道：「侯爺，沛玲錯了，我不該背著你偷調兵令，更不該偷跑出去……侯爺，你原諒我吧，我只是被迷了心竅，我不知道，不知道父親會……為什麼呢？父親原本很疼愛我的，為什麼會變成這樣呢……我不該相信父親的，不該……侯爺，你原諒我吧……」

許鴻煊見韓沛玲漸漸語無倫次，精神也慢慢地萎靡下去，心知她撐不住了，便幫她拂開了額頭上的髮，「……妳別擔心，等妳好了，咱們再說不遲……」

「侯爺，我胸口好痛，我還能好嗎……」韓沛玲模模糊糊地說道。

許鴻煊轉頭吩咐旁邊的婆子：「去把藥端過來，」又回頭哄著韓沛玲說道：「妳把藥喝了，就能好了……」

許鴻煊接過婆子遞過來的藥湯，親自扶著韓沛玲喝了。其實這藥是止痛藥，只能略微減輕韓沛玲的痛楚，韓沛玲傷得太深，已是無藥可醫了。喝過藥的韓沛玲又陷入昏睡，沒熬一個時辰便在睡夢中去了……

宮裡頭，十二皇子昨天就去了，韓淑麗妃也瘋了，韓家人除了韓四都被抓起來下了大獄。永安帝戎馬出身，雖然登基後行得仁政，卻並不代表他是個優柔寡斷的皇帝。韓家有異心，他早已看出，從當年納韓大小姐進宮便已開始佈局。皇帝趁這個機會不但剷除了韓家，還藉機除掉了幾個不安分的家族，順手削弱了幾家往日仗著舊功作威作福的世家。

慧馨一覺好睡，起來是又能蹦又能跳，她有些自嘲地笑自己，遇險這種事，真是一回生，二回熟了。

謝睿一連在家歇了五日才又回復上翰林院當差，慧馨則在府裡待了十日後才被重新找回靜園。原本慧馨預想的盤問並沒有發生，皇帝和京裡的朝臣們忙著處理韓家兵敗後的事宜，皇后娘娘則忙著重新整肅後宮，無暇顧及靜園。

而經過這場變亂後的靜園變得死氣沉沉，重新回到靜園的人少了很多，丙院少了近二十人，而乙院也少了近十人，慧馨不知道少的這些人如何，想來多半是凶多吉少了。宮裡頭下了旨意過來，今年的考核取消了。這就意味著丙院今年所有人都要離園了，年底三年之期已到，明年入丙院的就全部是新人了。

【第一百六十四回】

林端如出嫁

永安十六年四月，慧馨再過兩個月就十三歲了，距離去年靜園遇襲已經過了快一年的時光。這一段時間裡，慧馨和欣茹專心打理自己的小生意，這一年沒有新人進入乙院，而年底又將有大批人離開，所以乙院的氣氛出奇地和諧，大約是大家不用再去爭榜，少了競爭反而心平氣和。但是經常在靜園遇到生面孔，那是今年丙院新選入的新人，她們不知道靜園曾經發生過的事情，暗地裡仍在互相較勁，倒是感覺更加生氣勃勃。

今日羌斥大王子妃郭懿開賞春宴，邀請京裡各界名流，靜園乙院的人也在受邀之列，故而此刻慧馨和欣茹正坐在馬車裡往宏怡園駛去。慧馨和欣茹坐在車裡談論著書局新進連載的連環畫內容，坐在馬車門口的翡翠和珍珠正在煮茶。

翡翠和珍珠分別是慧馨和欣茹的新侍女，嫣紅她們從襲擊後就沒再回來，靜園的宮女和嬤嬤們在那之後全部換了一批。慧馨曾跟新來的嬤嬤打聽過，可惜只得到了一個晦暗不明的眼神，便沒有下文了。

上一次來宏怡園，待客的主人是大王子和王女，如今已換成了大王子和王子妃了。聽說明年娜仁便會啟程回羌斥，她要把在大趙所學的東西帶回羌斥，教授羌斥的牧民。以後每次靜園選新人都會給羌斥兩個名額，由羌斥那邊選送過來學習。

侍女帶著慧馨兩人到了停芳閣，已經有不少人在裡面了。跟熟人打了招呼，慧馨二人往內廂先給大王子妃郭氏請安。

內廂裡除了郭氏，還有薛燕等與郭氏交好的人，欣語和欣雅也在座。

「妳們兩個真是形影不離，走到哪都是一雙，真教人羨慕。」馮菲菲見慧馨二人行完禮，便打趣她們說道。馮菲菲原是乙院的人，當初遇襲時跟娜仁關在同一處，事後離開靜園便沒再回園。她也算是慧馨和欣茹的熟人了，看她如今模樣，想來當初的襲擊被未傷害到她。

慧馨自認跟馮菲菲並不太熟，雖然不懂她為何突然這般說話，但她和欣茹兩人是好友的事又不是祕密，便嫣然一笑並未搭話。

欣茹也跟馮菲菲不熟，鎮東侯府跟西寧侯府並無來往，所以她也只是對馮菲菲的話一笑了之。

欣語和欣雅則是專門等著慧馨兩人，見她們跟其他人處得不自在，便起身拉著她們出去藉口賞花說話。

欣語帶著慧馨她們找了亭子坐，欣語和欣雅自從出閣後就再沒見到過慧馨兩人了，雖說都是在京城裡，可是她們嫁了人便不好經常回娘家，已婚婦人更不方便出內宅了。

欣語拉著欣茹的手看了半天，又仔細瞧了瞧慧馨，這才說道：「……沒瘦，看來在靜園過得挺好。」

慧馨噗哧一笑：「瞧妳說的，我們兩個是心寬體胖，又不跟人爭什麼，自然過得好。」

四人笑著聊了起來，欣語她們的茶寮還開著，四人的食坊加茶寮，生意依舊不錯，因著食坊那邊外賣的名氣大了，需要歇腳的人也多，欣語她們打算用嫁妝裡的錢把食坊另一邊隔壁的屋子也租下來。聽說內城也有店鋪學了她們食坊做外帶生意，內城的客人比較高端，賣的東西也比小食坊裡的吃食高了一層，再加上小食坊靠近城門的地理位置，所以慧馨她們並不擔心會被別人搶生意。

夏天馬上就到了，慧馨準備在小食坊加賣甜筒冰淇淋。這個年代其實已經有了冰品，又叫冰撈，利用硝石做出來的。而現在從羌斥運過來的乳製品越來越多，慧馨已經找廚師試做過了，純天然原料製作，奶味比上輩子吃到的更加濃厚。而甜筒的外皮，慧馨準備用蛋捲代替，只要在製作蛋捲的時候把一頭黏起來便是。這個甜筒冰淇淋慧馨和欣茹都已試吃過，很是美味，所以下個月她們小食坊又要多一項收入了。甜筒也有許多口味可選擇，在上面撒上各式水果便行了。

四人拉拉雜雜說了一通生意上的事，倒是比八卦別人更開心。

郭氏帶了幾個好友在園子裡閒逛，正巧碰到了慧馨四人，一夥人便又寒暄了幾句。馮菲菲也不知怎麼了，忽然拉著慧馨跟郭氏介紹了半天。慧馨心下詫異面上不顯，硬著頭皮答了幾句郭氏的問話。雖然同在乙院待過，慧馨跟馮菲菲最多只能稱得上點頭之交，這次不知為何對她親熱得好像熟人一般。待得郭氏一行人離開，慧馨才皺著眉頭坐了下來。

欣語似有所感地嘆了口氣，說道：「……聽說郭王子妃最近過得不太如意，她出嫁已近四年，卻一直無所出，雖然羌斥人風俗一夫一妻，可也不過是風俗罷了，並不是嚴明的規矩，加上近年來，羌斥大趙融合，羌斥人很多習慣也在向著大趙風俗慢慢地改變，前段時間有人跟皇后娘娘提了郭王子妃無所出之事，皇后娘娘還為此招了她進宮敘話……」

「這……莫非大王子要納側妃？」欣茹驚訝地問道。當初郭懿被指婚給羌斥大王子，多少女子羨慕啊！

「……有這個傳言，不過事情應該還沒定。只是有人說今日的賞春宴，實際是郭王子妃要相看京中尚未出閣的名門小姐。郭氏要是真為大王子納側妃，必然會找名聲好但家世又不會威脅到她的人家，她今日把靜園乙院的人都請來，妳們這些人也被說成是最好的人選……尤其是妳，慧馨……」欣語說道。慧馨明年就要從靜園畢業，從靜園乙院畢業成就了她的好名聲，但是謝家除了慧嘉那邊有漢王的關係，就謝家本身來說卻是無法跟百年世家郭家抗衡的，故而慧馨必也是郭懿挑選側妃的人選之一。

慧馨心下一凜，猶豫著說道：「……不會吧，雖然羌斥人有些習俗跟著大趙改了，可是一夫一妻可是他們的傳統，大王子不會因在大趙待了幾年，就破例吧？再說，大王子畢竟是羌斥的大王子，大趙人不好過多參與他的家事吧？就算是皇后娘娘也未必會管這些事……」

「妳說得也是，所以這消息到現在也沒確認，羌斥人不見得願意讓大趙插手大王子的家事，而且郭家也未必願意……」欣語說道。自從郭懿嫁給大王子後，郭家也是今非昔比，如今的郭家不再是跟在陳家後面的第二世家，而是隱隱有跟陳家平分秋色之勢。想來當年皇上賜婚郭懿，也是打著讓郭家牽制陳家的主意。

欣茹想到郭家便想起了陳家，又想起了陳香茹，便問道：「……當年陳香茹想嫁大王子，為這還陷害崔姊姊，如今好久沒聽到她的消息，她現在如何了？」

說到陳香茹，欣語不屑地說道：「她得罪了敬國公府和南昌侯府，哪裡還能有好下場，聽說她不肯回潁川，自己出錢在京郊修了座庵堂，在裡面帶髮修行呢！」

慧馨眉頭一挑，這陳香茹真能折騰啊，都這樣還不死心，修庵堂非要在京城，修行還要帶髮，這是真修行還是假修行啊？

好在這場宴會除了馮菲菲對慧馨的態度奇怪了一點，其他都無異常，雖然欣語說了大王子可能要納側妃的消息，不過郭氏並未表態，對眾人既禮貌又疏遠，標準一副王子妃的架勢，沒有表露出一點不快，更沒有對任何人過於熱情或感興趣，所以傳言多半是不可信。

❀

六月份，林端如要出嫁了，慧馨請了假回府。林趙兩家的孝期過年的時候就結束了，謝太太上次盧氏生產來京，臨走前便把兩家的婚期等事都定了下來。如今謝太太沒來京裡，林端如的婚事便由二嫂盧氏幫著操持。盧氏高高興興大大方方地操辦林端如的婚事，這幾年盧氏也摸著謝睿的脾氣了，謝睿一心掛在政事上，對女人根本無暇多顧，而林端如平日又潔身自好，一直住在慧馨的書局那邊，故而盧氏早就對林端如不再懷有敵意，反倒是很同情她。

這次謝太太雖沒親自操辦林端如的婚事，卻讓人從江寧給林端如捎來了六千兩銀子做嫁妝。這六千兩銀子是林端如的母族給林端如的嫁妝，算是當年林母交給族裡的嫁妝折算出來的。雖然這筆錢跟林母的真實嫁妝比起來，不過是九牛一毛，但林端如還是十分感激謝太太。畢竟母族會拿出這筆錢，看得完全是謝家的面子。而且這筆錢在大戶人家眼裡不起眼，可對林端如和趙家來說，卻是一筆不菲的收入。有了這筆錢再加上她以前藏起來的二千兩，就可以在京郊置個小點的莊子，以後一家人也不用過得太清苦了。除了這些現銀，盧氏還給林端如置了六十四抬的嫁妝，都是謝家出的錢，折算下來也要三四千兩銀子了。

慧馨回自個院子，讓木樨開了櫃子，取出一個匣子，讓木槿拿了匣子跟她一起去探望林端如。林端如從上個月就搬出書局，在謝府裡待嫁了。

前些日子，南平侯太夫人讓人捎了給林端如的添妝之物過來，是一串瑪瑙手串。這是個意外之喜，雖說前頭有太夫人說的話，不過謝家人可不敢當真，而且自從韓沛玲去世後，南平侯就帶著太夫人去了南方，沒想到太夫人還是聽到風聲送了東西過來。

慧馨一進林端如的院子，便見林端如像以前一樣從屋裡迎了出來，姊妹兩個寒暄著進了屋。

林端如的屋裡擺著一口箱子，裡頭放的應該是鳳冠霞披和嫁衣了，嫁妝早已抬去了趙家的小院。聽說趙家見了林端如的嫁妝吃了一驚，連街坊四鄰也連連稱讚，著實給林端如賺足了面子。

林端如屋裡除了秋紋，又多了兩個丫鬟。盧氏給林端如置了兩個丫鬟和一家陪房，她原想多給她陪送幾個人，可被林端如勸住了，趙家院子小，陪房多了根本住不下，而且以趙家母子的境況，林端如帶太多人過去，自然供不起，只能消耗她的陪嫁。盧氏一想有理，陪送的人便精簡了一番。盧氏是個實在人，不會單為了謝家面子，就讓林端如難做。總歸以後林端如嫁入了趙家，便是趙家人了，在婆母面前太過拿捏，不利婆媳相處。

林端如比最早慧馨見她時胖了，也沒那麼弱不禁風了，大概是人無憂了便身體好吧！慧馨有時還會羨慕林端如，所謂「知足者常樂」，便是指像林端如這般識時務的人吧！

慧馨先恭喜了林端如幾句，便讓木槿把匣子捧了過來。

慧馨親手將匣子交給林端如，眨眨眼睛有些俏皮地說道：「……這是小妹給姊姊的添妝之物，姊姊看看可還入得了眼？」

林端如滿臉羞紅地打開匣子，見了匣子裡的物件又是驚又是喜。原來裡面是幾樣首飾，慧馨挑了幾樣她往日做的琉璃手串珠釵之類的東西，用的都是靜園裡的宮料，大氣考究。不過這還不是最讓林端如歡喜的，她最開心的是看到的幾樣舊金飾，正是當年她讓秋紋拿出去典當的。這些可是她娘留給她的首飾，沒想到慧馨壓根就沒典當掉。

林端如淚光盈盈地看著慧馨，「這……原是我娘留給我的，當年一意孤行，以為再見不到了，沒想到……原來妹妹一直保留著，姊姊真是……千言萬語，不足以表達我對妹妹的感激之情，姊姊身無長物，只能對妹妹誠心一拜，表我心意……」說著，林端如起身對著慧馨拜了下去。

慧馨忙避開不受，又上前將林端如攙起，「姊姊這是要折煞我了。姊姊當時有難，小妹出手相助本就應當，再說也不是什麼大事，姊姊不必掛懷。如今姊姊苦盡甘來，即將出嫁，小妹也是身無長物，只能以此祝福姊姊了。」

林端如握著慧馨的手，像發誓一般地說道：「端如受姨母一家大恩，永世不忘，若將來有一日，有端如能為姨母家盡力之事，便是赴湯蹈火，端如也不會猶豫。」

【第一百六十五回】

天生絕配

林端如出嫁當天，謝府一大清早就開始熱鬧了。慧馨在林端如的屋裡，看著盧氏請來的人給林端如梳妝。厚厚的胭脂水粉一層層覆蓋在林端如臉上，慧馨心下偷笑，一個出水芙蓉般的林姊姊生生被弄成了大花貓。嫁人鳳冠霞披一上身，林端如只坐在那裡卻有一股別樣的動人。如此的濃妝豔抹大概是為了配得上這一身的大紅銷金吧！

謝家在京城的親戚不多，盧氏便從娘家找了姊妹過來幫襯。一屋子人，倒是比過年還熱鬧。太陽升起來不久，趙家迎親的隊伍就到了謝府門外。慧馨不能出去看熱鬧，只在屋裡陪著林端如。出去打探消息的丫鬟不時回來通報消息，秋紋也憋不住跑出去看熱鬧，一會又跑進來跟林端如賀喜：「小姐，表少爺剛考完姑爺文對，表少爺誇姑爺對得好呢……」

秋紋這席話逗得屋裡的小姐們不住地笑，紛紛上前拉著林端如的袖子，恭喜她找了個好夫君，羞得林端如眼睛都要眨出水來了，要不是臉上一層厚粉蓋著，估計大家都會看到她紅透的臉了。

慧馨覺得有趣，偷偷摸摸也跑出去瞧熱鬧，正好看到一幫小孩子在跟趙顯文討紅包。謝皓板著臉一副小大人樣地跟趙顯文擺擺手，趙顯文作個揖，掏出個紅包遞給謝皓，嘴裡不知嘟囔了什麼，謝睿接過紅包也還禮跟趙顯文嘟囔了幾句。慧馨捂嘴笑，這兩個酸秀才。

謝睿的長子懷仁被乳母抱著討紅包，才剛過周歲的懷仁咿咿呀呀地衝著趙顯文伸手。趙顯文對著懷仁也是作個揖鞠個躬，念念有詞地掏出紅包，懷仁見乳母替他接了紅包，便衝著趙顯文吐了個泡口水，算是放過他了。

內院的婆子丫鬟躲在一旁偷樂，趙顯文進了院門也不敢抬頭，只一路走一路作揖，直到把林端如迎出門上了花轎。

慧馨站在後面看著趙顯文的背影，又想到林端如的樣子，不知怎麼就忽然想起了一個詞……「天生絕配」。這趙顯文跟林端如倒真是匹配，一個兩個都透著酸。

江寧那邊送了消息來，謝老爺謝太太帶著慧嬋、謝維、謝芳今年一起到京城過年。慧馨感覺到了前所未有的危機感，這幾年下來，她差不多賺了萬兩銀子，放在謝家算不上幾個錢，可是對於慧馨來說，那可是一筆不小的數目，這個錢她得想辦法在謝老爺面前過了明路，藏著掖著不是長遠之計。

明年六月份，慧馨就要十四了，一般來說，她可以在今年年底就離園，明年不必再入園，可是慧馨不想這麼早就離園，還得想個辦法，能在靜園多待一天是一天。欣茹的生辰是十月份，比慧馨小了四個月，不知道宋家準備什麼時候讓她離園，慧馨便去問了欣茹。

「正好說到這個，上次我娘還要我問妳，妳啥時候打算離園？」欣茹問道。

「我還不好說，年底父親母親來京城，估計得他們決定……」慧馨皺著眉說道。

「我家裡兩個姊姊都出嫁了，回家只能一個人待在內院，我想盡量晚點離園，我娘也是這個打算，妳留下來陪我吧，若是妳提前離園，我在這靜園裡待得也沒意思。」欣茹有些傷感地說道。

「我也想待到最後再離園，可府裡頭……不知道父親母親有什麼打算。」慧馨很無奈地說道。

欣茹想了一會說道：「……妳們家還沒給妳定親吧，既然沒定親，提前離園也沒必要，不如跟妳家老爺太太求個情，讓妳待到六月？」

「……若是等他們來京後再說，我怕會晚了，咱們十一月就要開始休假，若是那時候他們還未抵京，估計會捎家書給我二哥……」慧馨皺眉說道。

慧馨思索了片刻說道：「……我不好直接跟父親母親提這種事，妳也不合適，不過……妳們府裡今年的賞秋宴還辦不辦？」

「辦啊，就在下個月，大姊二姊到時候都會來參加。」欣茹說道。

「……以前府上請過大理寺卿盧家的夫人嗎？若是請過，這次也將我二嫂一併請了吧……」

「這個我還真不清楚，不過回頭我可以問問我娘。對啊，把妳二嫂請過去，讓我大伯母給她透幾句話，想來妳二嫂應該能懂。」欣茹恍然大悟地說道。

「讓二嫂把這事跟我二哥說，二哥自然會跟父親那邊打招呼。妳我都不曾定親，留到明年離園應該是沒有問題的。」慧馨說道。盧氏是個聰明人，只要西寧侯府那邊透點意思，她肯定能明白，而謝家這邊，讓慧馨多在靜園待幾個月也是有利無害的。

盧氏接了宋家的帖子很是高興，拉著慧馨誇了半天。她以前跟著盧夫人參加過這些賞春宴，自出嫁後，這還是第一次接到侯府的請宴帖，自然臉上倍覺有面子。不過她也沒腦子發熱，謝睿還只是在翰林院做官，論理這種宴會是輪不到她的，如今接了西寧侯府的帖子，人家自然是看慧馨的面子多些。

盧氏高高興興地去參加了西寧侯府的賞春宴，又高高興興地回來了。晚上跟謝睿兩人嘀咕了半夜，第二天謝睿就跟江寧去了信。過了半個月，江寧那邊的回信就到了，囑咐謝睿好好照顧慧馨，讓她安心在靜園學習，在明年生辰離園前多學些見識，別枉費了父母的期待。這話的意思就是讓慧馨在靜園待到明年生辰了。

慧馨趁著謝老爺還沒到京，把手頭上的銀錢整理了一番，總共是一萬六千八百三十二兩。慧馨把一萬兩直接藏了起來，剩下的六千多兩她打算等謝老爺到了京，上交給謝家，想來謝老爺應該不會要的，這樣這筆錢就由暗轉明隨她支配了。

今年夏季小食坊的甜筒奶冰撈在京裡火了一把，這東西可以隨手拿著吃，路過小食坊的人大多抵不過誘惑買來嘗嘗。結果京裡的大戶人家聽說了，還專門派人來買，可惜冰撈一類的東西放不久，搞得不少內城的小姐少爺們專門跑到城門這裡來吃。為了方便這些千金公子們，欣語她們把其中一個茶寮改成了帶包廂的。

少兒書局以前的圖冊都是適合少兒開蒙讀的，如今慧馨有了小侄子，而她家小侄子才剛一歲，幼學啥的是完全不懂。慧馨便讓畫工們弄了一套看圖識物的冊子出來，打包了一套帶回府，跟自家小侄子玩看圖說話的遊戲。

❁

十一月份，靜園閉園，慧馨休假回府。謝老爺一行還未到京，慧馨便趁著這空檔跟欣茹一起去郊外的莊子玩耍。慧馨兩人策馬在草場上奔跑，今年沒有了欣語欣雅，只剩了她們兩人，而隔壁莊子的主人也不在，聽說他們去了南方。

「含霜」、「飲露」的腿受過傷，飛奔是不行了，不過一般的奔跑還是可以的。這傷便是當年靜園遇襲時留下的，還好只是一點劃傷，並未傷到筋脈，不能飛奔倒也罷了。對於慧馨和欣茹來說，能奔跑就足夠了，再快的速度對她們來說不安全。所以她們兩人一直沒想過換馬，畢竟「含霜」「飲露」這樣適合她們的小棗紅實在難得，而且這些年來，二人一直騎著她們，已經培養出感情來了。再說，要不了多久她們也要嫁人了，到時候估計連騎馬的機會也不會有了。

十一月底，謝老爺一行終於到京。謝老爺謝太太沒有什麼變化，謝維倒是個子高了不少，不過慧馨以前跟她不熟，又過了這些年沒見，感覺跟陌生人一樣。謝芳比慧馨小，這幾年不知道怎麼過的，還沒雙胞胎姊姊慧嬋長得高，人也呆呆的，就剩下一張白淨的小臉了。慧嬋的變化最大，跟慧馨印象中的完全是兩個樣子了，個子高高瘦瘦，不愛說話，只悶悶地跟在謝太太身後，雖不像謝芳一般呆滯，卻也少了靈氣，空餘一張漂亮的皮囊。

慧馨了然，當年三姨娘的死對慧嬋打擊很大，謝芳後來被謝太太接到身邊教養，但慧嬋卻是在庵堂裡守了一年孝後才回謝府。慧嬋今年已經十二歲了，但謝老爺一直沒提開祠堂把慧嬋記入族譜的事。

慧馨給謝太太請過安，站在一旁輕喚慧嬋，慧嬋好一會才反應過來，疑惑地看著慧馨。慧馨眼神一黯，慧嬋看她的表情就像在看陌生人一般，慧嬋再也不是當年會對著她撒嬌的小妹了。

謝老爺和謝太太這次來京，估計要住不少時日，今年底謝睿就要散館[1]，明年他是要留館還是外任，謝老爺還要跟謝睿好好琢磨一下，其他相關的人脈也要活動起來。

而謝太太開始帶著慧馨和慧嬋出席各種宴會，結識其他府的太太夫人們，然後介紹慧馨和慧嬋。慧馨心下嘆口氣，謝太太這是著手準備給她們說親了。熬了這些年，終於輪到她謝慧馨說婆家了。

【注釋】

①得庶吉士資格入館學習者，三年期滿舉行考試後，成績優良者留館，其餘分發各部授予御史或出任州縣官等官位，故學習期滿稱之為「散館」。

【第一百六十六回】

彭家

一大清早，慧馨洗漱吃過早飯就去給謝太太請安，木槿把慧馨昨夜才做好的鞋子包起來一起帶過去。這是她上個月趕出來的，給謝老爺謝太太各做了一雙。每年過年慧馨都會給老爺太太奉上親手做的鞋子，這個習慣慧馨一直沒斷，前幾次謝太太不在京裡，她也是讓謝睿把鞋子和年貨一起捎去江寧。

慧馨拿過木槿手裡的鞋子，跟謝太太說道：「……這是女兒給父親母親做的鞋子，學得今年京城流行的樣式，只不知大小合不合腳？」

謝太太笑著接過慧馨遞過來的鞋子，瞇著眼睛看了看針腳，「七丫頭的手藝越發好了，沒白在靜園學了這幾年，我來試試……」

見紅蕊上前要服侍謝太太試鞋，慧馨忙上前搶下了紅蕊的差事，謝太太看著腳上正合適的鞋子，滿意地對著慧馨點點頭。

「後天，翰林院彭學士的夫人宴客賞梅，妳二嫂要在家帶懷仁，妳陪我去一趟吧，妳雖在靜園裡結識了不少大家閨秀，可是能進靜園的女孩子畢竟少，妳也該多跟別家的姑娘互動些，多結交些閨友總是不會錯的，到時候妳可不要仗著自己入了靜園拿架子哦……」

「母親教誨的是，女兒定會自省其身，不辱沒謝家家風。」

從謝太太屋裡出來，慧馨又去看望盧氏，順便跟小懷仁玩了一會遊戲。盧氏看著床上跟小懷仁笑作一團的慧馨，笑瞇了眼。她這個小姑子如今也到說婚的年紀了，慧馨要人材有人材，要品德有品德，要相貌有相貌，又是待過靜園的，婆母肯定會千挑萬選說門好親。

盧氏往自個的梳粧檯上看了看，挑了一支拉絲蝶戀花點翠金簪遞給慧馨，「……這個給妳，我知妳不愛打扮，可如今妳也大了，以後經常跟著母親出去參加宴會，總不能還這麼素淨，這次去彭家先帶這支金簪，待過幾日，叫滴翠閣的人過府裡來，咱們打些新首飾。」

慧馨面上推辭半天才收下了盧氏的金簪，其實慧馨不是不愛打扮，只是不敢出挑，怕她真打扮起來把謝太太和盧氏嚇著了。

從盧氏那裡出來，慧馨回了自個兒屋子。木槿上前跟她回報，「……魯媽媽說，二姨娘一切都好，讓小姐別擔心她。江寧那邊府裡就剩了大姨娘和二姨娘，雖然大姨娘因著二小姐在老爺太太面前有些體面，但畢竟是丫鬟出身，上不得檯面。二姨娘就不同，出身書香門第，雖然家道中落，但終究是識大體知大事的，小姐又有出息，待將來小姐找個好夫婿，二姨娘也有了面子，江寧那邊誰也不敢怠慢二姨娘的……」

清早出門，謝太太帶了慧馨和慧嬋一起，慧馨坐在梳粧檯前猶豫了半晌，終還是把盧氏送的金簪插在了髮髻上。

彭家住在內城，離謝家老宅子不遠。謝家老宅子如今除了下人，主子一個也沒有，大老爺去年考績得了優，如今升任青州知州，雖還只是從五品，但若是做點實績出來，過幾年升五品也就指日可待了，大老爺一家除了謝亮如今都跟著去青州，謝亮常年在外，估計也就過年才能回趟家。

當日謝太太提起彭家，慧馨便覺得耳熟，後來想了半天，才想起來當年他們第一次來京城時，三姨娘曾在船上用彭家誘導她。後來經木槿打聽，彭學士原是謝老爺的舊日同窗，當年三姨娘會提起彭家可見也不是空穴來風。

慧馨扶著謝太太下車，慧嬋跟在她們後面，彭家的下人熱絡地上前招呼著她們進了內院。

謝太太先帶著慧馨慧嬋去拜見彭夫人：「……七丫頭這幾年都在京裡頭，眨眼就長這麼大了。」

「這孩子我喜歡，看著就是知書達禮的樣子，謝太太真是會調教女兒。」彭夫人拉著慧馨的手笑著說。

慧馨紅著臉，羞答答地任彭夫人打量。

「這位小姐是……？臉色怎麼有點蒼白……」座上的另一位太太指著慧嬋問道。

「……這是九丫頭，從小身子就不好，一直在江寧養著，我怕她在家裡待久憋出病來，才帶她一起來京裡走動走動。」謝太太說道。

「這話說得是，孩子們還是要多走動走動，整日只待在閨房裡，最容易生病。」

「……是啊是啊，前段時間匯遠伯家的小姐生病，吃了多少湯藥都不管用，後來被個海外來的大夫救了，聽說那大夫也沒開什麼方子，就是讓他們家小姐每日走動兩個時辰，結果沒半個月小姐病就好了。」

「我也聽說了，那個大夫是個西洋人，海禁開了後隨船過來的，聽說長得是紅毛綠眼，跟個鬼似地嚇死個人。」

「對對，洋鬼子洋鬼子，我上次去大召寺拜佛見到過，周圍的小孩子都叫他『洋鬼子』……」

慧馨在一旁站著聽幾位太太聊天，大趙開海禁已快兩年了，陸陸續續來了不少遠渡重洋的西洋人，這些人帶來新的東西，新的技術，也從大趙帶走不少東西。

聽說承郡王為開海禁的事出了不少力，去年還曾跟船遠下南洋過。話說這幾年顧承志在皇帝面前已成了紅人，隨著年紀越來越大，顧承志的能力手段都越來越顯現，今年皇帝壽誕的時候還獻上了一卷永安辭典，是顧承志帶人編撰的。聽說皇帝聖心大悅，有意立顧承志為皇聖孫。

若是顧承志真被立為皇聖孫，那大趙長期的太子漢王兩派相爭的局面就要打破了。漢王那派敢跟太子爭，仗的是太子病弱，而燕郡王又不足成事，若是顧承志定了名分，那麼漢王那邊就沒得爭了，而太子的地位也就穩固了。說起來朝堂兩派相爭的局面也該變變了，老這麼爭下去，遲早要禍國殃民，引起戰亂。

謝太太在旁邊聽得新鮮，一時倒把她今天來彭家的目的給忘了，慧嬋大約也是頭次聽說這些事，臉上終於有了氣色。

幾位太太八卦地興起，從西洋人說到西洋貨，直到彭四小姐進了屋。

各位太太這才想起旁邊站著的慧馨慧嬋，彭太太忙說道：「……我們幾個說起話來，都把兩位小姐忘了，妳們也別在這站著了，跟四丫頭她們去後園賞梅吧。四丫頭，我可把兩位謝家小姐交給妳了，妳要替我好好招待她們。」

「娘，您放心吧，後園的姊姊們都等著呢，我不跟您多說了。」說著，彭四小姐便純熟地一手挽著慧馨，一手挽著慧嬋出了屋。

出門沒走幾步，彭四小姐就放開了慧馨她們的胳膊，轉頭看著慧嬋問道：「妳怎麼臉色這麼蒼白啊，是不是從屋裡出來覺得冷了？」

慧嬋低著頭不說話，她其實覺得有些可惜沒能待在屋裡，她已經許久沒跟同齡的女孩子一起玩了，總覺得自己跟別人格格不入，倒不如留在屋裡聽太太們聊天，總歸她們說的事情她都沒聽過。

慧馨見慧嬋不答彭四小姐的話，忙打圓場說道：「九妹她從小體弱，京城又比江寧冷，她才來還沒適應。加上九妹她性子靦腆，還請彭姊姊莫怪。」

「不妨事，既然她身子不好，那咱們走快點吧，大家都在亭子裡呢！裡面燒著炭火，比外面暖和多了。」彭四小姐說道，她不是個斤斤計較的人，只是見慧嬋的樣子有些好奇。

彭家把亭子周圍掛了竹簾，四個角落上放了炭火，中央也放了兩盆，把整個亭子烘得比剛才屋裡頭還暖和。

彭四小姐帶著慧馨慧嬋跟裡面的女孩子們一一介紹，慧馨大方有禮地跟幾位小姐寒暄起來。彭家請來的人，慧馨是一個都不認得，想來應該都是彭學士下屬的家眷了。

彭小姐跟亭子裡的小姐們邊聊天，邊指揮下人把園子裡的臘梅剪下幾枝送去夫人屋裡。沒過一會，便有一位公子帶了下人過來。

亭子裡的小姐們見有男子往亭子行來，驚呼一聲紛紛往後方走避。倒是慧馨只看了一眼彭四小姐，便穩坐在凳子上沒有動。

那男子行至亭子外便停下了腳步，昂聲說道：「……母親命我送些點心果子，給妹妹和幾位小姐嘗嘗……」

彭四小姐笑著說道：「是我二哥，他來給我們送果子了。」一邊說著，彭四小姐命身邊的丫鬟打起簾子，從彭二公子身後的下人那裡把果盤端進來。

外面的彭二公子一直側身站著，目不斜視，更沒有向亭子裡張望，倒是慧馨趁機從挑開的簾子那打量了一下彭二公子。彭二公子中等個頭，挺胸而立，面容儒雅。今日此事當是彭家刻意安排，看這彭二公子的做派倒是個知禮懂禮的人。

彭四小姐待彭二公子離開後，才跟眾人介紹起她二哥來：「……我二哥上次秋闈中了舉人，爹說他太年輕，要收收性子，故而又等了三年，準備明年讓我二哥再參加春闈……」

謝太太面帶笑容地回了府，想來在彭家過得很愉快，慧馨和慧嬋也回了各自的院子。

慧馨回屋後先是發了一會呆，後又讓木槿拿了個匣子出來，親手挑了幾個她做的琉璃珠花，挑好後帶著木槿給慧嬋送了過去。

今日出門，慧馨才發現慧嬋頭上只簪了一支珠釵，素淡得比平時的慧馨還厲害。慧馨搞不清楚謝太太這是何意，慧嬋如今這般為何不教導一下，就算放棄了這個女兒，這樣子帶出門，謝家面子上也不好看吧！

慧馨一進屋便看到慧嬋坐在窗邊發呆，大冷的天窗戶還開著，冷風不時吹動慧嬋的髮絲。

慧馨對著慧嬋屋裡的丫鬟皺皺眉頭：「妳們是怎麼當差的？就這麼照顧九小姐，大冷天讓她坐在窗邊吹風，這要凍出病來怎麼辦？」

慧馨上前握了慧嬋的手把她拖到火盆旁，語重心長地說道：「京城不比江寧，冷起來容易生病，即便是要坐著，也該坐在火盆旁。妳想看窗外的景色，從這也能看到，以後再不許在這邊吹冷風了，仔細身子要緊……看妳這手凍得……」

慧馨轉頭跟木槿吩咐道：「把我上月新織的毛線手套拿來，順便再拿兩雙毛線襪和圍脖過來。」見木槿出去了，慧馨又吩咐慧嬋屋裡的丫鬟道：「誰是九小姐身邊貼身伺候的？去沏壺熱茶來。」慧嬋身邊的丫鬟早就在江寧全換了一批，慧馨是一個也不認得。

慧嬋喝了幾杯熱茶，好似才有些活人的氣息，抬著看著慧馨，目光盈盈。

慧馨忍不住揉了揉慧嬋的臉頰，記得小時候慧嬋有嬰兒肥，肉嘟嘟的小臉特惹人愛，慧馨每次見了都忍不住要掐一掐。

慧嬋被慧馨掐著臉頰，好似又回到了小時候，每次被慧馨揉弄就會嘟著嘴，可憐兮兮地喚慧馨：「……七姊……」

慧馨心下嘆口氣：「……傻丫頭……」

陪著慧嬋發了一會呆，慧馨才回了自個院子。

在屋裡小憩了一下，慧馨便去了廚房熬湯水。那年謝太太在京裡過年，因著不適應京城氣候發了病，這次慧馨乾脆直接每日都熬湯水給謝太太。總歸慧馨越孝順謝太太，謝太太在擇婿上應該會為她多考慮一些吧！

慧馨自從在靜園學了鑑定課程，做菜做湯的時候就開始挑揀起材料來。雞鴨要活的現殺，藥材也要品質好的。慧馨命木槿去外面盯著廚娘宰雞，她則在廚房裡挑揀食材。

一個婆子不知何時悄無聲息地走到了慧馨身邊，慧馨一時不查被嚇了一跳。慧馨正要斥責她，這婆子反倒塞了個東西到慧馨手裡。

慧馨正驚疑不定地想著要不要喚人，那婆子便搖搖頭示意慧馨不要出聲，然後就直接轉身跑走了，腳步仍是沒有聲響。

慧馨遲疑地拿起婆子塞過來的東西，是一封信，封面上寫著「慧馨親啟」四個字。慧馨仔細看了看這四個字，便把信塞進了懷裡。

【第一百六十七回】
二姨娘的信

夜裡，木槿幾個丫鬟退下之後，慧馨獨自在燈下掏出了那封信，信上的筆跡她認得，是二姨娘的。慧馨拆開信仔細閱讀起來，越往下看她的眉頭皺得越緊。

那送信的婆子以前曾被二姨娘救過一命，早年毀了嗓子說話沒人聽得清，倒是有一把力氣，謝太太幾次進京都是由她負責搬運行李等比較重的物件。

慧馨翻來覆去把信讀了幾遍，才把信捲起來在油燈上燒燬，二姨娘冒險給她寫信，這信不能讓別人知道。慧馨撥撥火盆，脫了衣裳爬上床，閉著眼睛開始思考二姨娘信裡的內容。

原來謝老爺此次來京城，除了為謝睿散館的事走動，還準備在京城開設書院。而慧嘉之前往江寧送了信，漢王有意支持謝家，若是謝家能跟陳家郭家分一杯羹就最好了。

謝太太在江寧的時候，便想好了幾門適合慧馨的親事，其中便有彭家的二公子，但慧嘉來信上面提到，羌斥大王子很有可能要納側妃，慧嘉提議讓慧馨去參選。

二姨娘在信中提醒她，不要過分看重權勢，「寧為小戶妻，莫為大家妾。」二姨娘勸慧馨不要跟慧嘉攀比，也不必擔心她，只管過好自個兒的日子為重。

慧馨翻來覆去地睡不著，慧嘉竟給江寧去過信了？上次見她可一句也沒跟慧馨說，看來她有必要尋個機會單獨去見見慧嘉，這個大王子側妃的事情她得搞清楚才行。

想到二姨娘冒險託人給她送信，慧馨心裡一暖，在這裡終歸還有一個人真心牽掛著她，所以她不能讓二姨娘失望。二姨娘說得對：「寧為小戶妻，莫為大家妾。」二姨娘書香門第出身，這些肺腑之言當是她的切身體會了。二姨娘論出身論長相論才情，都是大家閨秀之範，只是如今做了人妾，連丫鬟出身的大姨娘都比不上。妻妾之別，是天地之別。

謝太太帶著慧馨又出席了幾次宴會，這段時間慧馨認識的太太小姐們比前幾年加起來都多。謝太太還去漢王府看望了慧嘉一次，可惜她沒有帶慧馨慧嬋一起。

慧馨經常拉著慧嬋去找小懷仁玩，幾天熱鬧下來，慧嬋臉色好看了不少。慧馨試圖從盧氏這裡打聽下消息，可惜盧氏也沒從謝太太那裡聽說什麼，只是謝老爺準備在京城開書院的事倒是千真萬確了。

慧馨聽了這個消息又是一夜無眠，既然謝老爺真打算在京城開書院，那漢王府的支持和慧嘉的提議，他肯定會重視的。若是羌斥大王子納側妃這事成真，謝老爺多半是巴不得讓她去了，羌斥大王子那是太子漢王兩邊都要拉攏的人。

這一日，謝太太問起了慧馨她們的少兒書局，提出想去看一看。慧馨欣然同意，她正想跟謝太太提賺到的錢之事。

慧馨帶著謝太太進了書局後面的內院，謝太太先是把書局誇獎了一番，這才問起了書局的經營問題。

「……二層樓的這邊出售的是高檔畫冊，用的紙張筆墨顏料都是上乘的，來光顧的客人也多是達官貴人們，其實女兒覺得他們多半是看了西寧侯府的面子來的。而當初弄書局時，女兒跟宋三小姐簽有契約，合作分成，因著宋三小姐想給自己攢私房錢，當時便言明不許府裡家人插手生意，用的開店資金也是我二人在靜園莊田那邊賺的錢。資金有限，所以選的店面比較小，這邊二層樓還是後來又賃下的。」慧馨說道。

「剛我瞧妳們店裡賣的圖冊都是些小兒看的，妳們就沒打算再賣點別的？」謝太太試探地問道。

「……女兒原也這麼問過宋三小姐，不過她只對小孩子看的圖冊感興趣，開這個書局原也是因她的興趣，這裡有不少畫冊是她親手畫的，店裡最早賣的《幼學全集》便是宋三小姐一筆筆畫出來，再雕版印刷的。所以，女兒也不好強求……」慧馨有些為難地說道。謝太太忽然問這些，難道謝家也想開書局？是了，若是謝老爺在京城開書院，有家書局做輔助自然是錦上添花。若果真謝家打了書局主意，那慧馨還真是不能讓謝家插手少兒書局的事情。

慧馨想了一會又說道：「其實這邊書局主要是宋三小姐來管理的，帳目也是宋三小姐那邊管著，女兒只管坐等分紅，前幾年分紅主要用來擴大店面了，不過今年應該有盈餘了，等過年關了店門就該盤帳了。」

謝太太有自個兒的心事，也沒注意慧馨又說了什麼，只是想著跟宋家一起開書局的主意估計是不成了，不過只是在京城開個書局，如今的謝家應該也是能開起來的。謝老爺和謝睿要忙正事，這書局的事情就得謝太太和盧氏來操辦。待謝家的書院在京城辦起來，以後謝家是住在江寧還是京城都不好說。江寧地頭熟，謝家好辦事，京城畢竟陌生。謝太太琢磨著，便覺得應該趁著辦書局的事，把京城的人頭混幾個熟臉。慧馨的婚事還可以拖一拖，彭家那邊不著急，而羌斥大王子這邊還沒有準信，把慧馨再拖個一兩年應該也沒關係。

慧馨沒想到謝太太去了趟少兒書局回來就忙起來了，整日帶著盧氏串門子，連慧琳婆家蔣家都去拜訪了好幾次，一心準備讓謝家的書局年後就開張，倒是不再帶著慧馨慧嬋串門了。慧馨見謝太太暫時擱置了她的婚事，也不知是該擔心還是該鬆口氣。

臘月十八，欣茹派人送了帖子來，約去西洋屋看貨。西洋屋是去年京城開的一家很大的洋貨專賣店，裡面的東西大多是從海上運過來的舶來品。

慧馨把帖子拿去給謝太太看，順便跟謝太太說估計這次見面欣茹會把分紅給她。謝太太對慧馨她們的分紅不感興趣，不過西寧侯府的面子她總是要給，便同意了慧馨出府，還給她準備了五十兩銀子做零用。慧馨徵得謝太太同意，帶著慧嬋一起去了西洋屋。

西洋屋坐落在御街上，是個三層的閣樓。慧馨到的時候，欣茹已經在門口等著了，一見了慧馨便拉著她往裡面走，直到慧馨拽了幾下她的袖子，才看到後面跟著的慧嬋。慧馨把慧嬋介紹給欣茹，欣茹大大方方地跟慧嬋道了歉，慧嬋沒想到這位侯府千金會跟她道歉，有些害羞地跟欣茹行了禮。

「我家九妹不常出門，有些靦腆，妳別見怪就好。」慧馨笑著跟欣茹說，在慧馨心底一直很同情慧嬋，她總是想若自己不是個穿越來的，估計境況跟慧嬋比也好不到哪裡去。

「我們姊妹何必見外，咱們快別站門口了，趕緊進去，聽說前兒才到了一批船，店裡剛進了新貨，咱們快進去，別教別人把好東西都買走了。」欣茹急急地說道。

慧馨三人一進門，便有門口伺候的小丫上前來招待她們。小丫負責介紹貨物，順便把客人看中的物品登記造冊，等客人離開的時候，直接在門口取貨就好。

慧馨直接跟小丫說帶她們去看鏡子，她們想買鏡子很久了，是玻璃鏡子哦，不是黃銅鏡。上次有一批鏡子到貨，慧馨和欣茹聽說的時候都已經被人買光了。這回老闆也學乖了，一下進了好多種鏡子。慧馨挑來看去，給謝太太和盧氏各買了一面普通的梳妝鏡，而她和慧嬋則各拿了一面手鏡，西洋物的價格可不低，慧馨還沒大款[1]到能買琺瑯鏡的能力。

慧馨還買了兩只懷錶，是給謝老爺和謝睿的，她倒是想給自己也買一塊，可是如果她給自己買了，就得再給謝太太和盧氏買，她今天買了這幾樣東西已經夠肉疼的了。她自己的那塊還是算了，西洋做的懷錶很花俏，適合老爺公子們顯擺，她還是等大趙哪天能自己生產鐘錶了再給自己敗一塊吧！

欣茹則買了兩個洋娃娃，還有幾瓶香水，一個音樂盒，一個古里古怪各個方位都能報時奏樂的座鐘，一個萬花筒，一個望遠鏡……

慧嬋則盯著一艘西洋船的小模型看，慧馨見她喜歡，便讓小丫把船模也記下來。

慧馨三人從一樓看到三樓，慧馨又看中了一個西洋的「孤守」，就是保險箱，要對正上面的密鎖才能打開，內殼是金屬的。這個孤守是扁長方型的，不大，可以隨身攜帶。這孤守可比上鎖的木匣子管用多了，想到自己的私房錢和二姨娘給她的玉佩，慧馨毫不猶豫地買下了這個孤守。

慧馨三人在三樓遇到了承郡王，欣茹便拉著承郡王要他請客。聽說承郡王再過幾個月就要離開太子府，獨自建府了，再加上若他能被封為皇聖孫，那可是大喜事了。

顧承志倒是隨意，吩咐手下把他挑的東西帶回府，便帶著慧馨三人往旁邊的茶樓去。臨到門口慧馨她們結帳，顧承志要替她們結，欣茹死活沒同意，而慧馨趁著欣茹跟顧承志打哈哈的時候，又跑回店裡拿了本英文書籍，她剛才翻開看過，是本介紹西方風土人情的地方誌之類的書。慧馨準備就拿這書給顧承志賀喜了，他若是被封為皇聖孫，那就是大趙未來的皇帝，當皇帝的得開闊眼界才行。

【注釋】

①指財富豐厚、講氣派、花錢豪爽的人。

【第一百六十八回】

少女春心早萌動

顧承志帶著慧馨她們進了無名茶樓，進了包廂，欣茹便吵著要顧承志請大家吃烤乳羊，顧承志笑著吩咐小二去找掌櫃的準備。

欣茹跟慧馨解釋說，無名茶樓新從羌斥運來一批小羔羊，數量有限，只有貴賓才能吃到，一次還只能點一隻。

慧馨趁機把剛買的書籍送給顧承志，顧承志笑著說道：「……正好我最近正在學西洋文，上次跟易大哥下南洋，遇到講西洋文的商人，全靠易大哥一個人撐場面了……」

慧馨看著顧承志，感覺很欣慰，顧承志就像個意氣風發的少年，他比那些整天坐在書房跟門客算計來算計去的人更適合做皇帝，他會是個好皇帝的。

顧承志看著欣茹塞得滿滿的嘴，倒了杯茶推到她手旁，「……都是快嫁人的人了，還這麼嘴饞，小心致遠表哥嫌棄妳哦！」

欣茹嘟嘟嘴表示不滿，不過手下夾菜的動作卻越來越慢，動作也斯文了不少，臉上還泛起了可疑的紅暈……

致遠表哥？是顧致遠嗎？宋家莫非正在給欣茹和顧致遠議親……這顧致遠跟崔靈芸的事，宋家不介意嗎？

顧承志稍後還有事要做，陪著慧馨她們吃了烤羊便先走了。見沒了外人在，慧馨便拉著凳子靠在欣茹身旁，開始拷問她顧致遠是怎麼回事。

原來在那次宏怡園事件之後，顧家便打發了顧致遠所有的通房，然後把顧致遠送到軍營歷練了三年，直到今年過年才回到京城。顧致遠剛被授了五城兵馬司東副指揮使，五城兵馬司參與了上次韓家的叛亂，已經被大清洗了一遍，如今裡面的人都是皇帝親信嫡系。

而安成公主的確是相中了顧致遠，雖說顧致遠前面有個崔靈芸，但崔靈芸畢竟早已嫁作人婦，顧致遠三年前又在通房丫頭身上吃了大虧，此後對於通房小妾之流自然不會再信任了，這對做顧致遠正妻的人來說是大大的優勢。而且顧致遠在外面歷練了三年，不再是沒見過世面的毛頭小子，處事為人都有了大進步。像欣茹這般單純的人，就要找個會把她放在心上，又能保護她的人。

慧馨心下感嘆，安成公主倒是不計前嫌慧眼識人，上回在宏怡園那屋子裡，慧馨都感覺得到顧致遠對欣茹很疼愛，不管是兄妹之情還是男女之情，顧致遠絕不會錯待欣茹就是了。

慧馨看著欣茹羞紅著臉，磕磕巴巴地說著顧致遠的事情，心下了然。安成公主會看中顧致遠，只怕也跟欣茹有關了，看欣茹這般樣子，分明是情竇已開，難怪上次在宏怡園聽到顧致遠出事，欣茹會那般激動，巴巴地去幫顧致遠和崔靈芸，看來欣茹對顧致遠只怕早已有情了。如今看來，顧致遠跟崔靈芸沒有成事，對欣茹來說倒是好事了。真是少女春心早萌動啊！

從無名茶樓跟欣茹分手，慧馨帶著慧嬋回府。坐在馬車上，慧嬋有些驚疑不定地看著慧馨。

慧馨詫異地問道：「怎麼了？做什麼這般看著我？」

慧嬋猶豫了一下說道：「……七姊，妳連承郡王都認識？還跟他坐在一桌吃飯？他可是鳳子龍孫……」

「哪裡算得上我們跟他一起吃飯，不過是承郡王要請宋三小姐，讓我們跟著作陪罷了，等回了府，若是太太和二嫂問起，便這般回答，懂嗎？」慧馨說道：「這京裡頭權貴們的門道多著呢，雖然今日承郡王對著我們平易近人，他不過看著宋三小姐的面子，我們不過是平民百姓，在這些人面前終歸要守著本分，不能別人給幾分面子，就不知道自個兒的身分了。以後遇著承郡王，仍要以民對君行大禮，不可因今日之事就怠慢輕忽，記住了嗎？」

慧嬋皺著眉頭想了一會才點點頭，慧馨心下也是一嘆，過了這次，估計以後也不會有機會能同桌吃飯暢談了。待顧承志封了皇聖孫，大家身分更加懸殊，而且年紀漸長，像今日這種不拘禮的相處再不能做了。

回到謝府，慧馨帶著慧嬋去見謝太太，正好盧氏也帶著懷仁在跟謝太太說話。

慧馨拿出買的禮物，一邊介紹這些東西怎麼用，一邊講著在西洋屋見到的新奇物件。謝太太和盧氏都是聽說過西洋屋但沒去過的，聽了慧馨的話語，也對這西洋屋感了興趣。

盧氏拿著慧馨買回來的鏡子，左照右看，「這東西照人真是清楚，就是小了點，若是有大的放在屋裡，穿了衣裳照也好使。」

旁邊的小懷仁趴在鏡子上好奇地看，一會齜齜牙一會咧咧嘴，見裡頭好似有個活物，伸著胳臂拉著盧氏一起往鏡子裡瞧，逗得謝太太幾人仰頭大笑。

慧馨見謝太太正高興，忙掏了個紅包出來，裡面包著兩千多兩銀票，「……母親，這是女兒今年剩下的分紅，還請母親替女兒保管。」

謝太太老懷欣慰地拍拍慧馨的手，讓她把紅包收回去，「……妳們自己賺點錢不容易，就自個兒留著做零用錢吧！」其實謝太太不收慧馨紅包，一是覺得她們一年也賺不了多少錢，二是覺得慧馨買了一堆東西，那紅包看起來也薄得很，估計裡面也沒幾個錢了，索性做個人情給慧馨，讓她留著做零用錢得了。

謝家的老爺太太少爺少奶奶都有事忙，只有慧馨和慧嬋兩人無事做，慧馨便拉著慧嬋跟她學女紅。慧馨發現，慧嬋這幾年除了簡單的針線外，其他什麼都沒學，這樣可不成啊！

出了正月，魯媽媽突然過來傳話給慧馨：「七小姐，太太明日去漢王府看望側妃，太太說讓小姐一起跟著去……」

「勞煩媽媽過來傳話了，木槿，去拿昨兒我跟九小姐做的珠花來，」慧馨笑著說道：「……閒來無事，跟九妹做了些東西玩，手藝不精，媽媽莫嫌棄，拿回去給妳家小孫女玩吧。」

「老奴謝過小姐……」魯媽媽心知慧馨拿來做手工的材料都是上等品，不說手藝，光是這材料錢就要幾兩銀子了，「……小姐不必擔心，聽說是側妃娘娘點名小姐一起過去的，說是有好消息……」

慧馨跟著謝太太進了漢王府，照例先去給王妃請安。慧馨乖巧地立在一邊，聽謝太太跟漢王妃寒暄。

漢王妃說著，便把慧馨叫到近前，拉著手把慧馨從上到下，從左到右誇了幾遍。

慧馨不知怎麼了，突然覺得頭皮發麻，雖然以前也經常應付這種場合，但今日總讓她覺得她就像別人手上待宰的羔羊一般。

漢王妃終於放過慧馨，讓人帶著謝太太和慧馨去看望慧嘉。

慧馨讓人抱了八少爺過來，吩咐人帶著慧馨和八少爺到偏房去玩耍，留了謝太太單獨說話。

八少爺養得胖嘟嘟的，比懷仁整個胖了一圈，丫鬟拿了識字圖冊讓慧馨陪八少爺玩遊戲。

雖然面前的八少爺很可愛，可是慧馨今日卻是無心逗小孩子，慧嘉點了名要她一起來，可是這會卻先留了謝太太說話，把她支到了偏房，不知道慧嘉和謝太太在謀畫些什麼，肯定是跟她有關的。

八少爺見面前這位新來的姊姊動不動就發呆，心裡有些不滿，啪啪地用手拍了拍圖冊。

慧馨抬頭見八少爺正皺著眉頭看她，忙擠了個笑跟八少爺賠不是，旁邊的金竺藉機給八少爺拿了幾隻果子，八少爺見有吃的被轉移了注意力，轉頭讓金竺餵他吃東西不再理睬慧馨。

「……七小姐莫見怪，八少爺畢竟是王府的少爺，脾氣有點大……」金蕊從旁小聲地跟慧馨解釋。

「哪裡話，是我自個有心事走神了，不怪八少爺發脾氣……」慧馨忙說道，慧嘉的兒子是漢王府的少爺，可不是慧馨的侄子，不能像跟懷仁那般相處。因著這層身分差異，慧馨對八少爺便也少了一份親近。

慧馨見八少爺專注地吃東西，便往門口的地方挪了過去。這廂房大約是常給八少爺玩耍的地方，慧嘉擔心八少爺害冷，擺了兩個火盆在屋裡。慧馨覺得裡面有些熱，便想到屋外站站。

金蕊跟著慧馨一起出了屋，見慧馨鎖著眉頭，從剛才就一副有心事的樣子，便上前說道：「七小姐莫擔心，側妃娘娘要跟太太說的是喜事，還是大大的喜事，一會就會叫小姐過去了。」

「……這段日子沒機會來看望二姊，昨日聽到二姊捎話要見我，我一直很擔心，怕是二姊這邊出了什麼事，如今聽金蕊姊姊這般說，我這心裡還好過些……」慧馨說道。

「七小姐想多了，側妃娘娘跟七小姐姊妹情深，一直記掛著七小姐的婚姻大事，如今已是有了好消息，側妃娘娘定會為七小姐尋門好姻緣的。」金蕊說道。

慧馨面上羞澀一笑，心下卻是苦笑連連。她跟慧嘉姊妹情深嗎？當年她們二人，一個出入靜園，一個新嫁王府，都無根無基，互相扶持為理所當然。如今慧馨即將離開靜園，而慧嘉則生了兒子在王府站穩了腳跟，平衡之勢已破，慧嘉成了那個能拿捏慧馨婚姻的人。就算慧嘉為慧馨考慮，只怕在慧嘉眼裡的好姻緣，對慧馨來說卻未必了。

【第一百六十九回】

慧嘉的說辭

不知過了多久，謝太太才從慧嘉屋裡出來，一到廂房便衝著八少爺伸了手臂，「……哎呀，我們八少爺真是越來越俊了。」

八少爺皺著眉頭，讓謝太太抱了他，他人雖小，可已經會察言觀色了，知道謝太太是在誇他，便勉為其難地屈尊降貴，讓謝太太抱了。

謝太太抱了八少爺坐在炕上，轉頭跟慧馨說：「……妳過去吧，妳二姊有些體己話跟妳說……」

慧馨深吸一口氣，挑簾進了慧嘉的屋子。她不住地告誡自己不論聽到什麼都不能把反應露在臉上，先把事情搞清楚，來日方長，從長計議。

慧嘉看起來比上次見到時又瘦了些，當年慧嘉產後發福有些厲害，還好有慧馨事先給她做的提拉內衣，身材才沒過度變型，這些年她調理身子，重點都放在減肥上了。

慧嘉拉著慧馨坐到了一起，吩咐丫鬟重新沏好茶後，將丫鬟嬤嬤都遣了下去。慧馨看著幾位嬤嬤丫鬟不帶遲疑地低頭退了出去，就想到當初慧嘉剛進王府，她們姊妹要說話還得找藉口才能把下人遣走，連說話的時候還得彈著琴，怕外面有人偷聽，而如今這些丫鬟嬤嬤們連頭不敢抬就出去了，慧嘉果然是今非昔比了。

慧嘉打量了一番慧馨這才說道：「……這時間過得真快，一眨眼妳馬上就要十四了，個子也快趕上姊姊了，」慧嘉摸了摸慧馨的小臉，「咱們慧馨長得這麼可人，可得仔細說門好親事……」

慧馨很彆扭地低下了頭，不想讓慧嘉看到她的情緒。慧嘉以為慧馨害羞了，便輕笑了幾聲才說道：「慧馨啊，母親前段時間帶妳去各家參加宴會，見了不少太太夫人們，妳有沒有覺得哪家印象比較深呢？」

慧馨想了一會說道：「……其他家沒什麼印象了，就只記得翰林院彭學士家裡了，他們家小姐帶著我們在亭子裡吃了烤肉來著……」

「彭家啊……妳在彭家見過他們家二公子了？」

「……不算見過吧，二公子奉母命來給我們送東西，亭子也沒有進，只是在外面站了一會，東西還是丫鬟拿進去的。」

慧嘉眼光一閃又問道：「妳覺得二公子這人如何？」

「……小妹未曾跟二公子言談，哪裡能知曉二公子的為人，不過看二公子當時的作派，這麼多小姐在亭子裡，他卻不慌不忙不孟浪[1]，慧馨覺得他是個知禮守禮的人……」

「……看來妳對彭二公子的印象不錯啊，」慧嘉說道：「不過，妳可曾想過，為何二公子這般

【注釋】

①輕率的意思。

年紀了還未定親，又為何彭夫人會讓二公子去給妳們送東西呢？」

慧馨看著慧嘉搖了搖頭。

「哎，原本母親也是很看好彭二公子，可是後來聽說彭二公子前頭說過兩次親，可是還沒下小定，女方就病逝了，這彭二公子頭上可是背著『剋妻』的名聲。要知道知人知面不知心，識人不能只看外表，不管彭二公子表面做得多好，都不能抹去他剋妻的名頭……」慧嘉有些語重心長地說。

慧馨有些黯然地垂下了眼睛，長長的睫毛掩去了她眼底一閃而過的精光。

「……其實二姊也打聽到一門親事，配妳再合適不過了，妳跟羌斥王女曾是靜園同窗吧？」

慧馨心下一嘆，正題終於來了，「……是啊，不過王女已經離園了，聽說她準備回羌斥了。」

「羌斥大王子妃成親三年多了一直無所出，宮裡頭有話等到今年六月份郭王子妃還不能懷上的話，就要幫大王子納側妃……如今離六月份已沒幾個月，聽說郭王子妃最近身體不適，卻不是有喜之兆，這羌斥大王子納側妃的事已是十有八九了……」慧嘉說道。

郭懿也夠可憐的，當年她出嫁便是在六月份，如今成親四周年的日子卻要給自家夫君納側妃。

慧馨眨眨眼睛沒有說話，只安靜地靜待慧嘉的下文。

「側妃人選在六月份就要定下來，宮裡頭體恤郭王子妃，放話下來可由郭王子妃親自為大王子選側妃，估計很快郭王子妃就會有動作了……」慧嘉邊說邊觀察慧馨的臉色，想從慧馨臉上看到她心裡的想法，「慧馨，妳想不想做大王子的側妃？」

「二姊……這種事……我不知道……」慧馨低著頭一直沒有看慧嘉，她不能直接拒絕慧嘉，三姨娘和慧嬋的下場就活生生擺在她眼前。

慧嘉見慧馨不敢看她，還以為是慧馨在害羞，笑著拍著慧馨的手說道：「這有什麼，咱們是親姊妹，妳還有什麼不能跟姊姊說的？姊姊可是很看好妳，妳在靜園上過學，郭王子妃又是妳的學姊，她肯定會喜歡妳的，妳也不必擔心跟她處不來。再說畢竟是大王子的側妃，身分體面都是不同，如今相當於王爺側妃，跟姊姊一樣，不過等將來大王子繼承了羌斥王位，那妳就相當於宮中的娘娘了，倒時候便是貴人了，姊姊也比不上妳了……」

慧嘉見慧馨一直垂著頭不說話，便又說道：「這個機會妳真正是趕上了，若非如此，太太把妳許了彭家，到時候出了事，可是哭都沒處哭去。羌斥大王子身分何等尊貴，他們族裡原是一夫一妻，可惜郭懿沒福分，沒有子嗣便是在羌斥族裡也是不能允許的。待側妃嫁過去，不管生男生女，那都是長子，若是郭懿一直不能……那將來庶變嫡也不是不可能的……」慧嘉說著這話，眼光一閃。

慧馨抬眼看了慧嘉一眼，正好看到慧嘉眼裡一閃而過的厲光……哎，嫡庶嫡庶，千年扯不斷的恩怨。慧嘉這幾番話，句句只說做大王子側妃的好，一句不提這裡頭的弊端，以為她真的就這般容易相信嗎？

郭懿和大王子的親事乃是永安帝親指賜婚，便是一生無所出，大王子也不能休棄郭懿。而將來側妃生下的孩子，郭懿能傻到讓側妃自己養嗎？庶變嫡……變的只是自家的孩子吧？八少爺能養在慧嘉身邊，只不過是漢王的其他兒子早就成人，一個年幼的庶子根本對嫡子構不成威脅，漢王和漢王妃才會同意慧嘉撫育八少爺吧！慧馨不信慧嘉看不清楚這些問題，只是想讓她去幫漢王搭上羌斥這條線嗎？

是了，皇帝要封承郡王為皇聖孫，是變相要為漢王和太子兩派的相爭劃下句號了，太子病弱原是太子一派的最大弱點，而如今有了顧承志，就算太子沒了，那也會由顧承志繼承皇位，漢王稱帝的希望就渺茫了，漢王和太子兩派再不是以前的平衡局面。慧嘉要她嫁給羌斥大王子做側妃，難道是想幫漢王籠絡羌斥人？皇帝跟當今羌斥王是好友，自然希望後繼的皇帝也能跟羌斥一直保持友好。

慧馨猶豫了一會，終於開口說話了：「……二姊，妳說這事我以前真的從沒想過，我只覺得二姊便是姊妹中嫁得最好的了。」

「……以前二姊不敢說，不過如今只要妳願意，妳可以比二姊嫁得更好。」慧嘉語氣柔和地說道，聽起來十分有說服力。

可惜慧馨不是小孩子，所謂「彼之蜜糖，吾之砒霜」便是這個了。慧馨想了一會問道：「……剛才二姊說大王子納側妃這事是從宮裡傳出來的，可是大王子畢竟是羌斥人，他們會允許咱們大趙拿捏他們大王子的婚事嗎？況且，王女娜仁不日便要回羌斥了，大王子將來也要繼承羌斥王位，那他將來豈不是要離開大趙回羌斥？」

慧嘉眼光一閃說道：「……這些事情妳不必擔心，自有別人會安排好，只管配合姊姊給妳安排的事情便可。至於大王子回不回羌斥，這都是以後的事情，羌斥王如今正當壯年，便是大王子要繼承王位，那也是在許久以後了……這個機會真是天賜良緣，將來妳的品級便跟二姊一樣了，咱們姊妹在京裡互相照應，妳說這樣多好。」

慧馨又低下了頭，她可真不覺得好……

慧馨也不等慧馨表態，便又叮囑她說道：「大王子側妃的位子，不知有多少人家盯著，在正式旨意出來之前，妳要好好保重，明劍易躲暗箭難防，尤其妳們靜園估計也有不少看著呢！妳這段時間有什麼人找妳麻煩便給王府這邊送信。還有，這事也不是單只咱們說了就算的，還得跟郭王子妃那邊溝通，若有必要，妳親自見見大王子也是使得的。王妃這邊也是答應了會出力，我暫時還不知曉她找了誰去說合這事，不過很快她就會遞音給我。到時候我派人給妳聯繫，先在郭王子妃那邊混個好印象，其他事情王爺這邊會安排好的。」

慧馨心下嘆口氣，這分明漢王府這邊都已經安排好了，問她的想法只怕是想看她會不會聽話吧！也許慧嘉是真心覺得她做羌斥大王子的側妃是好事，可是對於慧馨來說，側妃跟妾根本沒分別，不過是一個吃穿更好些罷了，自己的命和孩子都是無法自己掌控的，這不是慧馨想要的生活。

慧馨皺著眉頭思索，她該怎麼從這攤事裡抽身呢，還要在不得罪謝家，不得罪漢王府的前提下？

【第一百七十回】

賞春宴的陰謀

既然慧嘉說了讓謝家等消息，謝太太對慧馨的婚事便不著急了。慧馨雖說有些心事重重，可是面上卻不能表露，好在府裡還算平靜，沒有其他煩心事。

還沒等來慧嘉那邊的消息，靜園又要開園了，在慧馨入園的前一夜，謝老爺把慧馨招到了書房。

謝老爺看著乖順地站在面前的慧馨，點點頭，這個女兒他還是很滿意的。

慧馨低眉斂目地垂首，任謝老爺打量，這好像是第二次謝老爺單獨見她，謝老爺算計的目光始終讓慧馨覺得難受，謝老爺對自己的女兒就沒有一點親情嗎？

謝老爺咳了一聲，開口說道：「上次妳跟太太去了漢王府，聽說妳二姊單獨叫妳談了話，二丫頭都跟妳說什麼了？」

「回父親，二姊問起了女兒的婚姻之事，提到羌斥大王子可能會納側妃……」慧馨小聲地說道。

「嗯，妳二姊也是關心妳，看到妳們姊妹能互相扶持，為父甚感安慰。雖說婚姻之事，本是父母之命媒妁之言，不應由妳們女孩子參與，但凡事總有例外，有些姻緣是天定，有些姻緣則要個人爭取。妳在靜園待了這幾年，這個道理不用我說，理應通曉。若是妳能被羌斥大王子納為側妃，對妳對謝家都是榮耀。只是側妃之位不同於普通人家娶親，上頭肯定會有一番篩選，咱們家和妳二姊那邊會事先幫妳打點，妳自個兒也要打起精神，不要辜負了為父對妳的期望。」謝老爺說道。

「……慧馨謝父親母親和二姊為女兒操勞，女兒但憑父親吩咐，定不辱沒謝家門風……」慧馨鄭重地說道。

謝老爺讚許地點點頭，「等家裡和妳二姊那邊安排好，便會給妳消息，妳只管按照指示做便好。」

「是，女兒曉得了。」慧馨答道。雖然她並不想配合謝家和慧嘉的安排，可是現在形勢比人強，她不能當面跟謝老爺作對。

謝老爺沉吟了一會，又開口說道：「……雖說這次有妳二姊出力，不過……咱們謝家人卻是不能因私廢公，忠君護主才是謝家該做的，妳可明白？」

慧馨抬頭疑惑地望著謝老爺，「……父親，女兒不是很明白父親所言之意……」

「妳二姊已嫁作人婦，行事為著漢王府考慮失了公心，但我們謝家是書香門第，不可做那違背朝綱之事。雖說妳要得到羌斥大王子側妃的位子少不了慧嘉幫忙，可是妳卻不要因著妳二姊的關係，便對漢王府有所偏頗。須知太子才是正統，而傳言皇上就要冊封皇聖孫，漢王所圖必不成器……況且羌斥大王子本就是中立，妳不可因私影響大王子的立場。妳要記得，咱們謝家擁護的人永遠只有皇上！」

慧馨愣了一下才反應過來，口上連忙稱是，可是心底下卻忍不住恥笑謝老爺。謝老爺真是無恥，厚著臉皮借用漢王的勢力，尚未成事便想著過河拆橋，若是慧嘉聽到謝老爺這番話，不知心裡會作何感想。

謝老爺見慧馨一臉的受教模樣，甚覺女孩就是該性子順。慧嘉雖是他親手教養長大，性子卻是有些太要強了，女孩子還是性子順了更聽話。

慧馨見謝老爺對她的表現還算滿意，便猶豫著開口說道：「……慧馨謹記父親的教誨，只是二姊那邊……原說要姊妹扶持，若是慧馨不顧二姊心意，女兒怕二姊會有所怨言……」

「這些事情妳不必掛懷，為父自有安排，妳只管按我說的做便是。」謝老爺不以為然地說道，「再說，妳們二人雖為姊妹，將來卻是各為人婦，妳二姊能偏著漢王，妳自然也該偏著大王子，慧嘉她必然能理解妳的處境，妳們畢竟是連著血脈的姊妹，慧嘉不會真的怨恨妳的。」

慧馨心下淒然，慧嘉真的不會怨恨謝家嗎？

自從慧嘉嫁入漢王府，謝家沒有為她做一點事，更沒有為漢王出過力，謝老爺更是一直態度曖昧，可是謝家卻已經利用漢王的勢力為自個兒謀了不少好處。

單看上次謝大老爺、三老爺和四老爺重新派差事，三人全都是肥缺，若是人家沒看漢王的面子，熬個幾年也輪不到謝家。而她謝慧馨能入靜園，也是託了漢王的福，今年謝睿散館想留任翰林院，估計謝老爺也不會放過利用漢王的名頭。

謝老爺如今想藉著漢王的手段攀上羌斥人，若是事成後慧馨聽謝老爺所言跟慧嘉劃清界限，那漢王那邊會怎麼看待謝家？慧嘉又如何在漢王府自處？就算漢王看在羌斥大王子的面子上，放過謝家，但作為側妃的慧嘉卻是得不了好的。到時候慧嘉能不怨恨她謝慧馨？不怨恨謝家？

作為生身父親，慧嘉也許會不怨恨謝老爺，可她肯定不會原諒慧馨的，沒有慧嘉嫁給漢王哪有慧馨的今日。也許謝老爺正是想要慧嘉和慧馨反目吧，兩個嫁入豪門的庶女，不能互通有無互相扶持，便只能依靠娘家，仰仗娘家了。

從謝老爺處離開，慧馨慢步踱回自己的院子。木槿跟在慧馨身後，前頭走的婆子打著燈籠，火光隱隱印在慧馨面上，像鋪了一層寒霜，木槿心下一緊，小姐好像很不高興……

回到屋裡，慧馨遣了木槿幾人，獨自坐在窗邊。

天上的月亮缺了塊西瓜皮，好像快到十五了。慧馨有些疲倦地趴在窗臺上，晒著月光。幸好木槿她們都迴避了，否則看到慧馨這個樣子，肯定不敢相信自家小姐會這麼懶散。

慧馨這段日子感覺很累，雖然她並沒做什麼，卻仍是感覺累。是心累了吧，比以往都更累的感覺，大概是太失望了，有種心死的錯覺。

好像往日她所做的一切都白費了，所有的努力都沒用，慧馨有種前所未有的挫敗感，讓她有股衝動，好想就這樣妥協了，就當是破罐子破摔也好，命運終究是愚弄人啊！

只是每當她想到慧嘉如今的處境，她有種比心死更可怕的感覺。慧嘉從小就聽謝老爺的話，她做的哪件事不是為謝家好呢？可今日謝老爺卻把慧嘉說成了偏頗漢王，動不動就說慧嘉已嫁為人婦……當真是有用的時候就叫女兒，沒用的時候就成了人婦了。若是慧馨像慧嘉一樣聽了謝老爺的話，真按謝老爺說的做了，境況只怕還不如慧嘉。

❖

再度回到靜園，慧馨強迫自己放下所有的心事，專心地過好這在靜園的最後一段日子。

欣茹的親事已經定下，敬國公府和西寧侯府已互換過庚帖，婚期定在了明年六月份。慧馨真心替欣茹感到高興，這年頭女子能嫁給自己喜歡又對她好的人已經是很幸福了。看著欣茹認真地繡嫁妝，慧馨有事沒事也幫她繡幾針。

在靜園裡，慧馨倒是過起了兩眼不聞窗外事的日子。可惜，就算慧馨無心他顧，別人卻不會忘了她。四月份，羌斥大王子妃郭氏開賞春宴，宴請京城名門貴女。

慧馨和欣茹也收到了帖子，靜園乙院裡不少人都收到了，日子定在六天後。隨著帖子之後，慧馨便收到了慧嘉送來的消息，信上只有十一個字：「參加賞春宴，馮菲菲會幫妳」

馮菲菲嗎？難怪上回見面態度這麼奇怪，看起來那時候馮家就得了消息了。只是這馮家不知是授命於漢王還是漢王妃呢？若是漢王倒還罷了，若是漢王妃，那馮家的最終目的又有待商榷了。上回慧嘉說漢王妃會幫忙遞話，可漢王妃真能信任嗎？慧馨可不覺得漢王妃會真心幫助謝家，雖然有漢王的利益在裡面，但誰能沒有私心呢？所以慧馨還是要謹慎提防這個馮菲菲，她究竟是不是來幫忙的得到時才能知道。

慧馨心知這賞春宴很可能便是選側妃的宴會，她真是不想參加，可是又不能拒絕，只覺得好不容易找回來的好心情再度沒了。

慧馨的惡劣心情連欣茹都發覺了，欣茹便拉著她問出了什麼事。慧馨思來想去，覺得自己最近有些鑽牛角尖，與其把煩惱悶在心裡，不如跟欣茹傾吐一下，反正欣茹也不會去跟謝老爺打小報告，就算她不能為慧馨出主意，但慧馨的情緒有個發洩的地方也好。

慧馨便把郭氏可能要為羌斥大王子選側妃，這次賞春宴很可能就是契機的事情跟欣茹說了。欣茹嘟了嘴，說她上次進宮，皇后娘娘也正煩這事呢！皇后原本不想管大王子的家事，無奈京城裡流言已經傳開，又有不少世家夫人跟皇后提，如今郭王子妃無出的事，都要提高到國家大事的層級了，皇后要是再不管，只怕過段時間朝堂上就要有人請皇上來管了。皇后的意思是，這是羌斥大王子的家事，還是他們自個處理比較好，便傳了郭王子妃進宮說話，明明皇后只囑咐她自個兒看著辦就好，可後來不知怎麼就傳成是皇后下旨要郭氏選側妃了……

慧馨突然一個念頭，抓著欣茹問道：「妳的意思是，皇后娘娘本是不欲管這事，京裡傳的風言風語，根本就是捕風捉影？」

欣茹想了想說道：「我覺得皇奶奶的話就是這個意思，羌斥大王子有沒有子嗣，是羌斥人自個的事，皇上和皇后根本不會插手。不過看郭王子妃的態度，好像是被別人說動了心要選側妃，皇后娘娘已放了話，一切由郭王子妃做主，這才睜一眼閉一眼隨他們自己折騰了。」

「……這麼說來，這事並不是上頭的意思，是有人煽動了郭王子妃搞出來的，」慧馨若有所思地說道，「若是這樣，那這事也不是沒有轉圜的餘地了……」

「皇奶奶才沒空管他們的事呢，承志哥哥冊封皇聖孫的事就快下旨了，到時候新的聖孫府邸和一應人員配置都要一起公佈，聽說府邸已經改建得差不多了，不過聖孫府的執事人員還沒定好。聖孫府的規制比不得太子府，可也麻煩著呢！雖說有宗人府那邊置辦，可皇奶奶不放心，樣樣東西都要親自過目才行，聖孫府用的人更是精挑細選，到現在連兩成人員都沒定下來。」欣茹說道。太子府的幾位表哥，欣茹跟顧承志最親了，如今顧承志將被封為皇聖孫，她也很高興，「聽說皇奶奶過段時間會到靜園來，聖孫府的幾個女官之位，可能會由靜園這邊選出來。」

慧馨點點頭，全大趙受教育最好的女子便在靜園裡了，皇后既然要給顧承志選好用的人，自然要到這裡來看看。

慧馨如今無心思考顧承志封皇聖孫的事，她現在最重要的是想個辦法改變郭懿的態度，既然這事是有人挑唆了郭懿，那就應該還有機會再挑唆回來。原本是夢寐以求的一夫一妻，如今卻要為自家夫君選側妃，郭懿就算再賢良淑德，心裡也不會真心願意的。只要郭懿改變主意，那選側妃的事就泡湯了，皇上皇后根本不會在意。

賞春宴的日子很快就到了，慧馨和欣茹仍是從靜園出發的，慧馨如今除了正常休假再不願請假回府了，能在府外多待一天是一天。

今年的賞春宴沒像去年那般熱鬧了，接帖子來的人估計是經過篩選了。來赴宴的除了幾家未出閣的小姐，便是郭懿的一些好友了。

宴會上各家小姐都很安靜，大多都是聽到選側妃的風聲了吧，不知今日赴宴的有多少是盼著那個位子呢？

郭懿坐在上首，旁邊陪坐的都是她的好友。慧馨對其中的兩個人印象比較深，一個是薛燕，幾次郭懿宴客，薛燕好像都是座上賓，聽說她們兩人在靜園的時候便是好友了。另一個便是馮菲菲了，曾跟慧馨同處乙院，上次見面馮菲菲態度便很奇怪了，如今又有慧嘉遞的消息，慧馨今日重點防備的便是馮菲菲了，不知她準備要怎麼「幫助」慧馨得到側妃之位呢？

【第一百七十一回】

禍水東引

慧馨和欣茹跟其他的女孩子坐在下首，旁邊的女孩子在小聲地議論。

「郭王子妃的臉色有些蒼白啊，聽說她前段時間生病了？」

「……妳還不知道嗎？京裡早都傳開了，郭王子妃要為大王子選側妃，雖說郭王子妃出身百年世家，可如今她為大王子納側妃卻是因她自己無出，這種事情放在誰頭上都高興不起來吧！」

「我看郭王子妃也挺可憐的，聽說未嫁之前受陳家牽制，處處讓著陳香茹，當年這大王子妃的位子差點就成陳香茹的了。郭王子妃成親後才過了幾年好日子，如今卻又要納個側妃出來，以後這側妃跟她誰更受寵就難說了。」

「依我看對納側妃這事，不光郭王子妃不情願，王子妃的娘家更不願意吧……」

「……」

慧馨抬頭打量郭王子妃，她的臉色果然不好，她左手邊的薛燕正在跟她說話，兩人神情都很沉重。馮菲菲也在旁邊做陪客，不過馮菲菲不時地看看下面的人，又時而轉頭跟後面的丫鬟們吩咐著什麼。

慧馨眼光一閃低下頭，她今日無論如何都不會照馮菲菲的安排去做。

眾人在席上坐了一會，上面陪坐的人當中，有人提議加些節目。郭王子妃欣然同意，吩咐丫鬟們在花園裡也擺上席位，眾人一起挪步到那邊。

郭王子妃是大趙人，這次來赴宴的也都是大趙人，她們準備的節目便也是大趙風格的。丫鬟們把寫了眾位小姐名字的紙團放入一個大酒壺中，郭王子妃搖動酒壺，然後從酒壺的大嘴中倒出一個紙團，被選中的人出來或作詩或作畫或表演才藝。

慧馨對這種節目嗤之以鼻，實在沒勁得很，還不如當年王女娜仁舉辦的投壺比賽有意思。不管慧馨多不情願參與這種節目，但她的名字還是從酒壺裡倒出來了，而且很前面，是第三個出來的。

聽到選中的人是慧馨，馮菲菲便笑著跟郭懿說道：「是謝家七小姐啊，咱們的小師妹呢，可惜妳們離園得早，我倒跟她做了一年的同窗，這位七小姐倒是個謙虛好學的人，謝家也是書香門第，聽說謝老爺年初在京城也開了書院。郭姊姊娘家也是開書院的，這位謝七小姐倒是跟姊姊很像了，想來脾氣也該相投。」

郭懿如何聽不明白馮菲菲言中之意，勉強笑了一下。

坐在郭懿旁邊的薛燕卻是皺了眉頭，打量了站在中間的慧馨一番，開口說道：「……謝小姐出身書香門第，聽說令姊出嫁前在江寧有『不櫛進士』的稱號，以前從未見妳表演過才藝，今日是不是為大家來首七步詩呢？」

慧馨羞澀一笑：「薛姊姊說笑了，慧馨可沒這本事，比不得父兄，更比不上二姊，我只會彈彈琴，作詩什麼的慧馨沒這才情，若是郭王子妃和各位小姐不嫌棄，慧馨為各位彈首曲子吧！」

薛燕和郭懿互看了一眼，對慧馨這樣說有些不解，莫非謝七小姐的琴藝十分出眾？

丫鬟抬了琴放在中央，慧馨裝模作樣地焚了支香，要做戲就要做全套。慧馨坐在琴後，雙手輕撫琴弦，十指撥動，琴音如流水般從指尖流淌。一曲完畢，慧馨彈得很熟練，但是並不精彩，中間幾個地方還錯了幾個音符。慧馨在心裡點點頭，對自己的表現很滿意，就是要這樣不出色才好。

薛燕撇撇嘴小聲地跟郭懿說道：「……彈得不怎麼樣，看來這位沒什麼真本事了。」郭懿對慧馨的表現也有些不以為然。

馮菲菲皺皺眉頭，對慧馨的表現很不滿意。她以前跟慧馨不熟，只是知道在乙院裡慧馨不愛交際，除了宋欣茹便沒有其他人跟她走得近，原本以為慧馨是韜光養晦，如今看來卻只是平庸了。馮菲菲回頭喚過身後的丫鬟，低頭吩咐了幾句，那丫鬟一躬身便領命下去了。

郭懿旁邊的薛燕用眼角瞥了一眼馮菲菲，這個馮菲菲今日一來就「忙」得很，她的丫鬟出出進進，好像把這王府當成自個兒家一樣，真當她和郭懿沒注意到嗎？

貌似關注著下面節目的郭懿，忽然歪頭跟薛燕說了幾句話：「……別看她，省得被她瞧出來了，為了等她動作，我可是忍了許久了，今日這麼好的機會，她肯定會出手的，咱們耐心等著瞧，她到底打了什麼主意。」

郭懿面帶微笑，心裡卻是冷笑，這些人真是把她當病貓了，在她的府裡搞小動作，真以為她只是個弱質女流嗎？今日她要給這些人點顏色看看，讓她們認識認識她郭懿究竟是什麼人。納側妃這件事要不是這些人故意在京裡放出風聲，哪裡會變成讓她進退兩難的地步，這些人以為這樣便可以拿捏得了她，那今日可要讓她們開開眼界了……

慧馨的琴藝在宴會眾人的心裡只得了個一般般的評價，再加上慧馨和欣茹本就低調，宴上的其他人便沒有過多關注她們。

欣茹衝著慧馨擠擠眼睛，小聲地打趣說：「沒想到妳還會彈琴，不過好像沒我二姊彈得好哎！」

「我就會這一首，專門跟我二姊學的，就是為了應付這種場合了，妳又不是不知道，我最討厭這種作詩啊才藝作秀啊這種事情，可是又沒法推脫，少不得應付應付了……」慧馨撇撇嘴說道。

慧馨專注地看著後面人的表現，她之所以這樣關注這些小姐，是想根據她們對這次宴會的態度，來判斷有哪些人對側妃的位子感興趣。慧馨已經想好應付馮菲菲的法子，既然她不能直接拒絕，那她就來個禍水東引，若是有人想要那個位子，那她就把馮菲菲的「幫助」送給那人。

慧馨和欣茹的席位在比較靠後邊的地方，她們兩個參加宴會向來是這麼選，搞什麼小動作別人都不會主意到。不過今天，慧馨有些後悔選了這個位子，因為位子比較不顯眼，有位丫鬟便很大膽地過來藉著擺果子的機會，跟慧馨遞了話。這丫鬟告訴她，讓她待會往旁邊的荷院去一下，馮小姐在那邊等她。慧馨眼光一閃，荷院……聽說大王子的內書房便在荷院。

慧馨咬唇控制著臉上的表情，她還沒想好該怎麼把其他有意想要側妃之位的人引出來，可是時間一點點過去，那丫鬟已經過來又催她一次了。丫鬟見慧馨還坐著不動，便往四下看了看，見沒人注意這邊，便又輕聲走到慧馨身後再次提醒她。

欣茹有些奇怪地看看那丫鬟，轉頭問慧馨是不是有事。慧馨搖搖頭，這次她不能再用欣茹做藉口，那樣容易被人看出她故意推拖。慧馨看了看周圍的小姐們，正瞧見有幾位也正在打量她。慧馨心中一動，突然醒悟過來，既然她都知道關注別人，那些有心人自然也會關注她，那個丫鬟行事有些太魯莽了，三番兩次地過來找她已經引起了別人的注意。那麼也許不用她故意下餌，別人也會上鉤呢……

慧馨嘴角一彎，呼出一口氣，有了決定她便不再耽擱，轉頭跟欣茹交代了幾句，便起身離座。不過她沒有直接去荷院，而是走到剛才傳話的丫鬟面前，「……我對這園子不熟，煩勞這位姊姊幫我帶個路吧！」

那丫鬟一愣才反應過來，原來這位謝家小姐一直不動是不認得路啊，那丫鬟轉身找旁邊的另一丫鬟交代了幾句，這才回來給慧馨帶路。

慧馨慢騰騰地跟在丫鬟身後，她趁轉角的時候用眼角往後一瞥，果然見過後面有衣角一閃而過，慧馨嘴角一翹，有人跟上來就好。

孫淼偷偷地跟在後面，生怕被人發現。孫家也是大趙數一數二的商戶，前幾年便跟羌斥人合作生意，家裡頭原想把她送入大王子府做妾鞏固關係，可惜聽說羌斥人風俗不納妾後，孫家只得作罷。而從去年京裡傳出風聲，大王子要納側妃，孫家便四處打點，定要爭取這次機會。孫淼作為家族人選，早就藉機偷窺過羌斥大王子，便是那驚鴻一瞥，讓孫淼芳心失守。原本聽說不能嫁給大王子，她失落了很長時間，而這次突然又有機會了，孫淼早已下定決心，不管用什麼手段，她都要嫁給大王子。

孫家為了這次宴會，早就把來赴宴的各家小姐了解個透徹，其中這位謝家小姐就被重點調查了一番。孫淼也把慧馨看作頭號競爭對手，整個宴會密切關注著慧馨的一舉一動。那個丫鬟找了慧馨好幾次，孫淼心知肯定有事，便偷偷跟上來了。

孫淼剛走到轉角，便聽到前邊有人聲傳來，她趕緊往旁邊牆角一躲，側耳傾聽前邊的說話聲。

慧馨捂著肚子萎頓在地，頭上的汗水都冒了出來，有氣無力地跟領路的丫鬟說道：「……我實在痛得不行了，妳先扶我去淨房吧，荷院那邊暫時去不得了……」

那丫鬟急得跺腳，「謝小姐，為了把大王子引去荷院，我們小姐可是費了不少勁，妳要是不去，那不就白費工夫了……」

【第一百七十二回】

誰是黃雀

慧馨萎頓在地上，捂著肚子的手指尖也有些發白，「我這個樣子哪裡能去見大王子？妳快些扶我去淨房，再去跟馮小姐送消息，我本來好端端的這會突然肚子痛，十有八九是有人在我的吃食裡動了手腳……」

那丫鬟見慧馨額頭冒汗，手也在發抖，感覺不像是裝的，只好扶著慧馨轉身往淨房去。

孫淼伸頭看著慧馨二人的身影消息，琢磨了一會剛才聽到的話，既然大王子這會兒在荷院，那便是個機會。孫淼咬咬唇，神色一凝，直覺機不可失，既然正主去不了，這個機會就讓給她吧！孫淼下定決心，毅然往荷院方向行去。

孫淼的身影漸行漸遠，她以為自己碰到了好機會，腳步輕快愉悅，可惜她不知道在她身後還有別人的身影。所謂「螳螂捕蟬，黃雀在後」，誰是那蟬？誰是那螳螂？誰又是那黃雀呢？

慧馨拉肚子拉到虛脫，那丫鬟終知事情不對，把慧馨帶到一個廂房歇了，先找其他丫鬟陪著慧馨，便急匆匆去送消息了。

沒一會，郭王子妃便帶人過來看望慧馨，後面還跟著薛燕與馮菲菲等人。郭王子妃見慧馨臉色蒼白，虛軟地臥在榻上，忙吩咐人去請大夫過來。

慧馨虛弱地跟郭王子妃道謝：「……給郭王子妃添麻煩了，慧馨還要拜託您幫我給欣茹捎個話，我離席有一會時間了，她久不見我回去，怕是要擔心了。」

薛燕眼光在慧馨臉上轉了一圈，感覺慧馨如今這番模樣應該不是裝出來的，便開口問慧馨道：「妳放心吧，我這便叫人去找她……」郭懿拍拍慧馨的手背安慰她道。

「……怎麼就突然不舒服了，剛才在前廳彈琴的時候不是還好好的？」

慧馨拿帕子按按眼角，委委屈屈地說道：「……我也不知道，原是好好的，突然就肚痛如絞，剛才在淨房站都站不住了，這會兒便是手腳無力。這病來得跟山雨似地突然，以前哪裡經歷過……」

薛燕皺皺眉，又問道：「……妳彈完琴後，都做過些什麼？」

「我一直跟欣茹坐在席位上，從未離開，要說有什麼也只是吃了幾塊席面上的糕點，喝了幾杯果子露罷了……」慧馨也皺了眉小聲說道。

郭懿幾人聽聞此言，均是眼光一閃，若有所思。幾人都是心想，慧馨這副模樣多半是被人下了藥了。

大夫很快就到了，來的還是位女醫師。女醫師給慧馨把了脈，便回話道，慧馨很可能是誤食涼性之物，導致胃脾虛弱，服幾帖暖胃的藥便可。

女醫師的話好似從側面印證了郭懿幾人的猜測，郭懿吩咐女醫師把方子寫出來。

馮菲菲皺眉搖搖頭，這個謝慧馨也太大意了，今日的安排白費，還著了別人的道，實在是成事不足。

女醫師在旁邊寫方子，郭懿坐在榻旁安慰慧馨：「……幸好不是什麼大事，只是小毛病，吃點藥便好了。」

慧馨羞澀地低下頭，「……都是慧馨貪嘴了……」

屋裡頭正安靜著，外頭忽然亂了起來，有丫鬟急急匆匆地跑了過來，口中大嚷著：「不好了，不好了，出事了！」

站在郭懿身後的一個丫鬟，忽然眉毛一豎，挑簾衝著外頭的丫鬟怒斥一聲：「吵什麼，王妃這裡會客呢，妳們這般大聲吵鬧，眼裡還有王府的規矩嗎？」

薛燕跟郭懿對了個眼色，郭懿開口說道：「何事如此喧譁，讓她們進來回話。」

幾個丫鬟應聲進了府，領頭的一個行過禮後，有些為難地看了看屋裡的其他人。

郭懿不以為意地說道：「……這屋裡沒外人，究竟出了何事要妳們如此驚慌，還不如實報來！」

今日這事她就是要做給別人看的，自然不怕被外人聽了去。

「……回王妃，有幾位小姐不知如何誤入了荷院，衝撞了大王子的白頭鷹，白頭鷹受驚傷了幾位小姐，一位小姐摔斷了腿，一位小姐撞破了頭，還有一位小姐……被白頭鷹啄破了面……」那丫鬟戰戰兢兢地說道。

郭懿臉色一沉急道：「……竟然出了這種事，幾位小姐救下了沒？快去叫大王子身邊莫爾汗，那白頭鷹只有大王子和莫爾汗能對付，快去派人叫他！」

那丫鬟忙答道：「已經有人去找過莫爾汗了，莫爾汗今日輪休，早上就出府了……」

「出府了？那快派家丁到街上去找，無論如何都要把人找回來！」郭懿厲聲吩咐道。

見丫鬟領命帶著人下去了，郭懿忽然嘆了口氣，好似自言自語地說道：「……哎，真沒想到會出這種事，大王子平日最寵這白頭鷹了，這白頭鷹放養在荷院裡，繩子也沒拴一根，往日就怕牠傷了人，荷院是不輕易讓人進的。這幾位小姐真是命不好，偏偏誤入了那裡，府裡頭只有大王子和莫爾汗能制住這猛物，大王子昨兒外出訪友明日才能回來，如今只能希望快點找到莫爾汗了……」

慧馨心下大駭，這郭懿手段夠狠，又是斷腿，又是撞頭，還有一個破了相，幸好她躲過了這劫沒到荷院去……

馮菲菲也是心下大驚，她原是得了消息，大王子今日都在荷院歇息，才疏通了關節讓人帶慧馨去荷院，想著今日能把側妃之位定下，沒想到竟是被郭懿擺了一道。大王子根本就不在府中，那荷院裡竟還養了猛禽，這些消息馮菲菲一點都沒聽到風聲，可見郭懿把這府裡掌控得密不透風。

馮菲菲心驚地看看臥在榻上面色蒼白的慧馨，如今看來這謝慧馨倒是走了運，陰差陽錯沒到荷院去。

郭懿皺著眉頭在屋裡踱來踱去，好似很焦急的樣子。

慧馨眨眨眼睛，跟郭懿說道：「……既是府裡出了大事，王妃便過去瞧瞧吧，我這會已是好些了，想來再躺會兒便能下榻。那邊出事的幾位小姐傷得厲害，王妃才該去看看……」

郭懿聽了慧馨的話，思索了一下，便說道：「那謝小姐在此略歇會，我去荷院看看，雖然進不得院子，但我實在不放心那幾位小姐……翠倚，妳留在這裡伺候謝小姐……翠倚是我身邊的大丫鬟，謝小姐有什麼事儘管吩咐她。」

慧馨點點頭接受郭懿好意，那邊女醫師的方子也寫好了，已有丫鬟拿了方子去抓藥。

郭懿吩咐那女醫師：「既然醫師正好在此，勞煩醫師移步，同我一起過去看看幾位受傷的小姐。」

郭懿幾人沒走多久，欣茹便到了，她見慧馨躺在榻上臉色不好，便上手給她按了按脈。

慧馨笑道：「……在靜園學了幾年醫學，妳可學會診脈了？」

欣茹見慧馨還有心開玩笑，想來她並無大礙，便小聲跟慧馨說道：「……嚇死我了，剛才有人跟我說妳出事了，後來又聽人喊有人被猛禽啄傷了，好像還死人了，還以為……」

「我不過是吃壞了肚子……剛也聽郭王子妃說府裡出事了，待配藥的丫鬟回來，咱們取了方子便回吧。王府出事，這賞春宴也該散了。」慧馨說道。

王府裡頭本就配有藥房，去配藥的丫鬟很快就提了藥包回來。

慧馨跟郭懿留下的翠倚說道：「……我現下好多了，身上也有氣力，趁著這會兒還能撐著，我二人便先回了。王妃那邊有事我們不便去打攪，勞煩姊姊稍後跟王妃說一聲。」

翠倚沉吟了一會，便笑著給慧馨二人賠了不是，領路送她們出去。這兩位小姐先走了也好，王府裡出了事，其他無事的小姐多半也不會久待，人多忙亂反而麻煩。翠倚將慧馨和欣茹送上馬車，便匆匆轉身回郭懿身邊覆命去了。

慧馨她們的馬車剛走不久，便陸陸續續有馬車從大王子府離開，王府大門上的管事臉色沉重地看著一輛輛馬車匆匆離去。

離開了羌斥大王子府，慧馨才呼出一口氣，今天真是好險，她差點就被算計沒命了。不過慧馨的神色瞬間便黯然下來，瞧吧，這羌斥大王子府也是個龍潭虎穴，像她這樣的人入不得的。

欣茹看看桌子上放的藥包，問慧馨道：「這些藥，妳真的要用嗎？」

「不用，做做樣子吧，總歸是郭王子妃一片好心，我這會已經不覺得痛了，回頭去平安堂配幾副暖胃茶喝喝就行。」慧馨說道。這腹痛慧馨心中有數，來得快去得也快，因為給她下藥的人正是她自己。慧馨原就不打算配合馮菲菲的行事，她事先便給自己準備了幾塊摻有巴豆[1]的糕點。那丫鬟頭一次過來給慧馨遞話的時候，她就把那幾塊加了料的點心吃下去，後來她一再拖時間，一是為想辦法拉別人墊背，一是在等待巴豆發作，還好正正及時。

【注釋】

①巴豆可入藥但有毒性，誤用會引起噁心、嘔吐、劇烈腹痛腹瀉……等症狀。

【第一百七十三回】

塵埃落定

慧馨和欣茹回到靜園，差人煮了暖胃的藥茶，坐在院子裡聊天。慧馨最喜歡這樣，在晴朗微風的日子裡，拉張躺椅坐在樹下乘涼。

欣茹放下點心，有些疑惑地轉頭看著慧馨。慧馨了然一笑，她今日賞春宴上表現奇怪，欣茹怎麼可能不發現問題。

剛才路上慧馨思來想去都覺得不能再這樣被動下去，於是她心裡頭隱隱有個主意，但一時還不能下定決心。慧馨只好對著欣茹苦笑一下，把今日她在大王子府的遭遇訴說了一番。她心想若要執行這個計畫，少不得要讓欣茹幫忙。所以慧馨不但把今日大王子府的事跟欣茹說了，也把謝家想要讓她做大王子側妃的事講了。

「……今日若不是我事先準備了含巴豆的糕點，荷院出事的人便是我了……雖說身為子女，不該言父母之過，可是這羌斥大王子側妃的位子我是不敢坐的。今日荷院之事，分明是郭王子妃的陷阱，沒想到郭王子妃平日這麼和氣的人，出手卻是這般狠辣。那幾位闖入荷院的小姐，不知道是死是生了……」慧馨說道，「其實對婚姻之事，本輪不到我有異議，可是我出身庶女，對這世上的嫡庶之別從小便是親身感受，我雖胸無大志，可也曾暗自發誓，這輩子絕不與人為妾！」

欣茹聽了慧馨的話深以為然，西寧侯府裡有妾和通房，但是沒有一人能生下孩子，「今日的事雖然過了，以後妳打算怎麼辦？」

「……我也不知道，父母之命不可違，再過幾個月就得離園，回了家便沒有自由了，我……」慧馨邊說邊覺得自個兒前景堪憂。

欣茹皺著眉頭想了一會，才開口說道：「其實我覺得也不是沒辦法，只要不回家妳爹娘也拿妳沒轍。對啦，不如這樣吧，妳去承志哥府裡做女官吧！一來是妳跟承志哥本來就相識，他肯定願意任用妳。二來等妳進了聖孫府，便是妳爹娘也管不到妳婚姻之事了。」

慧馨皺眉，「……做女官嗎……」

欣茹越想越覺得這個主意好，「做女官也很好啊，聖孫府的司官是正七品，等妳有了品級，妳父兄他們也不敢小看妳，更不敢為難妳。且最大的好處便是謝家再管不得妳的親事，加上承志哥哥人好，等將來妳有相中的人再請他給妳做主便是……」

「這……聽妳這麼說，做女官似乎也不錯，不過聖孫府的女官哪裡輪得到我……」慧馨有些不能肯定地說道。

「這有何難，妳的身分正合適。我回頭給母親說一聲，皇奶奶過幾日便會到靜園來選人，只要到時候妳不出錯，肯定能被選中。」欣茹很有把握地說道。

聖孫府女官選人挑剔，但慧馨本身能力絕對滿足條件，家世好的人家不會讓女兒做女官，家世不好的皇奶奶肯定又看不上，所以說像慧馨這樣不上不下的才最合適。欣茹下定決心，回家好好跟安成公主說說，她跟慧馨在靜園相識相交這麼多年，她不想將來看著最好的朋友日子過得不好。欣茹也不贊成慧馨做什麼側妃之類，側妃是沒資格出席正式場合的，若是慧馨成了側妃，那將來她們兩個連一同參加宴會的機會都沒了。再說慧馨的為人欣茹很清楚，在這種關頭幫她一下，她肯定會記得這份恩情。

夜裡，慧馨獨自一人坐在桌前，桌上放著一個金屬盒。這個盒子正是慧馨從西洋屋買的孤守，孤守的一側有一排碼鎖。慧馨輕輕對正碼鎖，盒子便啪一聲彈開了。盒子裡放著慧馨的私房銀票和一塊玉佩，慧馨將玉佩拿在手上端詳了片刻。

今日她把事情跟欣茹明說了，就是因為她了解欣茹的脾性肯定會想辦法幫她。她參選女官之事最後肯定瞞不過謝家，既然已經決定走這條路，那麼她就必須成功拿到女官的名額，不能再回頭了。可她也不能把希望都放在欣茹這邊，聖孫府的女官畢竟身分不同，她必須再為自己加些靠山。

慧馨手上的玉佩，便是當年離開江寧時二姨娘偷塞給她的，當時二姨娘說這塊玉佩屬於燕京西街薛府，慧馨在京城這幾年，雖未跟這個薛府接觸，可是消息卻沒少打聽。如今的燕京西街上根本就沒有薛府，後來慧馨才打聽到幾十年前西街上有家薛府，只是後來搬走了。慧馨想起當初二姨娘也曾說這玉佩是從曾祖傳下來的，想來幾十年前的薛府便是這玉佩的正主。而原來那薛府從西街搬到了玉置街，而今玉置街的薛府便是太子妃的娘家。

慧馨當初從杜三娘那裡聽到這個消息後，還以為她這一輩子都不會用到這塊玉佩了。只可惜現在慧馨沒了退路，她要動用這塊玉佩。以薛家如今之勢，這玉佩之約只怕是做不得數了，慧馨並不打算用玉佩求女官之位，她只是要用玉佩爭取一個機會，她要見一面薛燕。

次日，慧馨便去皇莊看望杜三娘，她要做的事必須保密，靜園的宮女和謝家的Y鬟都不適合，她只能拜託杜三娘幫她往薛家傳信。

「……把這玉佩交與薛家人便可，只問能否見薛燕小姐一面，其他什麼都不必說……」慧馨叮囑三娘道。

❖

三日後，慧馨前往少兒書局，薛家給了回信，今日薛燕會到這邊來與她見面。謝家和漢王為大王子側妃之事搞了不少動作，雖然慧馨無心，但別人未必知道。薛燕是郭王子妃的好友，又是太子妃的姪女，慧馨今日要跟薛燕說清楚。慧馨要做聖孫府女官，那就不能給薛家留下壞印象，畢竟薛家是未來的國舅，薛燕也是顧承志的親表姊。

慧馨跟薛燕在書局二樓裡間談了近三個時辰，待慧馨把薛燕送走，她嘴角忍不住上揚。雖然不確定薛燕信不信她的話，但看薛燕從剛來到臨走之間的態度變化，慧馨心知她定是多半信了。慧馨剛才跟薛燕一番交談並沒有說什麼場面話，而是直接跟薛燕表明心跡，既然要薛燕相信她，這時候直來直去更容易讓人信任。慧馨表明她對側妃之位無意，寧願做女官也不與人做妾。看薛燕的神情似乎真被她打動，至少不會對她有奸佞的印象了。

慧馨搞定薛燕，便覺鬆了一口氣。薛燕是個兩步棋，她跟郭王子妃和皇家都有關係，只要能打動她便可事半功倍。

這個月的休假，慧馨不能不出園，也沒有好理由不回謝府。慧馨只得一回府便去給謝太太請安，跟謝太太哭訴賞花宴上發生的事。

謝太太拍著慧馨的背安慰她，「……幸好妳沒去那荷院，也算是因禍得福。原聽說羌斥人喜愛養猛物，只是沒想到大王子會養在自己的書房院裡。好在妳無事，此事便算揭過了。我前幾日又去漢王府見過妳二姊，這回我可囑咐她下次安排一定要安全為上。妳也不要太傷心，這次不行還有下次，離側妃選定之日還有幾個月，咱們不急，總有機會讓妳見著大王子的……」

慧馨低頭抹著眼角的淚心下一嘆，謝家和漢王府果然還是不死心，她的這條女官之路是真的沒有退路了。慧馨思及此，心下又一陣黯然，上次跟慧嘉在漢王府一見，多半是兩人最後一次見面了。從此之後，慧馨和慧嘉便是各為其主，不能再往來了。

羌斥王女娜仁兩個月後將啟程離開京城，皇后賞賜了許多東西給娜仁，袁橙衣為王女娜仁開送行宴，下帖請的人裡也有慧馨和欣茹。慧馨和欣茹赴宴，發現這次受邀參加送行宴的人全部是靜園出身。宴席上，有人提起了上回大王子府白頭鷹傷人的事情，慧馨見娜仁神色頗有些無奈。慧馨便跟欣茹使了個眼色，兩人夾著娜仁挪到了角落裡說話。

「王女殿下，慧馨有幾句話不知道當講不當講……」慧馨說道。

娜仁一愣便反應過來，「謝小姐有話直說無妨。」

「當日王府賞花宴我二人也曾參加，傷亡慘狀雖未親眼所見，但當時的驚慌卻是親身經歷。大王子納側妃之事，在京裡沸沸揚揚已有數月，流言四起，此事拖延時間過久，只怕會引起京裡人家和宮裡頭的不滿，對大王子和郭王子妃的名聲有損。我二人覺得，羌斥使團這邊還是該儘早對這事表現明確的態度才好。」慧馨說道。

娜仁嘆了口氣皺眉說道：「我們也沒想到事情會發展成這樣，羌斥族人都是一夫一妻，納側妃之事大哥大嫂從未想過。可是不知怎地京城裡就起了流言，事情到如今地步，已變成『眾口鑠金，積毀銷骨』了，大嫂騎虎難下，若不為大哥納側妃品行就要被人詬病，大哥也是被大嫂勸到不得不對此事默認下來……」

「聽殿下所言，大王子和王子妃原都無意納側妃的？既然如此，大王子為何不向皇上遞摺子表明立場？只要皇上清楚大王子是重情重義之人，相信必會對此事作出定奪。雖說納側妃是內院之事，應由郭王子妃做主，可這畢竟也是大王子的家事，王子妃若因婦道不能阻攔納妃，但大王子卻可為自己做主表態。再說此乃大王子府的家事，其他人本就不該多言……」

慧馨不知娜仁是否會把她說的話聽進去，不過娜仁是聰明人，想來大王子納側妃的事情很快就會定案了。

❈

皇后來靜園的前一日，欣茹給慧馨帶來了准信兒。慧馨拉著欣茹的手鄭重地說了兩個字：「多謝！」慧馨心知宋家給了她一個大恩，只有言語是不夠表達的，加上她在靜園這幾年，能一帆風順且安然無恙，多少也是受了宋家庇護。因此慧馨和欣茹之間的情分已不是三言兩語能說清，而是一輩子都忘不了的恩情。

前幾日，慧馨已經把少兒書局和小食坊的生意整理了一遍，相關事宜都寫成了冊子。待女官之事落定後，慧馨會把當初她和欣茹簽訂的契約及這些冊子都留給她，以後這幾家店舖便是欣茹一個人的了。

永安十七年四月十六，許皇后駕臨靜園，在對眾人一番敘話後，單獨留下了十四位女孩，慧馨便是其一。

慧馨站在一群女孩子中間，垂首聽著上面的嬤嬤訓話，慧馨心知這便是皇后在為聖孫府選女官了。她們已經在院子裡站了近兩個時辰，慧馨不敢大意，認真地聽嬤嬤誦讀《女訓》。是的，所謂訓話，便是嬤嬤不停地反覆誦讀《女訓》給她們聽。

不知又過了多久，嬤嬤才停下誦讀，由皇后宣她們一個個進屋問話。輪到慧馨竟是要她把女訓再背一遍，慧馨垂首很流利地背了出來。女訓女誡，是謝家女孩從小就要學的功課……

皇后只讓慧馨背了女訓便再無其他問話，慧馨心知靜園本就是皇后掌管，這幾年來她們的一舉一動只怕都逃不過皇后的眼線。

十日後，皇后懿旨便到了靜園，有四人被選為聖孫府女官。同一時辰，太子府也接到了皇帝的聖旨，承郡王顧承志被封皇聖孫，擇吉日將舉行冊封大典。也是同一日，謝家亦收到了聖旨，謝家七女慧馨恭選為聖孫府司言女官，官級七品，謝家老爺太太教女有方，賞賜若干。

永安十七年五月，慧馨離園，正式從靜園畢業。同年六月，入宮受訓。八月，入聖孫府，皇聖孫冊封大典之後，慧馨作為司言，正式走馬上任。

【第一百七十四回】

謝司言（上）

天光微亮，慧馨準時醒來摸出枕頭下的懷錶，卯時三刻，正好準點。慧馨翻身起床穿好衣裳，敲門聲響起，「進來。」慧馨應道。

瑞珠推門進屋，把手上端的水盆放在架上，轉身給慧馨行禮請安，服侍她洗漱。瑞珠是慧馨的宮女，為人少言寡語。

瑞珠給慧馨梳了官髻，簪上象徵七品女官的頭面。慧馨起身伸直手臂，瑞珠為慧馨理正衣冠，整平衣角，矯正髮髻。一切確認無誤，慧馨才往抱廈廳用早飯。

用過早飯，慧馨在小院裡來回散步消食，看看院子裡的花草，呼吸新鮮空氣。打開懷錶，辰時差兩刻，慧馨喚了還在清掃地面的瑞珠，兩人往排雲殿行去。

一路行來，曲折迴廊不時遇到小太監停立一旁向慧馨請安，慧馨面容和藹地點頭而過。偶爾對面迎來大太監帶著一隊小太監，慧馨帶著瑞珠停下與大太監互相寒暄後才繼續行進。直到排雲殿門口，瑞珠一禮告退，慧馨則躬身繼續前行。

排雲殿由幾座閣樓組成，顧承志每日都在這邊處理政務。慧馨與守衛排雲殿的侍衛打過招呼，轉身往排雲殿的後罩房行去。排雲殿的後罩房有數間屋子，專給女官和太監們用的。聖孫府如今還沒有女主人，故而像慧馨這樣的女官當值都在後罩房裡待詔，只有命婦拜訪聖孫府時出來接待。

慧馨辰時差一刻到後罩房，她今日的當值時間從辰時到戌時，共六個時辰。聖孫府司言司共有司言兩名，典言兩名，掌言兩名，女史六名。司言位居正七品，典言正八品，掌言正九品，女史不入流。

與慧馨同職的還有另一位司言，姓鄭名玉珍，山東人，性格豪爽，這幾日相處下來，跟慧馨關係不錯。鄭司言與慧馨兩人每日輪值，本月的上半月慧馨輪日班，鄭司言輪夜班，下半月則交換。

慧馨一進罩房，便看到鄭司言歪在椅子上打瞌睡，徐典言也在一旁腦袋一點一點，倒是林掌言一副清爽的樣子站在桌旁整理案頭，三位女史也坐在角樓裡打瞌睡。

林掌言見慧馨來了，忙疾走兩步上前為慧馨打簾，「謝司言來了。」徐典言和女史們聞聲醒來，見是慧馨過來交接，便要喚醒鄭司言。

慧馨忙擺手阻了他，小聲說道：「先別喚鄭司言，我來得早，還沒到時辰，讓她再歇會吧！」慧馨往案頭旁坐了，揮揮手，示意眾人不必拘束。徐典言坐在慧馨下首，慧馨便問起了昨夜值夜的事。

徐典言回道：「一夜無事。」

顧承志這段日子白天在排雲殿辦公，晚上也歇在排雲殿，聖孫府的一干人員都在排雲殿這邊待命。顧承志尚未大婚，沒有女主子伺候，司言司便一直無事可做。只是每日上差卻也不敢有所怠慢，畢竟聖孫府才開府沒多久，各位主子管事們都還在立威，便是無事慧馨每次交班都還是要詢問一番。

女史為慧馨三人上了茶，幾人小聲地在一旁敘話。慧馨將茶杯放在桌上並未喝裡頭的茶水，這壺茶是鄭司言她們晚上特意泡得又重又濃來喝的，雖然沖了一夜可還是茶色深厚。

沒一會，李典言和張掌言便來了，來換班的另外三位女史也到了。人一多，鄭司言便醒了。女史們上前幫著鄭司言整理衣冠，鄭司言笑著跟慧馨說話：「妳總是這麼準時，今日肯定還是辰時差一刻到的吧？我看妳比院裡的更漏還準時。」

「我也沒辦法，當初在尚宮局受訓，跟著尚宮大人作息，幾個月下來就成了習慣。」慧馨笑著說道，「再說，這個時辰正好，再一會外頭人就多起來了。」

鄭司言笑著跟慧馨在案頭做了交接，辰時一到便帶著徐典言林掌言等人退下了。

慧馨坐在案頭邊查看冊子，這工作每天一早她都要做，雖然冊子上沒有新添內容。李典言和張掌言則帶著三位女史收拾屋子，整理桌椅，灑掃地面。女官待詔的地方普通宮女和太監是不能進的，她們每日都要自個兒收拾屋子。

隨著天光越來越亮，後罩房這邊人越來越多，隱約可以聽到其他屋子有人進進出出，但並不喧譁，沒一會又安靜了下來。

約莫過了一個時辰，慧馨看完冊子交給女史收好，這冊子上內容她基本都能背下來了。

看完冊子便無事可做了，她走到門口挑簾往其他屋子瞧了瞧，果然還是司記司和司闈司最忙碌，司言司和司薄司依舊無事可做。

慧馨所在的司言司，主掌宣傳啟奏、外命婦朝賀中宮、傳旨等事宜。司記司掌印、出入記錄、審署加印及授行，是內院最忙碌的地方。司薄司掌宮人名籍、登錄及賜稟之事。司闈司掌府內管鍵之事，是內院人數最多的地方。

李典言和張掌言坐在一邊，有一句沒一句地聊著，慧馨偶爾也會插一句，沒一會，李張二位聲音越來越小沒多久便打起了瞌睡。慧馨往書架上拿了本看了起來，這是她的那本《十方遊記》，拿來消遣時間正好。

又過了約有一個時辰，開始有人過來串門。來的人是司薄司的杜典薄和司闈司的曾典闈，她二人跟李典言在入府前便認識，杜曾二人先給慧馨請了安才去找了李典言說話。

府裡頭無事，女官們互相串門聊天並不會被禁止，慧馨更不會去管她們。慧馨其實挺喜歡有人過來串門，八卦嘛女人都愛，一群被拘在屋裡連屋門都不能隨意進出的女孩子，八卦聖孫府裡發生的事是唯一消遣，只要掌握好程度便可。

慧馨自從進聖孫府後對人一向和藹，李典言她們說話也從不避開她。慧馨是司言司的總管事之一，不好參與李典言她們的話題，但不妨礙她豎著耳朵聽消息。

「聖孫殿下明年將要十六了，聽說宮裡頭準備給咱們殿下選妃了。」曾典闈說道。

「說得也是，如今聖孫府都安置好了，府裡頭一應俱全，就缺女主子了。」杜典薄說道。

「……是該有個女主子了，瞧瞧咱們四司，整日閒得都生蟲子了。」李典言說道。

「話說回來，這聖孫妃的位子會花落誰家呢？去年才剛選過秀，今年肯定不能專為殿下再選了……」張掌言插嘴道。

「多半會從京裡人家選吧，侯門千金，大家閨秀，京裡這麼多待嫁適齡小姐，不知道誰會走運嫁給聖孫殿下？」

「……我聽說有可能是那個羌斥族的王弟女，好像叫敖敦什麼的。羌斥王女不是前段時間回羌斥了？但這個敖敦沒有一起回去，有傳言說她留在京城就是等著嫁給殿下……」

慧馨皺眉，敖敦？應該不會吧！皇聖孫的正妃便是未來的皇后，當今聖上皇后肯定不會讓外族人做大趙的皇后，若是良娣之類的還有可能，正妃肯定要大趙出身。而且顧承志明年才十六，這次大婚估計只會有正妃一人，良娣多半要過幾年才會添加。

「……王弟女敖敦啊，我以前在宴會上見過她，長得很漂亮，配我們殿下倒真是郎才女貌。」曾典闈說道。

「不可能吧，她是異族人來著，這次宮裡給殿下選的可是正妃……」張掌言說道。

「我倒覺得威武侯家的小姐更好，聽說威武侯家千金從小頗得佛緣，受過高僧指點，精通佛法，聲若黃鶯，皇后娘娘很是喜歡，經常召進宮誦經給各位娘娘聽。」杜典薄說道。

「我也聽人說過威武侯家小姐，為人和藹仁慈，又樂善好施。經常在佛寺庵堂佈施，逢年過節會開善堂，宴請百姓貧民同樂。京裡百姓都說她是觀音菩薩轉世，稱她『活菩薩』。」曾典闈說道。

「經妳這麼一說，我倒也希望威武侯家小姐做咱們聖孫妃了，至少咱們府裡的這些人日子好過……」李典言說道。

慧馨斜眼瞟了李典言幾人一眼，見幾人中只有張掌言輕微地搖了搖頭，女史們則貌似跟李典言一個想法般直點頭。

說起聖孫妃人選，慧馨心裡倒是浮上來另一個身影。在慧馨見過的女子中，只有她具備母儀天下的才智，無論是性情還是出身，都是最適合的。比較本朝的兩代皇后，先朝馮皇后和當今許皇后都當之無愧，皆為兩代皇帝的左膀右臂。而慧馨認定的那人也跟這兩位皇后最像。

不過這也很難說，帝王心術最難猜，大趙已經出了兩代文武全才的皇后，而當今太子妃可是地地道道的書香門第出身。皇帝是要為顧承志選個強勢正妃還是個軟弱的正妃呢？這等同於在選未來的皇后，且選皇后不能只看品行，還要考慮後族的影響，過於強勢的皇后往往會造成外戚做大，這可是會動搖國之根本的。

【第一百七十五回】

謝司言(下)

午時一刻，排雲殿的宮女送了食盒過來。女官們當值時用餐，都是由專屬宮女從膳房領了份例送到排雲殿口，由排雲殿的宮女檢查後再給各人送來，所以每次女官們吃到的工作餐都是已經涼掉的飯菜。

慧馨把菜湯兌了些熱水，熱湯就涼菜吃了兩個小饅頭，用完飯把碗筷收進食盒，宮女在午時三刻準時來收食盒，瑞珠這樣的專屬宮女是一直等在排雲殿外的，直到食盒送出來，她們才能拿著食盒回去。

午飯後，慧馨歪在後面的貴妃榻上歇一會，其他人也會蜷在椅子上午休。雖說現在有點閒，不過等府裡有了女主人，不知道還能不能過這麼愜意的日子。

剛過晌午，外頭就有小太監過來傳話，聖孫殿下召見謝司言。

慧馨整理儀容跟著傳話小太監走，同行的還有趙司薄和李司記。李司記便是李惠珍，慧馨沒想到她也會做女官，慧馨一直覺得李惠珍這人有點神祕，尤其是那次靜園遇襲，她竟然知道靜園的密道，雖然同出靜園又是同年，慧馨卻不敢跟李惠珍有過多交往，往日裡遇見了也只是點頭而過。

進了屋子先跟顧承志行禮，起身後慧馨用眼角餘光瞥見屋裡除了顧承志還有其他幾人，大約是聖孫府的門客。

中秋將至，顧承志要給幾家送節禮，其實不能算節禮了，應該算賞賜了，一般頒旨賞賜的事情都是府裡徐太監的工作。

「敬國公府、西寧侯府、廣平侯府和威武侯府，這四家由謝司言去送賞。清單我已擬好，趙司薄和李司記去把東西準備好，未時出府吧，正好過去幾位太夫人也午休結束，省得擾了她們歇息。」

「奴婢遵旨。」慧馨三人齊聲應道。慧馨和趙司薄上前接過清單。

「這幾位侯爺太夫人對我一向照顧，雖我現在封了皇聖孫，可對這幾位侯爺仍要以晚輩禮執之，謝司言過去也要把我的心意帶到。」顧承志囑咐慧馨。

慧馨忙又應是，這才跟趙李兩人退下。趙司薄要去府庫準備賞賜的東西，李惠珍要去把東西登記造冊。

慧馨回了屋，吩咐司言司的眾人道：「……張掌言和謝女史往司薄司和司記司準備賞賜的事情，李典言、孫女史、周女史隨我一起去頒旨。」

眾人齊聲應是便分頭忙碌起來，慧馨則帶著李典言與二位女史往外院的長史司行去。賞賜的東西和隨行人員要在長史司這邊集中，然後一起出發。

慧馨在長史司遇到了徐太監，徐太監要送的賞賜人家多，一早就在準備了，這會兒正好可以出發了。

慧馨上前跟徐太監寒暄：「還是徐公公有經驗，動作快，這就準備好了，以後徐公公可得多指點指點我們。」

「哪裡哪裡，咱家這趟幾乎要跑遍京城，比不得謝司言就去四家侯府，所以這早上就開始準備怕晚了耽擱時辰。我這是體力活，但是謝司言年紀輕輕就被殿下委以重任，將來前程無可限量，咱家還要謝司言多多提攜了。」徐太監笑咪咪地跟慧馨說道。

「徐公公言重了，我才進府幾天，哪能比得上您老人家在宮裡待了十幾年，您可是皇后娘娘欽點進府的，在這裡還得跟您多學習才行。既然徐公公趕時辰，就不耽誤您了，徐公公先行。」慧馨說道。

過了約莫一刻鐘，張掌言便帶著謝女史回來了，「司言大人，一切準備就緒，可以出發了。」慧馨打開懷錶看了看時辰，還未到未時。慧馨檢視了一遍旁邊宮女手上的東西，點點頭跟李惠珍做了出入登記，見時辰差不多才帶著一隊人浩浩蕩蕩地出發。

依仗在最前，後面打頭的是慧馨，她身後跟著李典言和二女史，最後是宮女和載著物品的馬車，兩旁是聖孫府的侍衛。一行人走在路上很是惹眼，不少路旁的百姓停下注目，偶爾還有小聲的議論傳到慧馨耳裡。

初秋的午後太陽還有點晒，好在氣溫不高，不過慧馨穿著一身品服走在大街上，還是覺得背後隱隱有些熱氣，額頭上好似也冒出汗來，可是慧馨要保持形象，所以她只能一本正經，目不斜視地往前走。這女官也不是那麼好做的啊，出來傳旨只能步行，連個馬車都不能坐。慧馨心想，做幾年女官其他方面不說，這腿腳功夫肯定能練出來。

慧馨心知顧承志派她送節禮的用意是有意抬高這四家的身分。因著是送節禮賞賜，傳的是皇聖孫口諭，這送禮的順序也是有講究，先去哪家後去哪家絕不能亂。慧馨按照顧承志傳口諭時說的順序，帶著一隊人先往最遠的敬國公府行去。

敬國公作為當今聖上倖存下來的唯一兄弟，顧承志平日裡都要喊他一聲叔爺爺。顧承志給敬國公的東西是兩屉月餅，八盆菊花，兩筐秋蟹。慧馨傳了口諭，仔細地詢問了國公和國公夫人的身體狀況，說了幾句吉祥話表達了顧承志對國公府的關心，順便還誇了句顧致遠公子年少有為，這才帶著一隊人馬轉頭往西寧侯府去。

西寧侯府這邊淨是慧馨的熟人，賞賜的東西是兩屉月餅，六盆菊花，兩筐秋蟹。慧馨照著剛才在敬國公府說的話，又把西寧侯府眾人關心了一遍。

待得官話說完，欣茹過來招呼慧馨：「大晌午的跑這一趟累了吧，坐下喝杯茶嗎？」當初慧馨離開靜園不久，欣茹便也離園了。

「我這出來辦差哪能歇啊，後面還有兩家要去，廣平侯府和威武侯府離得都不近，再晚就趕不上時辰了。我來這邊之前可是去了敬國公府，咱們殿下誇顧公子『年少有為』哦……」慧馨笑著揶揄欣茹。

欣茹臉一紅，作勢給了慧馨一錘，又拉著她問道：「妳什麼時候沐休？我們聚聚。」

「我跟鄭司言隔月輪休，我排的是下個月初十。」慧馨答道。身為女官，每兩個月可以出府休息一天。

「行，到時候直接去小食坊吧，我把那邊擴建了。」欣茹說道。慧馨離園前，把小食坊和少兒書局的相關契約與管理冊子都交給了欣茹，如今這兩家店舖都歸欣茹一人所有。慧馨既然做了聖孫府的女官，便不好再做生意了，有些地方該避諱就要避諱。

慧馨點頭跟欣茹約好，這才帶著一隊人又往廣平侯府去了。

敬國公府和西寧侯府都是顧承志的血親，待遇自然要高人一頭。廣平侯府的永平公主卻不是皇后親生，跟顧承志又差了一層關係。賞給廣平侯府的東西是兩屜月餅，四盆菊花，還有一支西洋長筒式望遠鏡。

慧馨依例把廣平侯府眾位主子關心了一番，然後著重跟袁橙衣說了幾句話：「這望遠鏡是殿下特意囑咐給小姐的，說是原就答應了袁小姐，但這京城找許久也沒找見，便託人專門從南洋帶回來……」

慧馨頗有深意地對袁橙衣笑了一下，顧承志專門送袁橙衣禮物，其用意肯定不簡單。而且慧馨本身就覺得袁橙衣有母儀天下的氣質，這個聖孫妃的位子很可能就是她的。未來女主子的有力人選之一，慧馨可得小心巴結著。

袁橙衣笑著道：「勞煩謝司言了，謝司言一路勞累，先到前廳歇歇腳喝口茶水再走吧！」

「這可使不得，在下還要去威武侯府送節禮，時辰耽擱不得。」慧馨說道。

「謝司言真是辛苦了，拿了這許多東西。我瞧那菊花開得好，可是宮裡御花園養出來的？」袁橙衣問道。

「袁小姐這回可看走眼了，這菊花是咱們聖孫府自個兒養的，要不然哪能有這麼多拿來送給各家？敬國公府得了八盆，西寧侯府得了六盆，您這和威武侯府各得四盆呢！說起來，各家月餅的份例都是一樣，各兩屜，倒是這應景的東西量少，分給各家全憑殿下的心意了。敬國公府和西寧侯府各得了兩筐秋蟹……可就您單獨得了個望遠鏡，威武侯府那邊……是一套佛經。」慧馨說道。慧馨心知袁橙衣是要跟她打聽各府都派了什麼禮物，索性這也不是什麼祕密，就算她不說，別人也能知道皇聖孫都給各府派了什麼節禮。

袁橙衣眼光一閃，一個荷包落在了慧馨手上，「應個景，算是府裡給謝司言的節禮了。」

慧馨一躬身手一抖，荷包便不見了。從入尚宮局受訓開始，慧馨就在苦練這手技巧了，這是她從教導她們的崔尚宮那裡學來的。

「在下謝過袁小姐，時辰不早了，我等還得去威武侯府，袁小姐留步。」慧馨客套完，帶著一隊人又往威武侯府的方向去了。

威武侯府吳家對慧馨來說最陌生，慧馨驚訝地發現威武侯府只有一位公子一位小姐，這對於侯府來說，人丁似乎太少了些。

威武侯府得的是兩匣月餅，四盆菊花和一套佛經，佛經自然是顧承志特意給吳小姐的。慧馨跟吳小姐道：「……殿下知小姐精通佛法，特意派人從南邊找來這套佛經，望對小姐能有助益。」

「謝司言一下晌替聖孫殿下跑了好幾個府，真是辛苦了，前廳奉了茶，您坐下歇會吧。」吳小姐道。

「在下還得趕著回去覆命，就不坐了。這一下午跑了四家，送了許多東西，雖不是什麼稀罕物，卻是聖孫殿下的一番心意。尤其是吳小姐您和廣平侯府袁小姐的禮物，聖孫殿下是費盡心機才找來的。這佛經配小姐，望遠鏡配袁小姐，在下瞧著正是合適，小姐當好生保存。」慧馨又是一番深意地說道。

吳小姐連連應聲，一個荷包又落進了慧馨手裡……

出了威武侯府，慧馨帶著眾人打道回府。一路上，慧馨琢磨著顧承志讓她給這四家送節禮的用意。那位吳小姐雖外傳為「活菩薩」，可今日一見，這吳小姐待人接物均是得體有據，顯見不是那種「不食人間煙火」的菩薩。而袁橙衣自從宮裡傳話要給她指婚後，便一直等到現在，慧馨總覺得皇上是專門把她留給顧承志的。

顧承志今日送的東西估計也是有深意的，一個望遠鏡，一個佛經，禮物投了兩位小姐所好，同時又告誡袁橙衣眼光放長遠，吳小姐禮佛要專心？慧馨有些不太明白，聖孫妃只能有一位，顧承志貌似對這兩人都有屬意……

回到聖孫府已是酉時，李典言等人要去司記司登記出入，慧馨則匆匆往排雲殿給顧承志回話。偏巧顧承志正在跟他的伴讀談話，慧馨便只得在書房外候著。

約莫過了兩刻鐘，屋裡走出一位公子，那公子路過慧馨身邊，躬身跟慧馨行禮，「司言大人，殿下召您進去。」

「謝過六公子。」慧馨還以一禮。這個六公子便是顧承志的伴讀，聽說從六歲就跟著顧承志了。聖孫伴讀乃是九品，故而他先向慧馨行禮。

屋裡頭只有顧承志和慧馨兩人，慧馨便把下午送節禮的情況一一向顧承志講了。當時她說了什麼話，對方又是如何回話的，當然重點是袁橙衣和吳小姐。二位小姐說的話，慧馨一字不漏地回給了顧承志，包括她拿了兩位小姐紅包的事。

顧承志笑著說道：「既是兩位小姐給妳的中秋節禮，妳收著便是了……謝司言，妳老實跟本殿說，兩位小姐如何？」

慧馨猶豫了一下說道：「對袁吳兩位小姐，奴婢不熟悉，尤其是吳小姐，奴婢今日還是頭次見到，僅憑送一次節禮，奴婢實在不敢妄言……」

慧馨抬頭看了顧承志一眼，見他皺起了眉頭，便又接著說道：「不過，奴婢覺得兩位小姐都是聰明人……」

顧承志笑著點頭：「……兩位小姐的確都是聰明人。」

出了顧承志的書房，慧馨看看時辰，將近戌時了，正好去司裡交接下班。

慧馨進了後罩房，鄭司言等人已經等在那裡了。慧馨和鄭司言交接後便回了自個兒的院子，府裡頭的規矩，交班後的人不得在排雲殿滯留。

一群剛下班的女官們，在排雲殿的門口排成隊，往自個的院子行去。聖孫府的女官們都住在西苑裡，有品級的女官有單獨的小院，無品級的女史則住在一個大院裡，下班後不得隨意走動，並且要按序排隊回自個兒的院子。

聖孫府每日酉時便開始掌燈，明亮的燈火照亮了府裡的重殿複廊，慧馨她們一路行來，完全不用打燈籠。

行至西苑裡，眾人自動散去，慧馨看到瑞珠已經等在小院門口了。

慧馨一進屋便看到桌上熱氣騰騰的飯菜，心下稍慰。走了一個下午，她是又餓又累。匆匆進裡間洗漱了一下，慧馨便坐到桌旁吃飯。

慧馨端起桌上的雞湯咕嘟嘟一口氣喝了半碗，見瑞珠從裡間端了面盆去倒，便吩咐瑞珠道：「待會給我打點熱水，今晚要沐浴一下，出去走了整個下午，出了一身汗。」

瑞珠應聲出屋去忙了，慧馨點點頭，她對瑞珠的性格很滿意，不多話又手腳勤快。

吃過飯，慧馨泡在木桶裡放鬆，她用手指輕揉著小腿，走了一個下午，要放鬆一下腿部肌肉，要不然會長成大粗腿的。

慧馨在想心事，從六月進宮受訓開始，她便再沒有回過謝家。當初慧馨入選女官後離園回府，她還清楚地記得謝老爺謝太太看到她時的震驚，尤其是謝老爺看著她就像看陌生人。只有謝睿和盧氏好些，他們夫妻雖也吃驚卻是很高興，家裡頭出了個聖孫府女官，那是天大的面子。

只是後來京裡傳了消息，羌斥大王子上書皇帝，表態要堅持羌斥傳統一夫一妻，絕不納側妃。羌斥大王子側妃之事徹底泡湯後，謝老爺謝太太對慧馨的態度才有所改善，尤其是謝太太私下囑咐盧氏要對慧馨更好些。慧馨雖未嫁人，卻是做了聖孫府女官，這比嫁給大王子做側妃對謝家更有利，謝老爺謝太太自然要想辦法巴結著慧馨。

慧馨深吸口氣潛入水桶中，她在考慮以後的路要怎麼走。大趙規矩女官必須二十六歲離宮，不得越齡，慧馨到二十六歲還早著呢，只要在這之前嫁人便是了。慧馨還在考慮手頭上的錢要怎麼辦，她現在的私房有一萬多兩銀子，說多不多說少不少，只是這些錢這麼放著便是死的。她現在做了女官，便不能再做生意，但是買地買房呢？也許是該打聽一下，這府裡頭其他女官有沒有在外面置產的。

慧馨直泡到水有些涼了才從桶裡出來，瑞珠進屋收拾，慧馨坐在窗下擦頭髮。這朝代沒有吹風機，擦這長頭髮夠費勁的了。

【第一百七十六回】

李惠珍的試探

慧馨又是一早便爬起來上差，不過今日卻不像往常一樣清靜，後罩房這邊明顯比往日熱鬧許多。不是人聲鼎沸那樣的熱鬧，而是人來人往的熱鬧。府裡頭知道昨日顧承志派慧馨送節禮的人不在少數，因此今日不少人來司言司串門，明著暗著地打聽消息。

只是今時不同往日，前幾天聽別人八卦還可以，如今卻是牽涉到慧馨的職務，慧馨便不能跟別人多說。顧承志給各府送了什麼東西不是祕密，但各家的反應尤其是袁吳兩家小姐，慧馨卻是不能議論。司言司做的就是幫主子傳話，若是外頭有傳言從司言司出去，別人都會當是主子的話來聽了，若惹出事來，司言司的罪責可逃不掉。

可是慧馨又不能什麼都不說，那樣會得罪了旁人，對將來慧馨做事也是麻煩。慧馨只得虛與委蛇與來探聽的人拐彎抹角地寒暄，末了還得添一句：「主子的心思咱們哪能猜得出，再說這事也不是咱們能說道的，若是這些話傳到外頭去，對咱們殿下和各位小姐的名聲可不好。」

別人聽了慧馨如此說，便也不好巴著追問，只得悻悻然地離開。

慧馨又拿了《十方遊記》來看，眼角瞥見李典言似乎有話想跟她說，而張掌言卻好似無事人一樣坐在一邊休息，幾位女史在整理冊子，不過好像有些心不在焉。

慧馨心下嘆了口氣，提醒眾人道：「聖孫妃的事不是我們能說的，以前上頭沒提這事，大家揣度一下也罷了，如今宮裡給殿下選妃已提上日程，下面就不能再有風言風語傳出去。妳們當記得，未來的聖孫妃才是咱們頂頭的主子，若是現在說了什麼不當的話，來日傳到聖孫妃耳裡，咱們便是吃不完兜著走。今兒這情形妳們也看見了，只要給主子辦差，就有無數的眼睛盯著，如今還算清閒，將來只怕事更多，是非也多。我提醒妳們一句，以後要管嚴了自個兒的嘴巴，什麼該說什麼不該說，什麼該問什麼不該問，都要清楚。大家都在司言司裡當差，一個不好，可是要連累整個司……」

見慧馨說得這般嚴重，李典言幾人忙上前應是，她們也是明白人，能進聖孫府的女官哪有傻子呢！

慧馨見她們明事理，又轉而說道：「咱們殿下開府前一直住在太子府裡，聖孫府新開，諸事都無舊例可循，這段時間大家閒置時間多，便找些其他卷宗舊例來看看，省得聖孫妃進了府，辦起事來摸不著頭腦。」

李典言幾人齊聲應是，張掌言想了一會說道：「……長史司那邊應該有些卷宗，聽說是從宗人府調過來的，屬下可以去那邊打聽一下。」

慧馨思索了一下說道：「也好，長史司那邊消息靈通，妳們可常跟他們學習一下……」

待得下午午休過後，慧馨又迎來了另一位不速之客，司記司的李司記李惠珍。慧馨眼看著李惠珍笑盈盈地進了屋，忍不住心下打了個寒顫，她從沒見過李惠珍這個樣子。

李惠珍跟屋裡的其他人打了招呼，便跟慧馨隔了案頭分坐在了兩邊。李惠珍拿了本冊子給慧馨看說道：「昨兒府裡往各府送節禮，事情多又雜，今兒我查冊子發現裡頭有些地方記得不清楚，這才來打擾謝司言，把冊子上的東西跟謝司言再核對一下。」

慧馨疑惑地看了看李惠珍手裡的冊子，上面正翻到昨日慧馨領出去的物品清單那頁。

李惠珍說道：「就是這裡，上面記得廣平侯府袁橙衣賞西洋製望遠鏡一支，威武侯府吳小姐賞佛經一套。今兒我查出入冊子，竟沒找到這西洋望遠鏡的入處，好似憑空出現一般，昨兒登記的人也沒寫清楚，如今這望遠鏡只有出冊沒有入冊，兩廂對不上號。還有這佛經一套，一套可有好幾本，這冊子上也沒寫清楚究竟是拿了哪幾本出去，要是後頭主子又要佛經，偏就缺了這幾冊可如何是好？」

慧馨挑挑眉頭說道：「這些事情李司記可找錯人了，備禮乃是司薄司那邊的事，昨日殿下欽點了趙司薄負責此事，李司記要核實出入物品，還是得去司薄司找趙司薄。」

「我原是先去找了趙司薄，可誰知趙司薄今日出府辦事去了，我記得昨日殿下召咱們過去的時候，除了趙司薄那拿了清單，謝司言也拿了一份吧？所以我才冒昧到謝司言這裡，想借清單一看。」李惠珍說道。

慧馨心下疑惑，李惠珍要看昨日的清單，是何用意？「說起來，昨日司記司的女史應是跟著趙司薄一起去的府庫，反而我們司言司是不得入庫的。這節禮都裝了什麼，當屬趙司薄和妳們司記司的人最清楚才是，李司記為何不問問昨日司記司辦差的人？」

李蕙珍聽了慧馨的話，有些不好意思地說道：「不瞞謝司言，昨日我們司辦差的是王掌記，她這人平時就有些粗心大意，昨兒的冊子沒記清楚不說，今兒問她在庫裡到底取了哪幾本佛經，她竟是全說不上來，把我給氣了半死，我過來前才勒令她反省了。哎，我這要不是實在沒法子，哪會厚著臉皮來找謝司言呢！」

慧馨微皺了眉頭，想了一會才說道：「其實也不是我不想幫李司記，只是我那張單子上寫得也是不清楚，只籠統地寫了望遠鏡和一套佛經，只怕還沒李司記這冊子上寫的詳細。」

「這……」李蕙珍也皺了眉頭，盯著慧馨好似想把她看穿一般。

慧馨見李蕙珍這個樣子，越發覺得她有古怪，更加不想給她看那清單了。

慧馨回頭喚了張掌言過來：「張掌言，昨日可是妳跟謝女史去取節禮？也曾仔細察看了東西？」

「回大人，正是屬下和謝女史一起去的。昨兒我和謝女史、趙司薄與王掌記一起去府庫取東西，因府裡規矩除了司薄司和司記司，其他人不得進入府庫，我和謝女史便一直在庫外等著。趙司薄和王掌記一同入庫，出庫的時候節禮已經包裝好，王掌記言明已經核對登記無誤，我和謝女史才跟著宮女們將節禮送到了長史司。」張掌言說道。

「這麼說，妳們看到節禮的時候，節禮便是已經包封了，那佛經有哪幾冊妳們也未曾見到了？」慧馨問道。

「我二人都不曾看到，不過昨日入庫的人除了趙司薄和王掌記，還有司薄司的幾位女史，李司記若是想打聽節禮的具體名目，那幾位女史應是記得的，再說司薄司那邊也是有冊子可查的。」張掌言說道。

李惠珍嘆了口氣說道：「這些我哪能沒想到呢，只是司薄司那邊說是趙司薄人不在，其他人做不得主，冊子不能拿給外人看。」

慧馨聽了似有所悟地說道：「這也是，李司記何必急在一時，這會趙司薄不在，但她總要回來的，等她回來後妳再去找她不就得了？這一時半會的又沒人查帳，明細晚個一兩天補上也不會有事的。」

李惠珍臉色有些不好看地說道：「原是這個理，可是我們陳司記她……謝司言有所不知，我們司記司的陳司記是從宮裡出來的，為人比較嚴格，我自從到了司記司做事一直萬分用心，可還是被她挑了不少錯處，吃了不少掛落[1]，昨兒是回來晚了，交接得急，陳司記沒發現這事，可今兒我要是不把這塊補上，待晚上交接，肯定會被陳司記看出來……好妹妹，咱們都是從靜園出來的，妳總不能眼看著姊姊被人指摘不管吧，妳就把那清單給我看看吧！」

慧馨眼光一閃，心知這李惠珍今日肯定是不達目的不甘休了，便笑著回道：「瞧李司記說的，哪有這般嚴重，陳司記與妳同為司記，同樣的品級並無上下之分，只不過是輪班罷了，她哪有資格指摘妳的不是。」

李惠珍聽慧馨這樣回話，臉色一變，說道：「……這麼說，謝司言是真不願給在下看那清單了……」

慧馨嘴角一翹，似笑非笑地說道：「哪的話呢，姊姊既然一定要看清單，我讓她們取來便是。張掌言，把昨兒的冊子拿過來，給李司記瞧瞧。」

張掌言拿了冊子交給慧馨，慧馨隨手翻開到昨日那頁，裡面正夾著顧承志寫下的清單。慧馨取了清單遞到李惠珍的手裡，「這便是那清單了，李司記可瞧仔細了……」

李惠珍看著手中的清單眼光一閃，盯著看了半晌才略帶遺憾地說道：「……這清單上竟然也沒寫詳細，哎，看來我只能等趙司薄回來再補上了。」

慧馨把李惠珍的表情看得分明，從李惠珍手中拿回清單，把清單和冊子再度交還張掌言，吩咐她收好。

慧馨看著李惠珍微微一笑，似有所指地說道：「李司記原還不信我，這下可看清楚了，我這裡當真沒有妳要的東西……」

【注釋】

①連累、牽連的意思。

【第一百七十七回】

還擊

李惠珍見清單上真的沒有多餘的話，有些失望，便訕笑了兩聲道：「我哪有不信謝司言，不過是一時心急，亂了方寸，還望謝司言不要見怪，哎，都是我急昏了頭……」

慧馨嘴角一翹說道：「我倒沒什麼，李司記別誤會我就好，咱們都在這府裡當差，誰都不容易，誰有什麼事，互相照應著是應該……不過，凡事總還有個規矩在，這各司有各司的職責，如今咱們府裡還沒女主子，殿下又寬和，這一時出點錯，沒得人計較，只是咱們自個兒卻不能忘了自個兒的本分，該做什麼該說什麼心裡都要清楚明白，沒得疑這疑那，壞了規矩。皇家最重規矩，各司守好各司的地兒，眼睛撇得太遠，胳膊伸得太長，容易傷了身……」

李惠珍勉強一笑道：「謝司言說得是，是我考慮不周了。」

慧馨皺著眉頭長嘆了口氣，「這話又說回來，清單我也給李司記看了，本來呢，這單子是聖孫殿下的旨意，交到我手上，是不能隨便給人看的，可是我瞧李司記著急，就叫她們拿出來了，實際上也是破了規矩。哎，我這也是為了李司記擔了風險啊，就是可惜沒幫上妳的忙……」

「……謝司言這次肯相助，惠珍必會將這份恩情記在心裡，」李惠珍說道。

慧馨拍拍李惠珍的手笑著說：「別這麼客氣，大家都是給殿下辦事，都是自己人嘛……」

李惠珍眼珠一轉，不知又想起了什麼說道：「哎，我原是沒想到殿下給謝司言的清單會這麼簡單，不過也是，謝司言可是咱們殿下得用的人，就算寫得簡單，謝司言也能知道殿下的用意，倒是我們太愚鈍了，這點小事都搞不清……」

「李司記說笑了，在這府裡頭，在殿下跟前當差的四司裡的人，哪個不是殿下得用的？要是不得用怎麼給殿下辦差啊？用心給殿下辦事的自然就能明白殿下的用意，各府司辦的差事雖不同，但給主子辦差事的心都是一樣的。」慧馨臉色一正說道。

「哎，是我不會說話，謝司言別惱啊！我不是聽說以前謝司言跟咱們殿下就認識嗎？謝司言在殿下面前肯定比我們更體面，知道的自然也該比我們多才是。」李惠珍意有所指地說道。

慧馨瞥了一眼李惠珍，「李司記這話可不對，我以前跟殿下可談不上認識，沒進聖孫府前，我不過是個靜園的學生，殿下冊封皇聖孫前可已經是承郡王了，我小小一個民女哪有資格認識郡王？要說我以前在殿下手下辦過差倒還差不多。當年南方水患，皇后娘娘派靜園眾人往南方賑災，在潭州時靜園眾人都被分到各個部分辦差，我不過就是那次有幸與其他姊妹一起跟著殿下打打雜罷了。說起這個，李司記與我同年入靜園，那次賑災妳也去了吧？」

李惠珍點點頭，她有些疑惑地看了慧馨幾眼。李惠珍原本以為慧馨當初在靜園跟西寧侯府的小姐過從甚密，便懷疑慧馨是顧承志在女官中設的釘子。她本想試探慧馨會不會給她看清單，若是慧馨執意不肯，那李惠珍就可斷定慧馨拿的清單有不可告人之處。只是慧馨一番推託之後又拿了清單給她看，且清單上也沒什麼特別之處。難道是她想錯了？謝慧馨不是顧承志的釘子？

慧馨看著李惠珍的神態，心知她今日看清單是假，打探消息才是真，只是慧馨總感覺好像李惠珍打探的消息有點針對她。既然李惠珍要針對她，那慧馨便不能隨便就放過李惠珍，總得也給李惠珍敲敲警鐘，讓李惠珍曉得她謝慧馨也不是那好拿捏的，所謂「人不犯我我不犯人，人若犯我必得還之。」這可是女官的生存之道，平時待人和藹可親，但適當的時刻也要讓小人們懂得她不是好欺負的。

慧馨跟李惠珍聊了幾句當年南下賑災，緩和了下氣氛，便轉頭喚了張掌言：「張掌言，把前兒才派下來的新茶拿出來，給李司記泡壺嘗嘗。」

張掌言聞聲應了，一位女史上前幫她拿了茶具，張掌言拿了茶葉，不一會一壺熱茶就上了桌。

慧馨為李惠珍斟了一杯，又為自己斟了一杯，端起茶杯輕啜了一口，見李惠珍飲了一杯正把茶杯放回桌上。

慧馨一眨眼，嘴角綻出一個笑容，「李司記覺得這茶如何？跟司記司的可有不同？」

「清香回甘，確比我在司記司喝的不同，更加香醇了。」李惠珍說道。

「李司記在靜園的時候學過茶藝課吧？可惜我不愛茶道，在靜園便沒有選茶藝課，平日裡也只把茶水當作解渴之用，好壞是完全喝不出來。就像這茶水李司記說好，可我卻嘗不出來，這茶水到了我這裡全做牛飲一般了。不過，我雖不懂茶，卻也知道李司記剛才說的不對。府裡頭的茶葉全是長史司派發的，各府司按例下發，所有茶葉全部為同一批，並無差別，所以司言司的茶水跟司記司並無不同。明明是同樣的東西，可李司記卻說這兒的茶水比司記司的好，這是為何呢？」慧馨看著李惠珍問道。

李惠珍嘴角一抽，這個謝慧馨還挺難纏的……「大概是我口渴了，所以才覺得謝司言這裡的茶水味道特別好。」

「嗯，李司記說得有道理，其實要我說，茶葉是同樣的茶葉，只是品茶的人不同，品茶人的心思也不同，所以味道自然也不同了。不只品茶是這個理兒，這世上的其他事也是這樣。就像前幾日，我們司言司每日不過一兩個人來串門，今日卻是來了七八個。其實我們司言司跟平時一樣沒什麼變化，人還是這幾個人，只不過是昨日出去派了趟節禮，倒讓其他人亂了心思。李司記，您說是不是這個理兒？」慧馨似笑非笑地跟李惠珍說道。

李惠珍眼光閃了一下說道：「謝司言說得是，我突然想起來司裡還有事要做，就不在這裡久坐了，今兒這事是我做得不妥當，為難謝司言了，還望謝司言不要跟我計較。」

慧馨見李惠珍要走，自然不會留她，跟李惠珍又寒暄了幾句便把她送走了。

待得李惠珍身影消失，司言司的眾人紛紛圍到了慧馨身邊，張掌言還特意走到門口看了看，確認外頭無人才圍過來。

慧馨看著眾人，臉色一正說道：「今日妳們看到了吧，這個李司記來咱們司裡搞這一通，若說她沒其他目的，我可不信。選聖孫妃是朝廷大事，外頭有多少人盯著咱們聖孫府，這府裡頭又有多少耳朵豎著聽消息。咱們司不過是派了次節禮，就能被別人眼紅地搞出事來。今日不過是個開頭罷了，後頭還不知道會因聖孫妃之位搞出多少風浪。我現在再提醒妳們一遍，耳朵管不了，可是嘴巴得給我管嚴了。若是府裡有從咱們這傳出去的言語，我可絕不會輕饒了傳話的人，這不只關係到大家將來的前程，也是性命攸關的大事！」

李典言見慧馨臉色不好，忙上前表態：「大人放心，我等肯定不會亂說話，從今日起，也不再司裡跟人閒聊了。」

慧馨點點頭，「不是我攔著不讓妳們聊天，只是須知『禍從口出』的道理。如今正在風浪口上，妳們往後都給自己找點事做，別光閒著了，再有人來，便說司裡忙，沒空招待訪客。平日裡也要注意，不只在咱們屋裡不能亂說話，就是出去了也不能亂說。小心別被人當了槍使，到時候連自己怎麼死的都不知道……」

❖

李惠珍咬著嘴唇回了司記司，屋裡的女史見李惠珍一臉沉色，都不敢招惹她，紛紛忙了起來。

李惠珍皺著眉頭坐到案几旁，她今天出師不利，原是要去刺探慧馨，反倒被慧馨諷刺了一番。

李惠珍原本見慧馨在靜園時為人低調，入了聖孫府又處處給人笑臉，便以為慧馨是個軟不拉幾的性子，沒想到今天慧馨卻是得理不饒人，把李惠珍明著暗著訓了一通。

李惠珍有些拿不準，這個謝慧馨究竟是個什麼樣的人？看不懂，讓人捉摸不透。李惠珍入聖孫府可不是安心做什麼女官來著，她祖父和父親已經在翰林院做了兩代的翰林，官位難升，家境清苦，普通的翰林一個月的俸祿不過堪堪夠養活一家人罷了。

李惠珍當年能入靜園，是她母親從娘家託人使了路子，她從小眼見母親操持家務，家用還得用嫁妝貼補。家裡頭沒錢，李惠珍母親的嫁妝用到現在也所剩不多，便孤注一擲把李惠珍送到靜園，指望將來她能嫁個好人家。臨到畢業，的確有不少好人家到府裡給她提親，不過李惠珍卻不想嫁給那些人。在靜園的幾年生活，李惠珍對權勢有更深的認識，也有了更深的渴望。正巧聖孫府招女官，李惠珍便求了父母再幫她一次。女官，女官，做得好的女官權勢可比妃嬪。憑李惠珍的家世做不了顧承志的妃妾，但她可以做顧承志身邊最有權勢的女官……

【第一百七十八回】

夜宴

永安十七年秋，永安帝下旨行獵上林苑，隨行皇子皇孫皇妃數十人，下屬官員及家眷若干。皇聖孫殿下此次自然也是隨行人員之一，騎著駿馬意氣風發地追隨在皇帝御駕左右。

可身為女官的慧馨就沒這麼好命了，一群女官太監宮女們跟在馬車後面，在城內的時候，為了保持儀仗，行進速度還比較慢，可出了城門一段距離，整隊人上了大路，隊伍就從行走變成了快步走，不時還來一段小跑。

走在隊伍中間的慧馨，只得咬牙跟著隊伍一起跑步，最要命的是，不管多累，都得保持儀態和身段，連擦汗這種舉動都只能偷偷地。

中午大部隊停了下來，主子們要用午膳。可是慧馨她們還在繼續趕路，燒飯護衛用不上他們，所以他們這批人要趕在前頭到上林苑。

慧馨一群人終於在申時到達了上林苑，大家顧不得歇息，趕緊往各自主子的院子走，得在主子到這裡之前，把一切都收拾好。

上林苑中有三十六苑、十二宮、三十五觀。皇帝皇后帶著妃嬪和未成年的皇子們住在建章宮，太子一行住在思賢苑，話說太子殿下今年病情似乎有所好轉，大概是自家兒子被封皇聖孫，鞏固了他的太子之位，讓他煩惱少了不少吧！顧承志一行住在博望苑，漢王和敬國公兩家住在禦宿苑，其他官員及家眷住宜春苑。

這次出行，顧承志帶了聖孫府總管太監陸公公隨侍，副總管僖公公負責提前打點上林苑各項事宜。僖公公帶著慧馨這群人匆匆趕到博望苑，分派了各人的住處，便帶著人整理屋子灑掃庭院。慧馨身為司言只需招待不需打掃，分好房間後便帶著司言司的幾人回了各自的屋子。院子裡頭人來人往，司言司這次只來了六個人，鄭司言那班人留守聖孫府。上林苑屋子少，司言司只分了兩間屋子，慧馨跟李典言、張掌言同屋，另三位女史一間屋。

走了一天又累又餓，可是開飯都要按時辰來，這會外頭忙碌的其他人都沒吃飯，慧馨她們自然也不敢開口喊餓。相比其他人，她們司言司還算輕鬆了，像司闈司的人，一到地方就要整理屋子。皇聖孫坐臥起行都是有規矩的，睡覺吃飯的各應器具也都有定制，司闈司這會最是忙碌。

行李很快就有宮女送了過來，慧馨從中掏出幾包點心，跟李典言張掌言分食了。幸好慧馨喜歡隨身帶吃的，尤其是做了女官後，她總是擔心工作起來誤了時辰，便經常在懷裡揣包點心什麼的，要是來不及吃飯就吃點心，總歸不能讓自己餓肚子，年紀輕輕傷了胃可不好。她上輩子就是上班經常加班，吃飯不定時傷了腸胃，所以這輩子慧馨在自我保養方面很是注重。

吃完了點心，慧馨三人開始動手整理她們住的屋子，將行李衣服歸置好。想到風塵僕僕走了一天，慧馨三人又去打了水，簡單洗漱一下，並換上一套乾淨的宮裝。這趟出行，慧馨她們不能帶宮女，所有事情都要親力親為了。

整理好儀容，慧馨便將六人做了輪班安排。上林苑這邊的活動主要集中在白天，所以接下來幾天，白日由慧馨、張掌言和周女史值班，晚上由李典言帶著孫謝兩位女史值班。今天晚上皇上設宴招待百官，顧承志要參加，司言司的人要隨侍，慧馨準備帶著張掌言和周女史出席。排好班，慧馨吩咐眾人先稍事休息，待會等主子們到了，估計還要忙一陣。

慧馨打了盆熱水泡腳，放鬆一下腿腳，她用手指按壓著腿部，感覺手指下硬硬的，慧馨忍不住嘴角微抽，果然開始有肌肉了。擦乾腳，慧馨往枕頭上一歪，晚上不知道啥時候才能吃到飯，再加上晚宴也不知要開到啥時候，得先補充一下精力。

因著身體過度勞累，慧馨沒能入睡，不過是閉著眼睛養養精神，約莫過了半個時辰，慧馨拿出懷錶看了下時辰，已經快要酉時，幾位主子差不多該快到了。

慧馨起身又稍微收拾了一下儀容，推門出去看看，院子裡頭已經靜了下來，來往走動的人已經少了很多，看來僖公公辦事效率挺高，這麼快就把博望苑整理好了。各個走廊屋簷都掛好燈籠，只等酉時一到便點燈了。

幾個宮女提著食盒往慧馨這邊走來，領頭的宮女見到慧馨忙行禮說道：「右監丞命我等為大人們送來吃食。」

「有勞幾位了，快請進屋。」慧馨把幾個宮女請進屋裡，又把李典言幾人喚醒。

「主子們快到苑裡了吧？馬上就要到掌燈的時辰了。」慧馨問那領頭的宮女道。

「主子們已經到了前院，聖孫殿下現下在建章宮那邊，晚上的宴會酉時三刻開始。」那宮女說道。

慧馨了然一笑，給李典言使了個眼色，李典言便塞了個荷包在那宮女手裡，「幾位是在上林苑當差的，比我們懂得多，以後幾日要麻煩多多照顧了。」

那宮女收了荷包，臉色越發好了，「幾位大人用完飯後，把食盒放在門口便是，自有人來收取。」

送走了幾位宮女，慧馨六人淨手用飯，上林苑伙食比在聖孫府還好，每人的份例有兩葷一素一湯，慧馨的兩葷中竟還有一碗足量排骨。慧馨讓李典言幾人把各自的飯菜擺在一起，六人湊了一桌把東西分食了。

用完飯，慧馨催促李典言三人快些去休息，她跟張掌言和周女史則為晚上的宴會做準備。

晚上的宴會在宣曲宮舉行，夜晚的宣曲宮歌舞昇平，皇家與百官同樂。大殿上皇帝皇后坐在上位，太子和漢王分坐在皇帝皇后的兩側，太子身旁坐著顧承志，漢王的下首坐著幾位皇子皇女。

司闈司的女官帶著宮女在前頭伺候各位主子，慧馨站在後面待詔，她偷偷地打量顧承志旁邊的太子。這是慧馨第一次見到這位大趙皇帝的未來繼承人，只是這位的模樣卻是讓慧馨深感惋惜。太子實在太瘦了，皮包骨就是這位太子殿下的真實寫照。這幅樣子絕非福壽之照，難怪以前漢王能壓過太子一派，任誰看了太子的樣子都會覺得他多半會比當今聖上死得更早。

與漢王同席的是漢王妃，兩人的臉色都不是很好，不過漢王倒是一副豪爽的樣子，大口喝著酒。

想來顧承志被封皇聖孫的事情，對漢王一派打擊不小。太子和漢王兩派恩怨已經積攢了十幾年，現今不再是單純兩人誰當皇帝的問題，而是兩派人馬之間的利益糾葛，所以即使現在顧承志已被封為皇聖孫，但支持漢王的仍大有人在。

看到漢王，慧馨的眼神晦暗了一下，不知道慧嘉現在如何了？慧馨入聖孫府做女官最受打擊和影響的便是慧嘉了，不知道慧嘉這次有沒有跟來上林苑？漢王和漢王妃有沒有為難她……

作為聖孫府的司言女官，慧馨關注最多的人自然仍是皇聖孫顧承志了。慧馨密切注意顧承志在宴席上都跟哪些人說了話，尤其是幾位女眷和小姐。比如顧承志跟袁橙衣互敬了三杯酒，跟威武侯府的吳小姐討教了幾句佛經禪語，又關心了下羌斥王弟女敖敦桌上的酒菜合不合胃口……

凡是得到顧承志特別對待的女眷和小姐，慧馨也會仔細觀察，記下各位夫人小姐的習慣和愛好，尤其是袁橙衣、吳小姐和敖敦。慧馨已有所覺，聖孫妃的人選必在三人之中。

顧承志看了幾眼下面的眾人，跟站在一旁倒酒的宮女說了幾句話，那宮女便躬身退後找到慧馨說了幾句。

慧馨忙躬身上前行到顧承志身後，顧承志回頭跟慧馨說道：「宴前上林苑典薄給博望苑送了些瑪瑙葡萄，妳去拿些給袁小姐、吳小姐和敖敦小姐，送到她們住處去。」

慧馨應聲退後，留了張掌言在宴上，帶著周女史回上林苑去了。瑪瑙葡萄是從西域引進的品種，在京城不容易種活，上林苑這邊有個葡萄宮，裡面種的便是各品種的葡萄。剛才宴上每席也上了一盤葡萄，不過份量卻很少，這些稀罕水果不過是讓百官嘗個滋味，想要多吃卻是千金也買不到。

慧馨剛才也注意到了，三位小姐似乎都很喜歡葡萄，席面上的基本都被她們吃光了，顧承志讓慧馨給三位送葡萄，心思夠細啊！而且這會宴席開著，慧馨給三位小姐送東西也不會被別人看到，顧承志倒是很體貼。

慧馨帶著周女史回博望苑，叫了三位宮女裝了葡萄，一起往三位小姐的住處送東西。三位小姐都是住在宜春苑，往那邊走就免不了先經過御宿苑。慧馨帶著人從御宿苑門前經過，隱隱聽到裡面好像有說話聲，看來漢王這次帶來的女眷，除了漢王妃還有別人。

慧馨往御宿苑的方向看了一眼，嘆了口氣，差事要緊，還是先去給三位小姐送葡萄吧！

【第一百七十九回】
再見慧嘉

慧馨帶著人先去敖敦的住處送了葡萄，之後又去了袁橙衣的住處。

「謝司言進屋坐一會吧，這麼晚還勞煩您過來送東西。」袁橙衣的貼身丫鬟把慧馨幾人請到裡屋奉了茶。

「都是給主子辦差應該的，袁小姐在這裡住得還習慣吧？要是缺了什麼東西，只管說，我們殿下掛念著袁小姐呢……」慧馨笑著說道。

「苑裡什麼都不缺，我們小姐也不是第一次來上林苑這邊了，住得還算熟悉。」

「那就好，」慧馨在屋裡四下看了看，在窗邊的桌子上看到一堆小骨頭，「吆，這是什麼？怎麼看著像骨頭啊？」

「這正是骨頭了，是我們小姐從京城府裡帶過來的，明兒要去犬台宮和走狗觀，有我們小姐最喜歡的獅子狗，這骨頭就是給那些狗兒準備的。」

「是麼，狗兒就吃這光禿禿的骨頭啊？」

「您不養狗不曉得，這狗兒最喜歡啃骨頭了，這還是我們小姐以前來上林苑，聽負責良牧的李署丞說的，打那以後小姐每回來上林苑都帶一堆骨頭，專門給那些獅子狗吃。」

慧馨笑著起身道：「今兒真是長見識了，我這兒還有差事要辦，就不叨擾了。」從袁橙衣的住處出來，慧馨帶著人去了威武侯一家住的地方。正巧威武侯夫人白天坐馬車累著了，便沒有去參加宴會，慧馨便與威武侯夫人寒暄了幾句。

威武侯夫人說道：「哎，年紀大了不中用了，才坐了一天馬車就累得不行。」

「夫人莫要這般客氣，快些歇著，東西讓她們拿下去便是。」慧馨扶著威武侯夫人的手臂，讓她靠在榻上。

威武侯夫人的榻前放著一本書，慧馨拿起來翻了幾頁，「呀，這好像是洋文吧，夫人真是博學多才，連洋文都懂？」

「我哪懂這些西洋文字，是小女閒來無事看的，說是西洋的佛經，那些洋人說看看這些西洋佛經對身體好，小女才找了一本，每日念幾章給我聽。其實我也聽不懂，嘰哩呱啦地，也不知道說得啥。」威武侯夫人說道。

慧馨翻了幾頁《聖經》，便把書放回了威武侯夫人榻上，「這些佛法之類的，懂的人少，要不怎麼說得道的都是高僧呢？咱們凡夫俗子只要盡個心意就是了，心誠則靈嘛，佛祖在天上必會保佑咱們的。我看這西洋文字，長得像蝌蚪似地，難為吳小姐能看得懂，不知道吳小姐是跟誰學這西洋文？」

「不瞞司言大人，小女往日裡經常去寺廟聽人講佛經，京裡頭這幾年來了幾個西洋的傳教士，就是西洋的和尚，那些傳教士大多住在寺廟裡，小女便在那裡認識了這些人，又跟那些人學了點西洋文，後來我家侯爺見小女有興趣，索性請了個女傳教士，就是西洋的尼姑，在府裡頭做館專門教小女西洋文。」威武侯夫人說道。

女傳教士？西洋傳教士有女的嗎？莫非是修女？沒聽說有修女遠渡重洋傳教的啊！

「吳小姐真是博學，我們殿下也喜歡看書，這西洋文也學過……不知吳小姐除了佛經，還喜歡什麼書？畢竟是女孩子，也該有些其他的愛好才是。」慧馨說道。

「小女除了看看佛經，就是做做針線之類的，其他也沒什麼特別喜歡的……」威武侯夫人說道。

「女孩子多學些女紅針功也好，耽誤不了終身大事……」慧馨笑著說道。

慧馨正要告辭，丫鬟卻來傳話說吳小姐先從宴會上回來了。

「這孩子，叫妳不必掛心我，難得出來玩一次，也不在宴上多玩一會。」威武侯夫人拍著吳小姐的手說道。

「娘，要玩以後有的是機會，爹爹和兄長都在宴上，少我一個也沒事，倒不如早點回來陪您，省得我在宴會上還要擔心。」吳小姐嗔道。

慧馨看看這對母女，笑著說道：「既然吳小姐回來，我就不多坐了，早點回去給殿下覆命。」

「勞煩謝司言了，我送您吧！」吳小姐笑著送慧馨出門。

慧馨邊走邊問吳小姐道：「聽說吳小姐懂西洋文，府上還有一位西洋傳教士？不知那位傳教士可還在府上？」

「……其實蘇西嬤嬤並不是傳教士，蘇西是嬤嬤的名字，她原是西洋商船上的大夫，跟隨商船來到大趙，她只在大趙待了四個月便隨商船離開了。蘇西嬤嬤說她在西洋被稱作護士，跟咱們大趙的大夫差不多。我有幸在慈安寺遇見她，跟她學了幾個月的西洋文。」吳小姐答道。

「原來她是大夫？那倒是不錯，聽說西洋的醫術跟咱們大趙的醫術相差頗大，吳小姐可曾跟那位蘇西嬤嬤學幾手？」慧馨問道。

「我原是打算跟蘇西嬤嬤討教一下西洋醫術的，奈何語言不通，蘇西嬤嬤在大趙待的時間又短，她講的一些西洋醫術方面的東西，我是一點都沒聽懂。」吳小姐有些遺憾地說道。

「這真是太可惜了，不過以後肯定還會有西洋大夫來大趙的，到時候吳小姐再找人學也可以。吳小姐還研究西洋佛經？原來這西洋還有佛經，我還是頭次聽說，不知京城現在哪裡可以聽到西洋傳教士傳授佛經啊？」慧馨笑著問道。

「我那本西洋佛經，是蘇西嬤嬤送給我的，來大趙的西洋傳教士大多都很貧窮，他們基本每人只有一本佛經，所以不會送人。而且他們跟我們大趙人語言不通，平時交流大多以手勢表達，他們講的佛經也沒人聽得懂。就連蘇西嬤嬤教我也是很吃力，幾個月下來不過學了點皮毛而已，到目前為止，京城裡頭還沒有西洋傳教士公開傳授佛經……」吳小姐答道。

「原來如此，我們殿下也正在學西洋文，但苦於找不到合適的老師，也許將來有機會，吳小姐可以跟我們殿下討論西洋文……已經到門口了，吳小姐請留步吧！」

慧馨帶著人往回走，路過御宿苑遇到了慧嘉。慧馨在辨認出前方站著的人是慧嘉時，不知怎麼地並不感到意外。

慧嘉仰頭看著月色，聽到聲音，轉頭便看到了慧馨一行人。

「謝司言大人，怎麼到這邊來了，宴會還沒結束呢，您不是應該在皇聖孫殿下身邊服侍嗎？」慧嘉臉上帶著笑，說出來的話卻有點嘲諷的意味。

慧馨心下嘆了口氣說道：「給側妃娘娘請安，今晚月色不錯，我等不打擾娘娘賞月這就告退。」

慧嘉眉毛一挑，「這就要走嗎，連說句話的工夫都沒有了？怎麼說我們都是親姊妹，我有幾句話想跟謝司言單獨說，不知大人方不方便？」

慧馨伸手一擋，阻止了身後的女史宮女離開，跟慧嘉說道：「側妃娘娘有話但說無妨，至於單獨說話就不必了，我等都是聖孫殿下的人，此趟出來本是為聖孫殿下辦事，現在正趕著回去跟殿下覆命……」

慧嘉見慧馨一臉不動聲色，咬牙輕哼了一聲：「既然謝司言有要事在身，我就不佔用各位時間了，謝司言請便吧！」

慧馨心下無奈，「月色雖好，但更深露重，側妃娘娘請保重身體，我等告退了。」

說完，慧馨便帶著人走了。慧馨其實也很無奈，如今她已是顧承志的女官，自然不能跟漢王那邊有所牽扯。若是慧馨跟慧嘉單獨說了話，不管慧嘉說什麼，明日肯定都會有不好的流言出現。慧馨和慧嘉現在只能各為其主，自己照顧自己了。

晚宴結束後，顧承志留著慧馨說話。

「……袁小姐明日會到犬台宮和走狗觀玩耍，威武侯夫人身體有些不適，吳小姐可能會留在院裡陪她。吳小姐很是孝順，每日都會為威武侯夫人誦讀西洋佛經……」慧馨回話道。

「西洋佛經？西洋佛經都講些什麼內容？」顧承志問道。

「這個……奴婢不知，吳小姐也說聽不懂，西洋和大趙語言不通，在許多交流上還存在缺陷。不過這西洋佛經似乎跟印度傳來的佛法相差頗大，奴婢無法窺得其中之意。那些傳揚西洋佛經的人被稱作傳教士，大多居住在京城的寺廟裡。吳小姐說她跟一位西洋的大夫學過幾個月洋文，那位大夫的醫術跟大趙醫術相差也頗大，但在治一些小毛病上卻比大趙醫術更立竿見影……聽說發熱傷風之類的，只要吃幾粒藥便可好了。」慧馨答道。

「哦？西洋醫術嗎？」顧承志若有所思地自言自語。

慧馨抬頭看了一眼顧承志，她其實很想直接跟顧承志建議引進西醫，但是她並不能，只好一點一點地循循善誘，但願顧承志能重視西洋醫術與西洋傳教士。

「吳小姐平日除了研究佛經，還做些什麼？」顧承志又問道。

「威武侯夫人說，吳小姐平日裡除了研究佛經，便是做些女紅針功了。」慧馨答道。

顧承志沉吟了一會說道：「……等秋狩之後回府，妳選一些女紅針功的東西給吳小姐送過去，佛經養性，但也不可過了，修道成仙不是正道。」

「奴婢領旨。」慧馨應道。

【第一百八十回】再見陳香茹

慧馨這幾日很忙，忙著替顧承志送禮給各家小姐，皇后太子妃那邊倒是用不著她出面，顧承志會親自送過去。只是給各家小姐選禮物這事也落在了慧馨身上，好在她明裡暗裡打聽了不少各家小姐的愛好，送禮嘛就是投其所好罷了。

這些日子，來找慧馨探聽消息的人越來越多，其實大部分都看出來了，未來的聖孫妃多半就在袁橙衣、吳小姐和敖敦三人之中了。基本上每天顧承志都會派慧馨過去給這三位送東西，東西每日各不相同，慧馨回來後會跟顧承志回報各位小姐收到東西後的反應。雖然在外人看來這三位小姐都有希望成為聖孫妃，但慧馨已經從顧承志的態度變化中猜測到，只要不出意外，聖孫妃必是袁橙衣了，另外兩位小姐估計會成為良娣人選。

出於對袁橙衣一直以來的好感，再加上有意跟未來女主子搞好關係，慧馨有意無意中提點了袁橙衣幾句。顧承志當初送袁橙衣一支望遠鏡，其中深意想來袁橙衣多少也明白，作為皇聖孫來說，顧承志要選一門強而有力的妻子來鞏固他的勢力，同時又會擔心外戚勢力過大，而最能幫助顧承志平衡這兩點的無疑便是袁橙衣，所以袁橙衣要坐穩聖孫妃的位子，就要有平衡袁家勢力的能力。

顧承志能被永安帝相中，果然不是只靠疼愛。在上林苑的這幾日，每日行獵顧承志的收穫都能排在前五名，雖然他沒上過戰場打過仗，沒有漢王的軍功，可他每日表現出來的勇武卻打動了不少軍人出身的官員。許多貴公子行獵都是先派下人去林中掃蕩，把獵物驅趕出來，由侍衛們控制局面，公子爺們只管射一箭便可。而顧承志卻不是如此，從驅趕獵物，到製作陷阱，他都跟侍衛們一起動手。他不是第一回參加狩獵，因此行獵的時候他表現得像個熟悉山林的獵人一般。顧承志在一干人中贏得了不錯的評價，皇帝和太子對他的表現也很滿意。在狩獵時間之外，顧承志又在博望苑設宴招待賓客，這次來上林苑的官員基本都得到了邀請。他每日還會抽時間去看望皇后和太子妃，陪著皇后招待各府的夫人們。

這次上林苑之行，慧馨認為得到好處最大的人便是顧承志了，他把握這個機會在文武百官中為自己樹立了良好的形象。

從上林苑回到京城，慧馨便閒了下來，聖孫妃的人選估計很快宮裡就會定下，顧承志為了避嫌，便不再給各家小姐送東西。

慧馨如今輪班改在晚上，夜裡點著燈守在後罩房裡。晚上輪班其實比白天輕鬆，上半夜偶爾會有一兩個人過來串門，下半夜大家基本都窩在屋裡打瞌睡了。

慧馨坐在燈下看了一會書，只看了幾頁她不看了，燈下昏暗太傷眼睛。慧馨撐著頭坐在椅子裡假寐，她上差前才睡起來，這會也不睏，只閉著眼聽旁邊的人閒聊。

「……東大街李府的大小姐前兒跟個馬夫跑了，氣得李老爺要休了太太，把馬夫的爹娘全綁了弄到大牢裡。」

「就是那個李大姊啊？聽說都二十了還嫁不出去，這回跟著馬夫跑了，李老爺應該高興才對啊，好歹不用為她嫁不出去犯愁了。」

「妳這張嘴可真是把刀子，這李大姊跟人跑了，李府後頭可還有四位小姐，這一下子剩下的四位小姐可怎麼嫁人啊？這李老爺和李太太上輩子也不知道作了什麼孽，太太加小妾竟生了五個女兒，硬是一個兒子也沒有……」

「妳以為這李大姊為啥一直沒嫁人？李老爺就是留著她準備入贅女婿的，誰知道竟然便宜了一個馬夫，聽說李大姊私奔帶了不少細軟。」

「我看那李大姊是被馬夫騙了吧，既騙錢又騙色，到時候錢花光了，再帶著人回來，這李老爺能真狠心把自家女兒沉塘？」

「……………」

「哎，對了，我上次休息回家，聽我們隔壁的大媽說，城外有個陳家庵，裡頭住了不少西洋的高僧，給人免費治病，不收錢又好得快，我們隔壁家的小子感了風寒，人都要燒死了，被家裡人弄到城外的陳家庵，本來家裡人都想著死馬當活馬醫，誰知道那西洋高僧也不知給那小子餵了什麼藥丸，第二天一早人就好了，還活蹦亂跳的。那家人說那些西洋高僧可神了。」

「這事兒我也聽說了，現在京城裡好多老百姓都去那裡找西洋高僧看病呢！那個陳家庵是位姓陳的小姐建地，現正就在庵裡頭帶髮修行呢！」

「我聽說那陳小姐是潁川陳家的小姐，還在靜園學習過，後來在京城外的家庵修行。那些西洋高僧都是陳家小姐供養的，醫藥費也都是陳小姐提供的。」

「那這陳小姐真是位活菩薩……」

慧馨聽著這些話，眼皮直跳，這住在庵裡的小姐自然是陳香茹了。傳教士幫人治病原是好事，可跟陳香茹掛上了勾，慧馨就總覺得事情不會這麼簡單。

「最近京裡還出了件奇事，有人從羌斥逃了回來，聽說那人原本是皇上的侍衛，後來打仗的時候為了救皇上受了傷，流落到羌斥，那人隱姓埋名在羌斥過了十幾年，這幾年羌斥大趙交好，那人才存了錢回了大趙……」

「有這等事？那這人現在可是要升官發財了，救過皇上的人，皇上肯定給他加官進爵的。」

「我聽說那人姓杜，原來在皇上的潛邸做家將，他們家夫人還跟皇后娘娘有舊，這下子他們家可是要發達了……」

慧馨睜開眼看了看油燈，姓杜的嗎？可是三娘家的回來了？若真是如此，那三娘算是熬出頭了。

沒過幾天，慧馨對陳香茹的預感就成真了。顧承志把慧馨叫去，吩咐了一番，讓她連夜帶人趕去城外的陳家庵。

因是夜晚祕密出行辦事，這次慧馨有馬車坐了，不過她的心情卻非常糟。陳香茹在昨日獻上了一本翻譯成漢文的聖經，雖說能把大趙和西洋的文字翻譯過來是好事，但陳香茹獻上的聖經內容卻是大趙皇家不能容許的。而且陳香茹這段時間在京城中名聲大漲，其賢名甚至超過了威武侯府吳小姐。陳香茹選在皇聖孫選妃的時候搞出這些動作，目的不言而喻，顧承志不是傻子，他是一個很果斷的人，他不能放任陳香茹攪亂他的安排。

慧馨心裡很矛盾，她如今算是顧承志的心腹了，所以顧承志才會讓她負責處理陳香茹。慧馨看了一眼桌子上蓋了布巾的東西，她很清楚顧承志還算是個明理的人，他沒有讓慧馨直接除掉陳香茹，而是把選擇的機會給了陳香茹。慧馨希望陳香茹不要傻得選擇自殺，她還不想沾上人命。

行至城門口，外頭的侍衛遞了牌子給守門人看，慧馨她們一行順利地從小門出了城。陳家庵離京城不遠，出城門約一刻鐘便到了。

慧馨乘坐的馬車停在廟旁的樹林裡，四個侍衛守著馬車，四個侍衛飛身潛入了陳家庵。沒一會，便扛著一個人回到了馬車旁。

慧馨看著被侍衛丟進馬車的陳香茹，陳香茹也驚魂未定地看著慧馨，一時未能反應過來發生了什麼事。

「陳小姐，好久未見，別來無恙啊！」慧馨說道。

「妳是……？」

「陳小姐不記得我了？也是，您是貴人事多，哪能記得我這小女子呢。不過前話咱們就不說了，我如今是聖孫府司言，奉聖孫大人之命前來看望陳小姐。」慧馨說著從懷裡取出了她的腰牌，放在旁邊讓陳香茹驗看。

「妳說什麼？妳是聖孫府的人？這麼說聖孫殿下他……」陳香茹仔細地辨認過慧馨的腰牌，終於相信慧馨是聖孫府的人。這幾年陳香茹在庵裡修行，對家族裡頭的人說是終身不嫁侍奉佛祖，其實她一直在關注著京城裡的局勢。這次顧承志選妃給她帶來了希望，陳香茹一改往日低調，花大錢把西洋傳教士都安置在陳家庵裡，又雇人在京城裡造勢，還請人翻譯西洋佛經託人進獻上去，為的就是引起顧承志的注意。現今京裡頭都傳威武侯家吳小姐可能要被選為聖孫妃，陳香茹自認她比吳小姐更適合做聖孫妃，吳小姐能做的事，她陳香茹都能做得更好。

「陳小姐，在下受聖孫殿下之命，給小姐送東西來，」說著慧馨便把旁邊桌上蓋的布掀了開來，「殿下為小姐準備了三樣東西，小姐可以任選其一。」

陳香茹向桌上看去，果然見到茶盤裡擺了三樣東西，金塊、剪刀和一杯茶。陳香茹有些不明所以地看看這三樣東西，又看看慧馨。

慧馨似笑非笑地看著陳香茹說道：「陳小姐若是選金塊，我等便會為小姐送上程儀，並派人護送您離開京城；陳小姐若是選剪刀，我等會為小姐剃度，成全小姐侍奉佛祖之心；陳小姐若是選那杯茶，那我等會在小姐飲下茶水後再離開，陳小姐的賢名便會長久為世人傳頌的……」

尤加利《穿越馨生愛上你第三集》完

江寧謝家人物關係圖

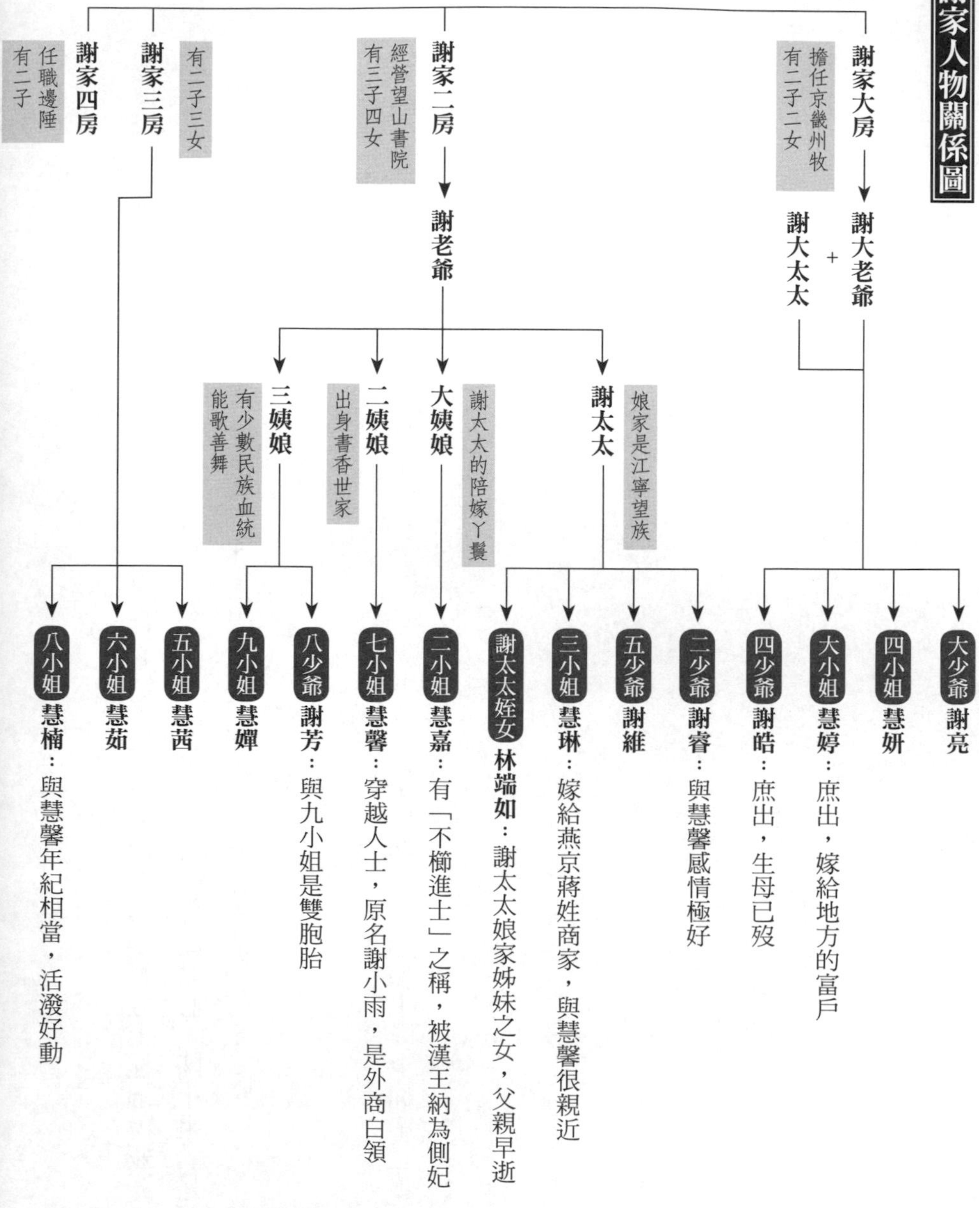
謝家大房
擔任京畿州牧
有二子二女
謝大老爺
+
謝大太太
謝家二房
經營望山書院
有三子四女
謝老爺
謝太太
娘家是江寧望族
大姨娘
謝太太的陪嫁丫鬟
二姨娘
出身書香世家
三姨娘
有少數民族血統
能歌善舞
謝家三房
有二子三女
謝家四房
任職邊陲
有二子
大少爺 謝亮
四小姐 慧妍
大小姐 慧婷：庶出，嫁給地方的富戶
四少爺 謝皓：庶出，生母已歿
二少爺 謝睿：與慧馨感情極好
五少爺 謝維
三小姐 慧琳：嫁給燕京蔣姓商家，與慧馨很親近
謝太太姪女 林端如：謝太太娘家姊妹之女，父親早逝
二小姐 慧嘉：有「不櫛進士」之稱，被漢王納為側妃
七小姐 慧馨：穿越人士，原名謝小雨，是外商白領
八少爺 謝芳：與九小姐是雙胞胎
九小姐 慧嬋
五小姐 慧茜
六小姐 慧茹
八小姐 慧楠：與慧馨年紀相當，活潑好動

※謝家子女排序，是按四房所有子女年齡一起排名。

趙太祖 建武帝 顧雍 ＋ **皇后馮氏**
在位三十一年
大趙國建國四十三年，開國以來第一任皇帝。

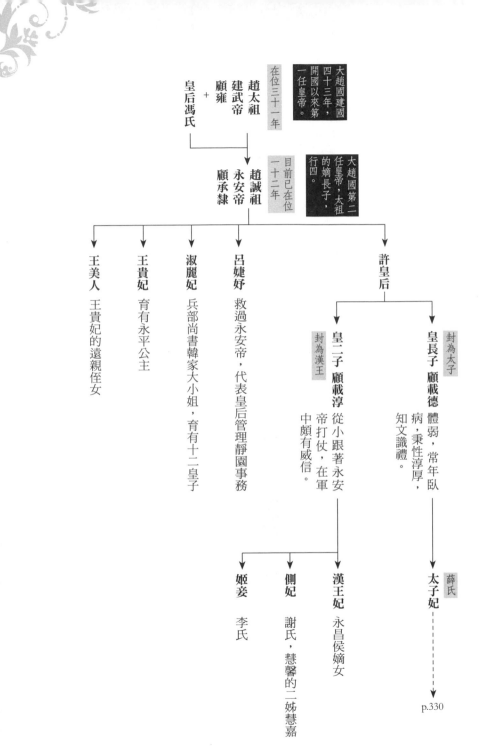

趙誠祖 永安帝 顧承隸
目前已在位十二年
大趙國第二任皇帝，太祖的嫡長子，行四。

- **許皇后**
  - **皇長子 顧載德** 封為太子
    體弱，常年臥病，秉性淳厚，知文識禮。
    - **太子妃** 薛氏
      p.330
  - **皇二子 顧載淳** 封為漢王
    從小跟著永安帝打仗，在軍中頗有威信。
    - **漢王妃** 永昌侯嫡女
    - **側妃** 謝氏，慧馨的二姊慧嘉
    - **姬妾** 李氏
- **呂婕妤** 救過永安帝，代表皇后管理靜園事務
- **淑麗妃** 兵部尚書韓家大小姐，育有十二皇子
- **王貴妃** 育有永平公主
- **王美人** 王貴妃的遠親侄女

薛氏 太子妃

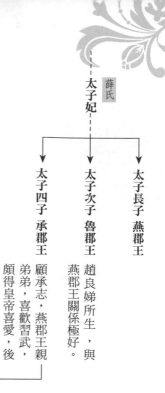

- 太子長子 燕郡王
- 太子次子 魯郡王
  趙良娣所生，與燕郡王關係極好。
- 太子四子 承郡王
  顧承志，燕郡王親弟弟，喜歡習武，頗得皇帝喜愛，後受封為皇聖孫。
  - 皇聖孫妃
  - 良娣
    - 威武侯府吳小姐
    - 羌斥王弟女敖敦
    - 王氏，王貴妃從家族中挑選
    - 薛晴

皇室外戚人物

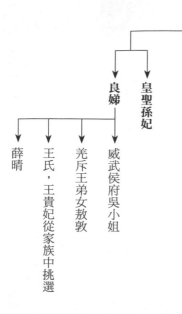

南平侯 許鴻煊：許皇后的親弟弟，當今國舅。幼年跟方大家習文，十三歲又跟隨當今聖上征戰沙場，立下戰功無數。

義承侯府 易宏：義承侯府的大公子。弟弟易六人稱六公子，為承郡王顧承志的伴讀，易家在城內經營無名茶樓。

西寧侯宋家人物關係圖

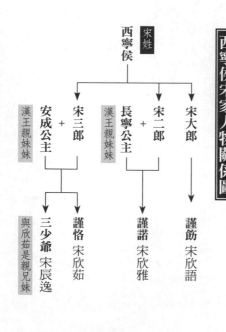

宋姓 西寧侯

- 宋大郎
  - 謹飭 宋欣語
- 宋二郎 + 長寧公主（漢王親妹妹）
  - 謹諾 宋欣雅
- 宋三郎 + 安成公主（漢王親妹妹）
  - 謹恪 宋欣茹
  - 三少爺 宋辰逸（與欣茹是親兄妹）

（卷四封面尚在繪製中）

尤加利 著 / 千帆 繪

下集預告

穿越馨生愛上你【卷四】

歷危難，小女芳心動

現代版 OL 化身古典小資勇闖未知朝代！且看慧馨是要當個事業女強人還是選擇走入家庭相夫教子？

預計
2014 年 5 月
情竇初開上市

俗話說的好：「錢可以再賺，可是命只有一條！」
有了女官這個正職之後，巴結長官的工作當然少不了，
可她萬萬沒想到，危急時候居然連命都得賣掉！
這一趟歷險究竟值不值得？小女子還有沒有機會遇到真命天子呢？

為了不讓婚事被利用，慧馨拼命爭取機會成為皇聖孫府的女官，上任後首要任務就是協助皇聖孫完成選妃大事。順利完成大婚後的聖孫殿下，卻因為親兄長挑起事端決定遠離朝廷，自請南下體察民情，慧馨也成了其中一員。在南平侯輔佐之下，顧承志以地方縣令的身分，開始著手改善民生狀況，不僅剷除日益猖獗的走私，也建了造船廠讓當地經濟好轉。

不久卻傳出皇上病危流言，皇聖孫顧承志雖未接獲通知，但一心急欲返京，便命慧馨等人兵分二路，掩飾他的行蹤。南平侯一路護送慧馨一路與暗敵鬥智，途中歷經無數驚險危難。然而，就在此趟生死浩劫的旅程過後，慧馨隱隱感覺心中有股莫名的情愫正在悄悄滋長……

Redbird 003
穿越馨生愛上你
【卷三】遇月老，小女寧為官

作者 尤加利
繪者 千帆
完稿 黃祺芸
編輯 古貞汝
校對 連玉瑩
行銷 呂瑞芸
企劃統籌 李橘
總編輯 莫少閒
出版者 朱雀文化事業有限公司
地址 台北市基隆路二段 13-1 號 3 樓
電話 02-2345-3868
傳真 02-2345-3828
劃撥帳號 19234566 朱雀文化事業有限公司
e-mail redbook@ms26.hinet.net
網址 http://redbook.com.tw
總經銷 大和書報圖書股份有限公司（02）8990-2588
ISBN 978-986-6029-58-5
初版一刷 2014.04
定價 230 元

國家圖書館出版品預行編目

預行編目
穿越馨生愛上你 . 卷三 , 遇月老 , 小女寧為官 / 尤加利著；千帆繪
-- 初版 .-- 臺北市：朱雀文化，2014.04
面；公分 .--（Redbird：003）
ISBN 978-986-6029-58-5（平裝）

1. 大眾小說
857.7 103001523